[日] 松本清张——著
まつもと せいちょう
张舟——译

强蚁

强き蟻

浙江人民出版社

“我只是一个柔弱的女子，就像聚集在砂糖周围的蚂蚁一样，只是一个卑微的虫蚁之辈……”

一

早春时节的傍晚颇为寒冷。开着车的伊佐子抬头看了一眼油量表，已经跌到 E 了。本以为不要紧，真是疏忽了。不知还够不够开一公里。丈夫信弘在后座上叼着烟。最近他背驼得越发厉害，稀疏的头发里也掺杂了更多的白色。商业街的灯光不断从两侧投来，照在他的长脸上。粗粗的眉毛下面，眼睛紧闭着，像睡着了似的。后视镜只能映出他的眼部，眼窝明显陷了下去。明明车里开着暖气，他那穿着大衣的身体却蜷缩了起来，好像觉得很冷。

这油只够开一公里左右，把丈夫送到聚会场所，再往回开一点儿就到极限了。聚会的地点在一家餐馆，女招待和客鞋管理员都会在门口迎客。在那帮人的注视下发动不了车子可是很丢脸的。开着拉风的外国车，汽油却用光了，若是发生这种事，就颜面扫地了。

这一带哪里有加油站，伊佐子非常了解。正是因为太了解，反而不方便去，因为她跟那里的工作人员特别熟。不过，别的加油站不是太远，就是需要开回头路或绕道，所以她一横心决定就去那里。丈夫要参加的是公司高层联谊会，时间已相当紧迫。一周前，公司决定进行社长的新旧交替。如果比即将就任的新会长和新社长晚入席，丈夫就会有麻烦。

伊佐子把车子开到石油公司的红色标志牌下。

“怎么了？”

信弘睁开眼，在她身后问道。

“没油了，我马上就叫人加。”

伊佐子把车子停好，打开车门。

“要花多长时间？”

丈夫抬起胳膊，就着加油站的灯光看手表的指针。他之所以眯着眼，是因为没戴眼镜。

“现在是五点四十五分啦，只要五分钟就好。”

加油站的狭小事务所四面都是玻璃墙，灯火通明。里面有两个穿工作服的男人正朝伊佐子这边看。屋外还有一个身材矮小的男人，矮个子向伊佐子走来。三个男人都是熟面孔。伊佐子下车，主动朝对方走去。

“嗨，夫人。”

男人用手轻推工作帽的帽檐，抿嘴一笑。

“快帮我加油，我很急。”

“您这回是去哪儿兜风呀？”

“我老公在车上。”

“欸？”

矮个子男人缩了缩脖子，向车窗瞥了一眼。另外两人也从事务所出来，走到伊佐子跟前。这里没别的车，看来他们的工作很清闲。

“晚上好，夫人。”

伊佐子咧嘴一笑，朝他俩点了点头。

“喂，今天她是跟老爷一起来的。”

矮个子向他的同事发出提醒。那两人的态度顿时变了，就像要全力起跑时来了个急刹车似的。事务所里的橱柜上堆满了罐子和零件，还有一个女店员正凝目朝这边张望。

矮个子提起油管插入车子后部，另一个工作人员开动了红色的计量器。空气中飘起了汽油的味道。

“今晚是家庭服务吗？”

站在一边的男人压低声音，脸上带着笑问伊佐子。加油站前的大道上，来往车辆不断地制造着噪声。

“别说这种怪话。”

伊佐子告诫他。然而她脸上浮现的，与其说是严峻的表情，还不如说是一种微弱的苦笑。

“抱歉。”

男人抬了抬帽子的前端，让帽檐高高翘起，又朝车子看了一眼。伊佐子正背对车站着。

“别老盯着车看，很没礼貌哟。”

伊佐子对站着不动的两人说道。于是其中一个从油管旁走开，绕到前面打开车前盖，检查了引擎润滑油和冷却水的情况。其实伊佐子也想去车子前面，或靠近信弘所在的后车窗，可是看他们一副要做出奇怪举动的样子，为了严加防范，她不能从这两人面前走开。

两个工作人员按照她的吩咐改变了姿态，淡淡地笑着。

“夫妇俩一起出门，是要到哪里去呀？”其中一个问道。

“去餐馆，就在前面不远处。”

“是老爷要请夫人吃一顿大餐吗？”

“不是，是公司的高层联谊会，我不出席。”

“夫人您总是这么接送老爷吗？公司不派公车？”

“今天我老公在家，所以就由我送他去了。”伊佐子答道。

此刻自己的姿态与平常展现在他们眼前的不同，伊佐子对此感到不安，就直言不讳地说道："你们瞧，我老公就是个老头对吧？"

这话让工作人员露出了惊愕的表情。

"是……是这样。不过，属于看起来比较年轻的那种。老爷今年高寿？"对方慌乱地问道。

"六十七啦。"

"六十七……和夫人您相差几岁？"

"大概差三十岁吧。"

"三十岁的话，那夫人的年纪是三十……"

"呆子，我前面不是说了'大概'嘛！三十多岁的人也有各种各样的。"

"哦，夫人是三十岁呀，您看起来比较年轻嘛，而且体形特别好，个子高高的，皮肤也很润泽。"

"你是在拿我跟我老公做比较？"

"没有，我没这个意思。"

"我懂的，大家都用这种眼神看我，我已经习惯了。"

"哈。"

"大家都同情我。一看表情我就知道。开始我是很讨厌的，但现在已经不在乎了。不过，我不会陪着老公，把自己搞得像个老婆子。以前的人可不是这样，不管年龄差距多大，妻子有多年轻，都会尽量穿款式保守的衣服，好让自己跟老公的年龄差距看起来没那么大。我觉得那是错误的。对于老公来说，老婆总是越年轻越好。"

伊佐子语速飞快。加油器的马达发出了细碎的轰鸣声。

"这个嘛，确实，这样老爷才会比较满意嘛。"

本来两个工作人员想戏弄女顾客，却反被对方的气势镇住了。检查引擎润滑油的男人关上车前盖，回来加入了话题。

“那么，夫人带着年轻的男朋友开车兜风，是为了保住自己的青春活力吗？”一个男人大胆地问道。

“没错，待在老头身边，自己也会变得暮气沉沉。跟年轻人说说话，我就能一直保持活力。我也不想提早进入更年期啊。”

“哪儿的话。上次坐在夫人车里的那位先生非常英俊，是不是才二十三四岁？”

“啊，那个人呀，年纪没那么轻啦。”

“总觉得他有一种随时都会崩坏的脆弱感，好酷。给人的印象很深呢。”

“是吗？你们年轻人说话真有趣，话题千变万化的。要不我请你吃顿饭，在饭桌上听你侃？”

“好啊好啊。您的前男友跟他是同一团体的吗？嗯，我是指半年前来过的、身材更瘦更高的那位。”

这时，后面传来了一个声音：“打扰一下。”

四人吓了一跳，连忙回头。只见一位弓着背的老绅士，两手正插在大衣口袋里，站在那儿，身姿细长。

“我想借用一下厕所。”

信弘扫视着工作人员们的脸。

“好的，请往这边走。”

工作人员中的一个仿佛被打了一拳似的，歪着身子迈开了脚步。

“老爹，”伊佐子走到丈夫身边，抓住了他的胳膊，“我送你过去吧？”

“不，用不着……油还没加好？”

“不，正巧刚加好。让您久等了。”

两个工作人员显出忙碌的样子，又是卸油泵，又是查看计量器。

“多少钱？”

伊佐子望着在工作人员带领下缓慢挪步的丈夫，大声问道。另外两人面面相觑，缩了缩脖子，舌头从齿缝间露了出来。

“现在几点了？”

信弘回到车后座上，询问发动引擎后一直在等他的伊佐子。

“六点差七分。”

“稍微晚了点儿。”

“不要紧的，车子开三分钟就到。”

工作人员在车外为他俩关上门，低头致意。伊佐子开动汽车把他们抛到了后方。

“加油意外地费事？”

“一般用不了这么久，只是也得看引擎的情况，看润滑油是不是畅通。”

“你经常去那里加油？”

信弘的语调并没有发生变化。

“没，今天是第一次。不过，我这么漂亮，年轻人常常会这样缠着我搭讪啦，虽然我也觉得有点儿烦就是了。”

“是吗？”

伊佐子将视线投向后视镜。信弘的两眼陶醉似的半闭着，身体靠在后座的椅背上，眉宇间并无阴影。伊佐子认为丈夫什么也没听到。她和工作人员的对话内容，丈夫哪怕只听到一星半点儿，都不可能不起疑，然后就会自然而然地从表情中流露出来，还会忍不住问这问那。但这些情况都没有出现。在加油站工作的年轻人也对小娇妻产生了兴趣，对此丈夫似乎还挺高兴。事实上，这比娶了个无人问津的妻子幸福多了吧？

就算丈夫听到了她和工作人员之间的对话，她也不是非常害怕，总能搪塞过去的。她有这个自信。信弘十分溺爱她。前妻生的孩子都抛弃了他。其实是他为了得到她而疏远了自己的孩子。这老头已没有血亲可以依靠，现在只有他们两个人一起生活了。如果她甩了他，他就会陷入孤独。当然，他拥有社会地位和财产，所以也有可能娶第三个妻子。但是年龄条件实已令他无可奈何，恐怕不可能再得到像自己一样年轻而富有魅力的女人了。这一点丈夫应该很清楚。因此，他对她相当忍让。伊佐子就是这么想的。

伊佐子认为只要别让丈夫沮丧或悲伤就行，为此她决不能告诉他事实。不管丈夫抓到了多么牢不可破的证据，她都不会承认。坦白一切，乞求原谅——这种事只能对六十岁之前的丈夫做，超过六十就是老年人了，老年人遭受打击就太可怜了。因为就算他们想重新振作起来，也没多少时间了。死撑到底也要把黑的说成白的，这是为丈夫着想。

两人结合至今，已经步入了第六个年头。

伊佐子在餐馆前让丈夫下车。穿着制服的客鞋管理员正站在玄关边上，见状急忙冲过来开门，信弘优雅地点点头，脚踩上了地面。就在这时，他微微打了个趔趄，客鞋管理员慌忙扶住他的背。信弘回头看看驾驶席上的伊佐子，轻轻一扬手，便立刻转身而去。是因为被门口的客鞋管理员和女招待看着，有点儿难为情了吗？真是孩子气的举动。由于逆光，那一瞬间他的表情暗乎乎的，瞧不真切，但好像显得十分满足。不过，伊佐子今天只送不接。送不送或接不接，全看她的心情。

四五个女招待凑上去迎接信弘，那就好，他在这里受到了隆重款待。作为 S 光学股份有限公司的董事，他在新社长麾下的高层中占有一席之地。新社长还处于内定状态，尚未正式就任，前社长改任会长一事也已确定。信弘和会计部门出身的新社长不太熟，但和会长是一生的知交。这位前社长霸气太足，对正业以外的行当大肆出手，导致公司业绩下滑。

霉运一开，预想一一落空，几方面相互作用，导致原本坚挺的股票跌了，债务增加了，银行介入进来。于是强硬的社长只得退居二线，由金融界推选的会计主管将成为社长。

社长虽已内定，但专务以下的人员并没有变动。也许过一段时间，阵容会有所调整。不过,新会长正在背后虎视眈眈。他是公司的创建者，把公司拉扯到了现在的规模。他是独裁者，即将当上社长的会计主管也在他面前战战兢兢。新社长绝无可能擅自改变高层阵容，没有会长的认可，他任何事都办不成。

信弘是会长多年的挚友，目前是一名普通董事，不过三年前他还是技术主管。信弘有工学博士头衔，他在光学器械方面的发明令 S 光学公司的产品名声高涨。S 光学的大量专利产品都是他发明或改良的。他是 S 光学的大功臣。为此前社长感激他，发誓会让他当一辈子董事。三年前，信弘为了给后辈让路，卸去了技术主管的职务。不过，至今他仍以技术顾问董事的身份拿着高额津贴。

公司董事之间有派系之争，不过大多在营业部门或财务部门，跟技术部门关系不大。那种时候，技术人员总是能超然事外。关于这次新社长的新阵容，信弘也表示没有问题。他已经得到独裁社长的保证，会成为终身董事。这位社长当上会长后，将维持现有的体制。最初，金融界推荐外部人员任社长，但社长强烈反对从外界引进人才，这说明他还有相当的权势。更何况，“技术顾问董事”这一职位也处于这次变动的范围外。前不久，信弘就是这样深入浅出地跟伊佐子讲解的。

看着信弘快活地走进餐馆的门口，伊佐子感到自己的守护任务已经完成。现在的他显得十分幸福。让他一无所知地坐在热热闹闹、有艺伎相伴的酒席上，伊佐子自己也觉得轻松。

伊佐子从餐馆门口径直向南驶去。这条路直到前方数百米都禁止右转，所以即使客鞋管理员在后面张望，也不会认为她开错了方向。

行驶了相当长一段路，伊佐子才在道旁停下车。她走进公用电话亭，投入十元硬币，拨起了号码盘。不用翻笔记本也能迅速拨出七位数字，因为这个电话号码她早已拨惯了。听到拨号音了，但硬币并没有掉下去。间歇音响了五次后，伊佐子挂上电话，取回硬币，离开了电话亭。石井宽二好像不在家，也不知是不是去住在同一公寓楼的朋友家玩了。她只知道宽二的同居女友在一家二流酒吧当歌手，现在已经出门。伊佐子回到车上，不知如何是好。这次出行的目的就是找宽二幽会，而且一下子也想不出别的可去之处，所以就姑且开车驶向五反田吧。没准儿抵达公寓的时候，宽二已经回来了。

来到梅荣庄公寓前时，手表指示的时间是六点四十分。公寓由三栋二层楼房构成，不算气派但也不寒酸。作为证券公司推销员和酒吧卖唱女的同居小窝，这里或许正合适。

伊佐子把车停在空地上，走向正中间的楼。每个房间都亮着灯，但没有一扇窗开着，大多垂着窗帘。寒冷的季节帮了大忙。如果天气暖和，就会有人从打开的窗户张望外面，观察来往的行人，而且天色也不会这么快暗下来。

伊佐子走上水泥走廊，在六号房间前站定。走廊里没人，只能听到电视机的声音。一拧把手，门轻轻地开了。原来人在家。

伊佐子走进狭窄的土间，向隔帘里面招呼了一声，没有回音。因此她稍稍提高了音量，还是没有动静。于是伊佐子悄悄揭起了隔帘的一角。

在这里可将六帖[1]大的客厅一览无余。有一间带厨房的起居室，没开灯，但里面客厅的灯亮着。那里丢着不少杂志，烟灰缸中积满了烟头。

1　1帖=1.62平方米。

宽二没有外出。朋友住在二楼，他大概是去那儿闲聊了。伊佐子决定进屋等着。这房子她来过好几次，没什么好畏缩的。伊佐子脱掉鞋，穿过黑暗的厨房起居室，进入了和室。她站了一会儿，环顾四周。屋角放着书桌和书架。摆在架子上的书五花八门，既有没凑齐的文学全集，也有经济学、高尔夫、励志方面的书籍。书桌上的手提包敞开着，露出了证券公司的资料、便笺及宣传手册等。

正中央的矮桌由合成树脂板制成，上面散落着几份周刊。榻榻米上有杂志和烟灰缸，坐垫被歪歪扭扭地放在那里。看这情形，是男人躺着翻阅杂志，读到一半时出了门。

书桌的对角有一座大型“三面梳妆镜”，是房中所有家具里最气派的。酒吧歌女的职业与光鲜尽在于此。令人惊异的是，杂乱地堆在镜前的化妆品大多是外国货。化妆品旁摆着电话机，伊佐子从公用电话亭打来电话时，这玩意儿曾经响过，现在则沉默着。

通往下一个房间的隔扇被伊佐子拉开了一条缝儿。那个房间约四帖半，一侧的墙边排列着西式衣柜与和式衣柜，另一侧则是壁橱。墙上挂着女人的衣物，壁橱里收着被褥——伊佐子甚至对此也了如指掌。她自然有熟知的理由。没想到的是，她从隔扇缝隙中看见屋里铺着被褥，有人正在那里睡觉。那条花被子伊佐子也非常熟悉。枕边还有一个小盒子和一只茶杯。

伊佐子盯着被褥一端露出的少许头发，唤了一声“小宽”。之所以不大声呼唤，是因为她心中迷惑，感觉那人不太像宽二。那人没有回应。伊佐子凝目细看，随即匆忙关上了隔扇。垂落在枕上的是女人的头发。虽说宽二也留长发，但毕竟不一样。伊佐子打算马上离开，蹑手蹑脚地回到黑乎乎的厨房起居室。就在这时，门一开，进来一个男人。

男人看到伊佐子后，站住了。

“乃理子，你是要出门？”男人问。

“不，是我啦。”伊佐子站着没挪步。

“啊，什么呀，是夫人啊！太暗了，看不清你的脸。”

宽二关好门，脱下拖鞋进来了。他上身穿着衬衫，外罩夹克，下身则穿着一条折线已经模糊的裤子。

“你什么时候来的？”宽二走到伊佐子跟前，问道。

六帖间的灯光照到了宽二脸上，使他的眼眸熠熠生辉。这正是加油站员工所说的拥有“崩坏的脆弱感”的一张俊脸。由于伊佐子的遮挡，这张脸半明半暗。

“我大概是十分钟前来的……乃理子在是吧？那我回去了。”

伊佐子正要挤身出去，宽二一把抓住了她的胳膊。

“不行！你……”

宽二硬是拉过伊佐子，脸压上了她的脸。

“怎么了？今天没什么反应嘛。”宽二放开伊佐子问道。唇边湿漉漉的一片在灯光下闪闪发亮。

“你还说，乃理子就在隔壁。”

“这有什么关系。这样不是更刺激？”

“讨厌，我才不要这样呢。我要回去了。”

“等一下啊。我和那家伙吵架了。我猛地一推，结果她仰面倒了下去，后脑撞到了料理台的角上。你看，就是那个不锈钢的洗碗池。她流了好多血，所以楼上的大村和浜口都很担心，就叫出租车送她去看了一趟医生。”

“好吧，然后呢？”

“她头上裂了个口子，听说医生给缝了三针。而我呢，就趁这个时间，把这里打扫了一下。因为洗碗池那边都是血啦。”

宽二把脸转向黑暗的厨房。

“那她不要紧了吗？睡得好像挺香。”伊佐子皱着眉问道。

“可能是太累了。没问题的，回来后她还在厨房做了点儿菜呢。和平常一样，没有任何不同。她说这次给大村和浜口添了不少麻烦，就拿出别人给的威士忌，叫我送过去。然后那家伙自己铺了被褥睡下了。”

宽二从裤袋里掏出香烟，劝伊佐子坐下。

“为什么吵架？”

感觉那女人不会醒，加之好奇，伊佐子坐了下来。

“那家伙吃醋啦。”宽二盘着腿，开始吞云吐雾。

“因为我吗？”

“也有这个可能。最近她好像明显察觉到了什么。”

“糟糕。会不会是因为其他女人？”

“当然，她还不清楚是你。不过她认为我已经有了别的女人，而且还在这里抓到了证据。”

“证据？什么证据？”

“你有个小发卡掉在这里了，一周前你来的时候。因为掉在了榻榻米的接缝处，所以我也没注意到，结果就被那个家伙发现了。”

“真的？那个应该不是我的吧。走之前别发卡的时候，我可是很清楚地记得有几个的……”

说归说，上次究竟如何，其实伊佐子并不能完全确定。

“这里没来过别的女孩子，就算来玩儿也不会睡在这里。”

“乃理子是在忌妒那些女孩子吧！那些女孩子是什么情况？”

“她们不会单独过来，总是三个人一起，都是新剧的研究生，晚上在酒吧打工。这事乃理子也知道，而且她们也是大村和浜口的朋友，其中有个女孩还算漂亮。所以呢，乃理子一直唠唠叨叨，说我和她有不正当关系。现在又出了发卡的事，她就歇斯底里了，纯属胡思乱想。今天也是，我躺在地上好好的，她突然扑上来掐我的脖子，就算是女人，力气也不小啊。我被掐得难受，就狠狠一推，让那家伙坐了个屁股蹲儿。因为觉得烦，所以我想去浜口那里玩儿。刚到厨房间，那家伙就追过来了，还绕到我前面，抬手就要打我。我一甩她的手，那家伙没站稳，跌跌撞撞直往后退。看那家伙马上能站稳的样子，我觉得她接下来会大声嚷嚷、大打出手，这要让邻居知道了可是很丢脸的，所以就轻轻摁了一下她的肩膀。我本打算就这样一走了之，谁知道那家伙被我一摁，就仰面朝天倒了下去，头撞到了洗碗池的角上，整个人都瘫在了那里。”

说话间，宽二不断地吞云吐雾。那口气就像是在说别人的事，脸上则露出了厌烦的表情。

“真是一场厉害的武斗。”

伊佐子嘴上说着话，耳朵的注意力却集中在背后。她严阵以待，一旦乃理子有醒转的迹象，她就要立刻离去。遇到这种麻烦事，还是撇清关系比较好。

“歇斯底里成那样，还能有什么办法？是到了分手的时候了。”

“不容易分手吧。你看她追你追得这么紧。硬要分手的话，乃理子小姐会杀了你。”

“哦哦，那我可受不了。到时候我只能一声不吭地逃走了。除了请你帮我找个好地方，把我藏起来，没有别的办法了。”

“这点儿小事没问题。不过，那个人会闯到你公司去的。”

“那家公司我也准备辞了。那工作我本来就不喜欢。”

“辞职前你得把我的证券好好打理一下！前不久不是涨了吗，后来怎么样了？”

“N 股票和 K 股票合计赚了二十万左右吧。”

叽叽咕咕说话期间，宽二也很在意里屋的情况。

“……那家伙还在睡吗？”宽二把变短的香烟摁进烟灰缸。

“是不是服了镇静剂？枕头边上好像有一只茶杯。”

“有那玩意儿？我出门时还没有呢。”

宽二歪了歪脑袋，说着要去看看，正要向里屋走。

“我得回去了。”

“行啊。你再待一会儿。那家伙要是睡得很沉，我们不如一起上哪儿去玩儿吧。你把车开来了吧？”

“有车。”

“时间呢？”

“两三个小时的话没问题。”

“太棒了！那你等一会儿，我一边准备一边去看看那家伙的情况。”

宽二把长腿往空中一提，悄无声息地进了里屋。能听到隔扇打开的声音，此后便陷入了寂静。然而，没多久里面就传来了宽二“哦哦”的大叫声。伊佐子不由自主地从椅子上站了起来。

“喂！”宽二的叫声更响了。那不是在呼唤伊佐子，而是正摇着乃理子，想把她叫醒。乃理子一动不动地躺在黑暗之中。

叫声停止了，随着一阵脚步声，宽二出来了。他站在和室跟里屋的交界处，用与之前不同的声音说道：“夫人，你来一下。那家伙的情况有点儿奇怪。”

“怎么了？”

“她好像吃了药，怎么推也没反应，可能是死了。”

“啊，真的吗？不会吧……”

“总之你来看一下。”

宽二神色慌张。伊佐子得知女人不会醒，便安心跟在他的身后。

隔扇开着。被子被揭起一半，一个脸颊尖尖、二十一二岁的女人穿着粉色睡衣躺在那里。这是一个胸部平平的女人，颧骨略微凸出，眼窝深陷，鼻梁很高。眼角没有眼影，假睫毛也取下了，平庸的双眼如今正合着。张开的嘴里流出了白乎乎的呕吐物。

伊佐子屏气凝息，注视着这张睡脸。女人化着妆，所以看不出睡脸是否面如土色。

“看来她像是吃掉了这瓶子里一半的药。”

宽二蹲下身，在灯下亮出瓶子给伊佐子看，瓶中响起了药片的晃动声。宽二的脸有些苍白。

“这玩意儿她是什么时候买的呀？我一点儿也不知道。她是在我拿威士忌去浜口家的时候喝了这个吧？这个做蠢事的家伙，不会是假自杀吧？”

宽二放下药瓶直起身，不过他似乎并不清楚该怎么做。

“你是什么时候去浜口先生那里的？”

“差不多两小时之前。不，还要更早一点儿吧。总之就是在那个时候。”

“那现在离她喝药可有一段时间了。还是早点儿叫医生来吧。”

“叫医生来做什么？”

“洗胃啊。如果在这里没法治疗，就得叫救护车来把她送去医院。”

“救护车？”宽二一瞪眼，“我可不想把事情弄得这么大。救护车什么的一来，整个公寓都会翻了天，从明天开始我就没脸在附近晃荡了。”

“还说这种话，要是人真的就这么死了怎么办？明明是你发现的，可又不通知医生，这样警方会怀疑你的。”

“真叫人为难啊。都怪乃理子，惹出这么麻烦的事。当然，我知道她是在和我赌气。那你说怎么办？”

“没办法了，把浜口先生或大村先生叫来吧，然后再商量就是了。”

“好，就这么办。这个主意不错。”

宽二振作了一点儿。

“我呢，这就回去了，趁那些人还没来之前。”

伊佐子不想被别人撞见。

“不好意思啊。你好不容易来一次，结果出了这样的事。”脸色苍白的宽二道歉说。

“我来过这里的事可别对任何人说啊，绝对不能说哟。”

“知道啦！”

“对浜口先生和大村先生也是，被警察问到时也绝对不能说哟。”

“警察也会来？”

“就算是未遂，毕竟也是自杀事件，警察可能会过来。”

“又是救护车，又是警察的，你是一个劲儿地在吓我啊。”

“谁让现在是这样的情况呢。这也是没办法的。但是，我的事你要守口如瓶。”

宽二看着伊佐子，“嗯嗯”地直点头。然而，紧接着他又眉开眼笑起来，把歪扭的脸凑了上去。

伊佐子回家后过了一个小时，信弘坐公司的车回来了。

“啊，你回来得比我早嘛。”信弘看着伊佐子说道，语气颇有些意外，但脸上喜滋滋的。

“早很多呢。只在街上转了一圈就回来了。本想在哪里听着音乐喝点儿茶的，但是没有好地方去。到处都是年轻人，所以只好回来了。”

“是这样啊。”

丈夫兴冲冲地走进了客厅。伊佐子帮他换衣服。可能是喝了酒的缘故，丈夫的脸通红，下眼皮耷拉着，颊间满是皱纹。颚骨下方，松垮的喉部唯有青筋凸露在外。手背的皮肤蜷缩着，腿也佝偻着。相比石井宽二年轻而有弹性的胴体，他就像一个异类生物。

然而，即使是这样的丈夫，伊佐子现在也并无不满，反倒有一种与之相应的安乐感。可以说，这既是一种年长男人带给她的安心感，也是一种身处家中的安定感。她还不想和丈夫分手。在充分确保能得到相应的补偿后，才可以分手。如今有些无聊，生活缺少变化，只能寻求别的消遣渠道，从窒息中解脱出来。但那些都是逢场作戏。以比自己更年轻的二十四五岁男子为对象，也是为了让对方从一开始就意识到两人之间的差距。伊佐子不想在事后惹出无穷无尽的麻烦。

信弘今年六十有七，倘若他活到八九十岁，也是很糟糕的。八十岁死亡，自己就是五十岁；九十岁死亡，自己就是六十岁。作为女人已步入老境，谁也不会再搭理自己了。伊佐子希望自己至少能在四十岁前或四十出头一点儿的时候解脱束缚。那个年纪的话，还能做以前做过的陪客工作，恋爱方面也完全没问题。

近来信弘身体有些衰弱，这趋势不坏。如此下去，他似乎不会活得长久。信弘的余生越短暂，自己就越能待他好些，而自己的规划也可以早日实现了。

离开的两个女儿连这个家也不来了。长女的丈夫碍于情面，时常会打个电话，或去公司拜访。这位女婿是一家中小企业的社长。公司的话，恐怕长女也常去吧。次女至今独身，工作是画画儿。据说已经换过三个同居男友，其中一个还是法国人。

女儿们去公司看父亲是为讨零花钱，尤其是次女。尽管信弘什么也没说，但这点儿事伊佐子还是看得出来的。装作毫不知情未免显得自己像傻瓜，所以伊佐子时不时会讥讽信弘几句。像老鼠偷盐似的，钱一点儿一点儿流入对方手中，这怎么行！信弘一脸为难，伊佐子则借此令他有所节制。

无论是长女夫妇还是次女，恐怕都会在父亲行将就木时回到这个家。这幢房子虽然空旷、老旧，却位于涩谷的一处名为“松涛”的高级住宅区。房子是信弘在战后不久建造的，拥有五百二十坪[1]的一等好地，仅此一项就是巨额资产。女儿们到处散布流言，说后妻伊佐子一直在觊觎这块土地、股票和信弘的董事退职津贴。这些话没必要反驳，若能如她们所说成为现实，那就再好不过了。

事实上伊佐子对这块土地十分执着。过去，她在东银座开了一家名为“蓑笠”的素菜料理店，在那里认识了来客信弘。结婚的同时，伊佐子放弃了那家店。跟独自一人操持小料理店的女掌柜比起来，当一个公司董事兼工学博士的夫人要好得多。伊佐子打算在信弘去世后，在这块土地上再度开始素菜料理的经营。这地方高档又宁静，素菜料理店选址于此，简直无可挑剔。五百二十坪太大，可以处理掉一部分土地。即使只卖掉一半，也足够建造新店了，做准备资金也绰绰有余。土地不能给那两个女儿，必须想方设法让信弘写下那样的遗嘱。

信弘更衣后移至餐室坐下，看起了电视。他说等酒醒了再去洗澡，但如果觉得太累，可能会直接睡觉。女佣早已回了自己的房间。

伊佐子也泡了杯茶，和信弘一起看电视。“电波”在石井宽二的公寓鸣响后，一直持续到现在。宽二对乃理子采取了怎样的措施？两个朋友去请医生了吗？有没有叫救护车？还是说，那几个男人悄悄地自行解决了？乃理子得救了吗？虽说喝了半瓶药，但也不至于会死吧？

伊佐子只觉这里距离五反田十分遥远，两小时前在那里发生的事仿

1　1坪 = 3.3056平方米。

佛是另一个世界的景象，而自己曾一度置身于那个异世界的事也并非现实。如果这边就此切断接触，隔断那边的大门便会关上，那边自会在那边的洞窟中随性发展吧。玩一玩歇口气当然好，但是，如果那边的麻烦会波及自己，就必须考虑“隔断”了。

见伊佐子沉默不语，信弘问：“你怎么了？”

“没什么。”

伊佐子直视着丈夫的脸，问他为什么要这样问。这直视与她的设想有关，她设想着丈夫是否已从自己的表情中意识到了什么，设想着加油站员工的话莫非已传入了他的耳朵。即使丈夫有所怀疑，也不必过于担心。只要把话说得强硬一些，信弘就只有沉默的份儿。

“不不，没什么。”信弘习惯性地垂下眼睛，嘴微微嚅动起来。他将视线投向茶杯，轻敲杯底发出轻响，像是表示要再续一杯。

“宴会开得怎么样？”

伊佐子这么问是为了转换话题。丈夫的脸看起来没什么精神。通常从宴会归来后，信弘必会说起会场上的情况。今晚他是与新社长一起出席宴会的，却什么也不说。

“嗯，没什么值得一提的。”

丈夫挠了挠面颊。他的脸上布满了黑色的斑点。虽然伊佐子不愿承认，但不得不说这是长寿的征兆。

“新上任的社长很有干劲吧？”

“那是自然，精神抖擞的。”

“那社长呢？啊，我说的是这次会成为会长的川濑先生。”

“川濑君吗？川濑君也还算精神吧。”

“还算精神，也就是说不太精神啰？改当会长了，所以还是有些凄凉？”

“到底是做了很长时间的社长，而且这次也不算功成名就。就这一点而言，总会有那么一丝凄凉感吧。”

“老爹你呢？”

“我吗……我也没什么好说的。不过，看着川濑君退居二线，我也觉得很孤单。”

“是吗？可是就算川濑先生成了会长，实力还不是和以前一样强吗？”

“他当然有实力，毕竟是公司的创始人嘛。但是，这次金融界加大了话语权，以后不会一切都顺着川濑君的意思来。事实上，过去川濑君确实也有很多任性的地方。不管怎么说,这个‘会长’就算是表面文章，那也表明是从第一线退下来了，所以在某些方面不得不给新社长久保田君一个面子。”

“这么说，新董事不会照着川濑先生设想的名单来了？”

“在同一个系统的公司里，那些工作不力的董事该怎么处理也是一个问题。也许会让他们辞职，也许会让他们回归本社。另外，这里还涉及金融界的意向和新社长的意愿。总之，由于各种各样的因素，决定新董事是一件很复杂的事。”信弘轻轻抚弄茶杯的边缘。

“老爹你没问题吧？应该不会动你吧？”

“嗯，我想多半不会动我。技术顾问这种空衔跟社内的势力分布不沾边。不过，别看是空衔，我留还是不留，仅此一点就能让公司的信用状况发生很大变化。事实上，这次要是连我都辞职了，公司的信用度会暴跌的。所以川濑君说了，无论如何你也要留下来。”信弘本人也强调了一番。

“太好了。”伊佐子点了点头，“老爹，你要一直精神下去哟。”

电视里流行歌手正在唱歌。伊佐子又一次想起了昏睡中的乃理子的平胸。后来到底怎么样了呢？

信弘伸手摁了摁开关，电视画面迅速缩小并消失了。这一下真是出人意料。信弘弓着背，含混不清地说道："伊佐子，我有一件事要和你商量。"

"什么事？"

伊佐子反倒直视着丈夫。信弘仿佛被晃了一下眼。

"是这样的，我呢，最近变得好像有点儿衰弱了，所以就想做点儿什么好恢复一下精力。"

"啊，这不是很好吗，你想多打几次高尔夫球？"

"再加大运动量是不太行了，还不如做点儿转换心情的事，听说转换心情对健康很有好处。"

"好啊，是想去哪里旅游吗？"

"不是，其实呢，是我想写一本自传。"信弘一脸害羞的表情。

"自传？啊，是写自己的事对吧？我觉得很好啊。老爹的经历看上去就觉得很有趣，是不是还会写到你和我的事？"

"那个不会写。怎么说呢，算是半部自传吧。以我的幼年时代、青年时代和去美国的那段经历为主，然后就是在光学部门搞发明的事。主要就是这些内容。"

"这倒也是。在这种书里写我们的恋爱故事是有点儿违背宗旨。听起来很有趣啊，有地方出版吗？"

"不是写给世人看的，我只是想在自己心里追寻自己的回忆。就算出版也是自费出版了。当然，如果有趣的话，也许会被哪家出版社看上，然后帮我出版。"

"反正都要出版的话，还是希望能拿到版税啊。"

"好啦，别这么贪心嘛。"

“老爹是要自己写吗？”

“不不，自己写太吃力了。我会请一个速记员，把我说的记录下来，然后再修改一下。这个我还是能做到的。”

“速记员什么的，佣金很贵吧？”

“应该不便宜。不过，不是每天都来。我想写的时候才会叫人来。速记费和自费出版的费用……就算是一种心情转换了。希望你能同意我的这么一点儿消遣。”

“这个很好啊。我不反对。”

“谢谢你。”丈夫微微低下了头。

伊佐子心想，为什么信弘会在这个时候提出写自传？因为身体渐渐不适合运动了，为了消磨时光才想出了这一招？又或者是觉得来日无多，所以打算写一本自传？信弘至今仍会一周去公司两到三次。公司换了新社长，其他董事若是有了调整，信弘恐怕也会就任一个更清闲的职位。从今晚的宴会回来后，他好像一直无精打采。或许他已从宴会的气氛中预感到，自己将被安排到一个更无所事事的位置上。所以，伊佐子总觉得他是为了排遣这份清闲，才想出了这个主意。

当然，伊佐子不会反对。对老年人也必须给予一定的愉悦，这才是公平之道。

这一晚，以及翌日上午，都没有发生任何值得一提的事。

下午三时许，年轻女佣前来禀告，说一位叫浜口的先生打电话找夫人。信弘带着狗散步去了，所以没接电话。

“是夫人吗？”是一个年轻人的声音，正是石井的朋友浜口，他向伊佐子寒暄道，“好久没来问候了。”

“两小时前石井被警察带走了，警方怀疑他打死了乃理子。听说今天早上他们对乃理子小姐进行了解剖，发现脑内有出血，还有积血。因涉嫌伤人致死,石井一时半会儿怕是回不来了,所以我特地来通知您……关于石井的事，我想和您好好谈谈，所以明天我会再打电话联系，您什么时候方便？”

二

拂晓时分开始落雪。伊佐子九点起床时，发现院子里已经积了二十厘米的雪。白色的粉屑仍不停地从晦暗的天空降落。

两小时后石井的朋友浜口会打电话过来——昨天的电话里，伊佐子要求对方把时间放在十一点前后。这是因为丈夫信弘每天都会在十点半带着狗出门散步一小时。然而，看这个天气，丈夫怕是会一直待在家里。不过，既来之，则安之，只要在通话时言语得当就行，也不是多麻烦的事，只是无法打听被警方逮捕的石井以及乃理子死亡的具体情况了。当然这么一来，伊佐子不免会有一点儿担心，但只要之后找个机会让浜口再来联系就可以了。总之只在电话里短短交谈几句的话，信弘不可能觉察到什么。这个家并不大，丈夫常会突然从伊佐子身边走过，听到她通话的声音。

早餐是在十点左右。今天早上很冷，所以丈夫叫人把烤面包、火腿煎蛋和牛奶端到了被炉上。报刊跟眼镜放在一旁，信弘啃着烤面包，把火腿往嘴里送，食不甘味。他也不怎么和面前的伊佐子搭话，时不时地，仿佛从沉思中惊醒一般，瞧一眼玻璃门的外面。每瞧一次，喉部都会浮现出青筋。

“下得好大，停不下来了吗？”

雪持续落在裸露的木兰花枝上，不断增加着厚度。

“可能再下一会儿就停了。”

正当伊佐子期待雪停了、丈夫就会穿上长筒套鞋出门时，信弘开口道：“十一点十五分公司有个会议，你帮我准备一下。”

想不到这种日子丈夫也要去公司。不过，想到昨晚的董事聚会，伊佐子释然了。新社长就任在即，因机构和人事变动，大家都忙了起来。丈夫能在十一点之前出门当然好，可是所谓的“准备”是指开车送他吗？伊佐子打算拒绝，看了看信弘，却见他站起身来，和式棉袍的前襟一路蹭着被炉的边缘。

“今天脚指头可能会冷，去年年底不是有人送了一双厚厚的纯毛袜吗，你去把它拿来。”

信弘佝偻着瘦长的身子，朝客厅的西式衣柜走去。如果他现在穿着大衣，就跟前天晚上在加油站朝洗手间走去时的身影一模一样了。

“然后呢，你再让人马上打电话叫辆出租车过来。”

信弘一开始就没打算要伊佐子开车。每次坐伊佐子的车都是由她主动提出的，更何况今早又下了这么大的雪。伊佐子吩咐女佣去打电话，语调变得欢快起来。

“这样的天还要去公司啊？”

伊佐子在献殷勤，心情好的时候她会这么做。

“嗯。”

信弘解开衣带坐下，套上了拿来的新袜子。从裤腿中伸出的脚缺少光泽，白皙而又干枯。

“接下来是不是会很忙？”

“不，这星期也就去两三次吧。”

听这口气，像是在说重要的董事会自有别人参与，没他什么事。信弘的侧脸毫无表情，也不知道他在想什么。

女佣传达了出租车公司的回应，说是因为大雪，车都开出去了，再过三十分钟应该能回来一辆。看看表，三十分钟后的话，就是十点半。开到这里还要花二十分钟。

“要不坐电车去？这样还能快一点儿。只到车站的话，我可以开车送你去。”

“不，还是等出租车吧。电车太累了，而且也不用去得很早。”

撵人失败。如果这期间浜口打来电话，那也是无可奈何的事。只是这一来一去的对话，不知为何令伊佐子很不痛快。她转身离开，去厨房和女佣一起收拾了餐具。

二十分钟后伊佐子来到客厅，只见信弘身穿西装，盘腿而坐，再次打开了看过一遍的报纸。老花镜的粗边框是米黄色的，反而使他的脸显得年轻。

伊佐子保持着一段距离，站在拉门旁观看下雪的情景，这时信弘“啪”地一翻报纸，略显犹豫地对妻子说道：“我说……”

“什么？”伊佐子就这么站着回话，这是她心情不佳时的习惯。

“今天我去公司，会顺便把速记员的事定下来。公司里有个男的对这方面比较熟悉。”信弘看着伊佐子说道。

“好啊，请便。”

伊佐子故意答得漠不关心。这也是为了给浜口打来电话时留个后招，摆出不高兴的样子，丈夫有了顾忌，也就不会靠近电话机了。

“要看合同怎么签，我也吃不准最后会怎样，大致是请速记员一周来家三次。可能有时还要给人家做个饭。”

“好啊。是不是要持续很长时间？”

“毕竟写的是自传嘛。我想从父母的事开始，一点点回想，一点点叙述。因为是第一次写，也不知道顺不顺利，觉着不太顺利的话我会放弃的。”

“好不容易写一次，坚持下去不好吗？”

伊佐子的想法有了变化，最终演变成给丈夫一件玩具……可能也不坏啊。

“嗯，怎么说呢，不试一下的话谁也说不准。”

“不过，有时你可以把速记员叫到公司去啊。你的办公室应该很安静吧？”

“嗯，话是这么说……”

信弘的回应显得十分踌躇，他将手伸向脸庞，慢慢地摘下眼镜，仿佛是为了遮掩自己的表情。

“……就算是我的办公室，毕竟是在公司，不能因为这种私事就让速记员进去，而且我也静不下心啊。当然，隔三岔五地去一次应该不要紧。”

为什么到现在才想写自传？而且好像非常热心。信弘用手轻揉着眼部，也许是因为刚摘下眼镜，感觉眼睛比较疲劳吧。突然，伊佐子觉得这个人怕是活不长了，他的手背也干瘪了。

伊佐子常常会因为某件事想到自己和信弘的年龄差。即使差了三十岁，信弘若是长寿，多活一年自己就多老了一岁，前途也会渐渐狭窄。话虽如此，现在马上就死也不成。不知为何，伊佐子认为再过三年最理想。她总觉得自己的快乐、对未来的设计以及所有利益都贯注在了这三年之中。

接下来的三年，必须设法让这个年老的保护者保住生命。为此伊佐子打算容忍写自传这么一点儿消遣活动，姑且把它当作一种营养剂。此外，这么一来，她自己也能享受到获取自由时间的权利。

“好吧，那就把速记员叫到家里来。”伊佐子精神一振，连声调也变了。

“一天也就两三个小时嘛，不用搞得兴师动众。”

“要是弄到了傍晚，给人家做个饭什么的，没问题。不需要特别的设备吗？”

“啊，那倒不需要，用现成的书桌就行了。”

信弘的脸色也显得明朗了。

“什么时候开始？”

“说不准。要等我今天和那个男的商量好，听了对方的回复后再说。我这边也不是很着急。”

出租车到了。

“是吗？”信弘听到通知，精神饱满地“嗨哟”一声，手撑着榻榻米站了起来。

伊佐子跟着他走到玄关附近，就在这时，身后的电话响了。

“沙纪，你来照看一下老爷。”

信弘脚步一顿，多半以为电话是打给他的。伊佐子忙称和服店说好今天会打电话过来，她向女佣递了个眼色，反身回了屋。信弘的脚步声朝玄关而去。

伊佐子拿起听筒“喂”了一声。

“是夫人吗？”是昨天那个浜口的声音。

“是。”

“我照您的吩咐，给您打电话来了。”

伊佐子眼前浮现出浜口那长发之下面无表情的平板脸。

“谢谢。”

伊佐子一只耳朵听着玄关的动静。那里传出了硬物触碰地面的声音，信弘好像正在穿鞋。

“那我详细地说一下石井的情况和他要转达的话……啊，现在没问题吧？”浜口意识到了什么似的问道。

“啊，确实有一点儿……”

“那就等一会儿再打？”

伊佐子没有马上回答，耳朵依旧贴着听筒，片刻后响起了玄关格子门开启的声音。

“喂喂？”浜口呼叫道。

“啊，可以了。你说吧，到底是怎么回事？”

伊佐子的语调变得轻松自如了。直到出租车驶离为止，沙纪应该都会在玄关待着。

“昨天我跟您说过一点儿，石井涉嫌伤人致死进了局子，今天早上这家伙告诉我，他已经坦白承认是他击杀了乃理子。据说这么一来，就要转为杀人嫌疑了。我有个熟人是那家警署的警官，刚才打电话问了才知道是这么一回事。”

伊佐子心中涌起的第一个担忧是，石井的供述里有没有出现自己的名字。

汽车开动的声音传来后，女佣沙纪回了屋，看见伊佐子握着听筒，就直接绕道去了厨房。

“警察那边怎么说？”

“这个嘛，说了很多……麻烦啊，在电话里说得花很长时间，而且也说不清。”

“去外面也行啊。”

“去外面也……乃理子的死法，我们也觉得有点儿奇怪。”

“石井君要你传的话也是这个吗？”

“这倒不是。他说希望夫人您能给他请个律师。”

“律师？”

“是啊。石井被刑警拖走时，瞅了个空和我耳语了几句。因为当时我正好在他房里。”

看来事情复杂了，而且所谓的请律师，多半是想让自己掏钱。原来如此，光靠电话确实说不清。

“你现在在哪儿？”

“在我住的公寓附近。我用的是公用电话。如果从公寓打，会被其他人听到的。”

“好吧，那我就去你那边。不是去你的公寓哟，而是开车去五反田站前，你在那里等我。现在我马上收拾，准备出发。”

“明白了。这下雪天的，真是不好意思啊。”浜口说这话时口吻像个中年人。

浜口上身套一件皮夹克，脚下穿着长筒胶鞋，一副挨寒受冻的模样，站在五反田站前东张西望。长发显得他额头狭窄。眉毛是垂着的，眼睛又细又长。因为张着嘴，越发显出了下巴的短。浜口光顾着往旁边看，连伊佐子的车越过别的车来到他跟前，他也没发现。

伊佐子稍稍打开车窗，从驾驶座露出脸时，浜口才注意到。他笑了笑，点头致意后匆匆坐入了车后排。这一带不许停车。

“真是对不起，夫人。”

“有什么地方能停车喝杯茶的？”

“嗯，沿第二京浜国道开两公里左右，有个路边餐馆。”

“好，就去那儿。”

“那家店挺脏的，唯一的优点就是有停车场。”

或许是因为下雪，私家车很少，抵达时间比预想的早。不过，行驶期间，浜口的小眼睛始终映在后车镜上，令伊佐子烦躁不安。

路边餐馆和大众食堂差不多，附近的桌边有两个卡车司机正在吃乌冬面。端上来的咖啡不过是着了色的砂糖水。

“乃理子小姐就这么死了，真是不敢相信。”

对面浜口的目光频频投向自己胸口，伊佐子浑身不自在，就扣上了外套前襟的纽扣。浜口的胸板很薄，甚至不及伊佐子的一半，脸脏兮兮的，只有头发好歹在出门前剃了一下。石井也曾嘲笑说，就他那样还想当个性派演员啊。

“夫人走后，医生来过。马上就做了洗胃，我和石井还不得不在一边打下手。乃理子往洗脸盆里吐了好多。那真叫恶心，完全没法看。”

喝下肚的咖啡在伊佐子胃里翻滚了起来。

“那个时候她还有意识吗？”

“意识是没了，但有反应。然后，过了十分钟左右，就在医生眼前，她的情况急转直下，很快就没气了。”

“你说的是击杀对吧？这不是很奇怪吗？难道不是因为吃了安眠药？”

“好像是因为她头顶上出了血，法医就打开了那里的头骨，发现里面有积血。据说死因是那里受到了猛烈撞击，石井抓住乃理子，拿她的头在洗碗池的边上猛撞了好几下。我认识的那个警官告诉我，今天早上石井就是这么供述的。所以他的嫌疑才从伤人致死变成了故意杀人。”

“石井君本人是这么说的？”

“是的，他是这么说的。我也觉得有点儿奇怪。”

“石井君有没有对警察说，之前我也在那个屋子里？”

“警方可一句也没提夫人的事。我和大村的事他好像说了，结果刑警还上我这里盘问来了，是在检查完石井的房间后——那是叫现场勘查吧。不过，就算石井不提我们的事也没用，因为医生先前就把我们供出来了。医生说乃理子死得蹊跷，没写死亡诊断书，而是去派出所报了警。好在夫人您回去了。当然这件事和夫人没关系，可是被迫当证人也很麻烦啊。石井就不用说了，我和大村也没把夫人的事告诉警察。我们不想给您添麻烦。”

“谢谢。”

这份担忧暂时是淡了，不过浜口的语气黏黏糊糊，给人一种不尽不实的感觉。

“可是，这不是很奇怪吗？乃理子小姐被石井君推得踉踉跄跄，倒在了厨房里。大村先生和你带乃理子小姐坐上出租车，去看外科医生，在那里缝了三针，然后回到了公寓。当时她能和平常一样好好说话，举止方面也没有异常。她还说受了你们的照顾，叫石井君把威士忌送到你的房间去呢。这些是我从石井君那儿听到的。”

“是的，没错。在外科医院做过治疗后，她朝医生道了谢，还向护士打听医药费，说明天会带过来。在回来的出租车上，她也说了诸如‘承蒙照顾了’‘和石井吵架了，很难为情’之类的话。如果死因是头撞出了内出血，那她可说不出那样的话，做不出那样的举动。我想她会当场失去知觉，倒地不起的。”

“可不是吗？看完医生回来，她就钻进被窝，让石井君拿上送给你们的威士忌，趁他不在的时候，自己喝下了安眠药。”

“夫人回去后，石井就把我们叫过去了，所以我瞧过那屋子，看到安眠药的瓶子里只剩了一半，杯子里没有水。”

没错，正是如此。伊佐子在隔扇外张望过一次，又和石井一起看过一次，乃理子枕边的景象重又浮现在她的眼底。

“听说那瓶子是四十片装。也就是说，吃了差不多二十片。洗胃时吐出了不少，不过也可能是过了太久已经迟了。”

“那真正的死因是服安眠药自杀吗？”

“我觉得是。撞了头之后她的情况是那么正常，可见就是自杀啦。乃理子常和石井吵架，觉得自己会被抛弃，所以一直很悲观吧。她骨子里就是个软弱的人。”

浜口那张装糊涂似的脸，仿佛在轻声嘀咕：吵架的原因就是夫人您啊。他的眼睛细细长长，眼角的黏膜红得不寻常，感觉不干净。

“石井君没对警察说她是服安眠药自杀？”

“我想他肯定说了，但警察好像认为医生帮她洗胃时吐出了很多，所以死亡原因不是这个。我的想法是，石井昨晚被警察欺负了一整夜，不得不供述说，自己拿乃理子的头撞了好几下洗碗池，结果把她杀了。而石井可能也预感到了什么，所以在被刑警拉走前，和我说了几句悄悄话，叫我找夫人请律师。”

说什么请律师，石井哪有钱支付费用，结果还不是要自己埋单。和同居的女人争吵，弄死了对方，审判时还要这边包揽辩护费，这如意算盘未免打得太好了。另外，被警察带走时对浜口悄悄地说了这些话，也给人一种精心策划的感觉。

伊佐子脑中闪过了一丝疑念，莫非浜口和大村想以辩护费的名义从自己这里骗取钱财？新剧的研究生听着好听，其实是靠着老家父母的汇款和打零工过活，他们手头一直很紧。石井能拿这两人当小弟，也是因为他一直在挪用证券公司的钱，为此浜口和大村很听石井的话。石井好像也染指过客户的钱，当然他自己从未提过。

说什么请律师，以伊佐子的现状，根本办不到。如果律师正儿八经地问："你请我为石井辩护，你和他是什么关系？"自己也无法回答。浜口等人知道这一点，所以无非是在暗示"律师我们会去找，费用你来负担"，打算借此捞点儿好处。

这么一想，浜口眼角的赤色黏膜不再是单纯的不净或令人厌恶，而更像是狡诈了。

我怎么能被这种低级混混看扁？阶层意识突然在伊佐子心中冒了头。她上身倒向椅背，居高临下似的看着浜口说道："可以，我会给他找个律师。"

伊佐子从盒中抽出一支烟，敲击着银色的盒盖。

"真的吗？"浜口看了看她的脸。伊佐子立刻就答复，似乎令他感到了意外。

"嗯，我会去做的。"

浜口正要拿出廉价打火机，伊佐子说"不用"，从手提包里取出一只国外制造的镀金打火机。见浜口一脸坏笑的样子，伊佐子有些恼火。

"钱就由我支付给律师。"话语和着烟被一起吐出。

"您有认识的律师吗？"

也许是心理作用，总觉得浜口对这项决定还存有念想。

"只要去找，总能找到优秀的人才。我一下子也想不出人选，但我有不少门路。"

"那是，那是。"浜口煞有介事地点点头，"不管怎么说，都是杀人嫌疑啊。还是想尽可能地找一个能力强的律师。"

他这话怎么听都像是在担心能不能全权交给对方来办。伊佐子仿佛看穿了他的内心，越发觉得自己的想象没错。

伊佐子本想挖苦说"那你有认识的律师吗"，但又觉得这样的话，对方很可能来一句"我有个不错的人选"，迅速揽下这件事。这不就落入这个年轻男人的圈套了吗？

拒绝浜口、说自己没义务给石井请律师固然简单，但这么冷漠也不太合适。一旦被恨上了，保不准他就会漏出自己的名字，对审讯官说些有的没的。就说这个浜口吧，嘴上一再强调“不想给夫人添麻烦”，其实也可以理解成是一种胁迫。总之，对浜口和大村的企图或许判断有误，但律师由自己来请，就不会给对方可乘之机。

伊佐子抛开浜口，开车去了市中心。本来也可以把浜口送到五反田站前，但是一起坐车会让他得意忘形。这方面必须划清界限，提醒对方好自为之。

浜口自认是石井的朋友，所以略有熟不拘礼之嫌。之前载着他时，后视镜里的眼睛净往自己这边瞧，话说着说着态度就随便起来，脸上还显出黏黏糊糊的表情。自己必须保持凛然的姿态，决不让对方生出可以狂妄的错觉，以为石井被捕，他就能上位了。

找律师心里没谱，不过对浜口所说的“我有门路”倒让伊佐子想到了一个人。如今能指望的只有这个人。既然想到了他，就再无犹豫了。

途中，伊佐子在公用电话亭旁边停下车。雪已经停了，路上积起了水。伊佐子跟一个独自发笑走出来的中年男人擦肩而过，走进了电话亭，隔着手套都能感受到听筒上的余温。

电话号码还记得。没错，听筒里传来了交换台的语音：这里是 A 食品工业。

“请给我接通副社长的电话。”

“您是哪位？”

“我叫木下。”

“我把电话转到秘书那儿去。”

秘书科的女声和一年前不同了。

“你好。”这是一个粗哑的声音。

“喂，喂。”伊佐子的语调也活泼了一些。

“啊，果然是你啊。”对方的声音一下子（带着点儿私人意味地）轻快了起来。

“咦，你一听就知道是我？”

“啊，那是自然。”

“我好开心啊。你最近可好？”

“没什么变化。既没生病，也没什么好事发生。”

“我说……你现在忙吗？”

“稀奇稀奇，怎么了？”

“有件事我非找你商量不可。我想和你见个面谈一谈，就三十分钟左右。”

“好啊。我一直都很闲。”

男人并不是在意身边或交换台有人旁听，而是习惯时不时地用些敬语。

“去哪儿好呢？最好不要离公司太远吧？”

“哪儿都行。我这里正愁打发不了时间呢。”

两人约定三十分钟后在R宾馆的大厅会合。

伊佐子坐在大厅深处的一家咖啡厅里，不久，盐月芳彦的魁梧身姿就进了店门。从刚才开始她一直望着门口，见状便起身向对方招手。左顾右盼的盐月发现了伊佐子，展颜一笑，不紧不慢地走了过来。他叼着烟斗，格子上衣的领口裹着红围巾，脚下蹬着一双朱色鞋。气色不错的脸庞与半白的头发十分般配。

“嗨，有一阵子没见了。”盐月从嘴里拿出烟斗，微笑着的眼眸深处饱含着情感。

伊佐子回应着他的目光。

“你一点儿都没变嘛。”伊佐子坐回椅中，目不转睛地看着对方的脸说。

“白头发变多啦。”

“哪有，连这个也没有哦，完全没变。”

“上次见面后，又过了多久啊？”

“呃……还不到一年吧。”

“哦。”

盐月衔住烟斗，垂下双目，将打火机一横，点着了烟。这默默的动作中似乎包含了上次见面时的对话。

“我是不是老了？”伊佐子把脸往前一凑。

“哪里，你啊，才叫年轻呢。脸也好，身材也好，越来越丰腴了。”

比起脸来，盐月对伊佐子的胸腰部分瞧得更起劲。

“是吗？看上去真是这样的话，那也要拜没有夫妻生活所赐啦。丈夫是个老头也是有好处的。”

“嗯，这个怎么说呢……现在多大了？”

“问谁？我吗？”

“你的年纪我知道。”

“讨厌啦。六十七了。”

“六十七啊。嗯……那也没到那个程度吧。”

“和老爹你不一样啦。老爹你精力充沛着呢。”

伊佐子满不在乎地称对方老爹。尽管是一个称呼，对她来说又与信弘的有所不同。

“我比你家老公可年轻一点儿。”

“不是不是。老爹你的话，就算到了七十也不会衰弱。”

“谢了。那就让我有个盼头吧。”

“谦虚啦。这个事你自己应该最清楚吧。”

“到了我这个年纪，就得看对方是谁了。”

“跟柳桥的那位还保持着关系？”

“像是保持着，又像是没保持着。”

“时间可不短了。从我那时就开始了，总有十年以上了吧。是不是还勾上了别的人？”

“喂喂，你今天叫我出来到底想说什么？我想这大雪天的，还真是挺稀奇啊，哪知道……”

“啊，对不起啦。”

伊佐子拿起端来的咖啡。盐月也抓起砂糖倒了一点儿。

这个男人——盐月芳彦，是保守党某实力派人物的外甥。那位政治家是某派阀的领袖，人们都期待他不久能当上党首。他性格强硬，长年担任经济部门高官，所以在其部门拥有莫大的势力。盐月自己创立过公司，但屡战屡败，最后凭借舅父的斡旋，才被安插进现在的食品工业公司，当上了副社长。

这家食品公司是水产业界的巨头，但一切都有赖于那位实力派政治家，所以盐月被授予副社长之职也是看在政治家的情面上的。副社长的名头好听，其实在公司内没有任何实权。至于公司方面，从十五年前开始就给他发放着高额赡养费，不过，他们或许已将这笔款项看作政治捐款的一部分了。盐月自称“罐头铺”，没有特定的本职工作，所以就算人在公司也是无所事事，即使因私事外出一整天，对公司业务也毫无影响。

此人讲究饮食。他会往东银座的“蓑笠”跑，也是因为这项爱好以及大量的空闲时间。

为自己的“发现”而欣喜是这种人常有的脾性，不管是公司的人，还是其他熟人，他都会拉到店里来，甚至还对素菜料理的味道进行指导和讲解。最初是从旁指导伊佐子调味，不久就变成了经营指导，最后发展为经济援助。两人的关系持续了三年，结束之时，泽田信弘出现在了“蓑笠”。当时信弘是被关系户公司的人拖来的，那是开端，从那之后，信弘也开始带客户过来了。

直到决定与信弘结婚的那一刻，伊佐子都瞒着盐月，导致盐月身边的人大为愤慨，几次找信弘闹事。对于中心人物伊佐子，他们倒不怎么抱怨，这多少是靠了盐月的管束。当然，事实上也是因为他们察言观色，认为盐月余情未了，而伊佐子亦有此意，这女人不会在信弘那里停留多久。他们的设想开始是落空了，但后来又中了。此外，他们还有一点不甚明了，那就是盐月的本心。

“老爹，是这样，今天我有事要请你帮助。”伊佐子喝了两口咖啡后说道。

“看起来是一件很严重的事嘛。”

和语气正相反，盐月略显紧张。之所以摆出一副临战的架势，多半是以为伊佐子要找他商量离婚的事。这会直接影响到盐月的立场，也与他和伊佐子分手时的本心息息相关。伊佐子看在眼里，心中雪亮。

“不是我的事啦。”

“不是你的事啊。”

“你看，放心了不是。”

“我是在沮丧。”

“别太强求了。要不了多久，我就会来找你商量的。”

“请便。”

“你是不是……又吓了一跳？”

“那倒也不是。快说你的事吧。”

“那我就说啦。老爹有没有认识的律师？”

“你是说律师？嗯，这个嘛，也不是没有认识的。”

“没关系的，你不用战战兢兢。我不是说了吗，不是我的事。不是民事，而是刑事案件。”

“刑事？到底是怎么回事？”

“这个我接下来会说。现在我想先问一声，老爹你交际这么广，应该认识几个擅长办刑事案件、又信得过的律师吧？”

“你还真是小心谨慎啊。没错，我有认识的律师。”

“能力当然也要看，不过最好是信得过的律师。”

“这方面也没问题……我说，到底发生了什么事？”盐月再次叼起烟斗，把胖脸稍稍往后一仰。

听完伊佐子的讲述时，盐月已经吸了整整两管烟。

“我先问你，你为什么要这么卖力地帮那个叫石井宽二的年轻人？”

“他是我的男朋友啦，不过不是那种关系。不光他一个人，还有他的朋友，我是和他们这个团体有交情。所以我也认识石井的同居女友，也就是去世的乃理子。大家喝喝酒，兜兜风，去酒吧看摇摆舞，就是一起玩儿罢了。我觉得石井有点儿可怜，他的朋友也求我帮他找个律师。”

“也就是说，是友情啰？”

“是同情啦。我和他们不是一个层次的。”

“你也到了和年轻男人交往的年龄了？”

“只要不是那种关系，我觉得这是好事。我也想保持青春啊。在那个老头身边待着，我只会越来越老。”

“那又是谁申请嫁过去，要待在老头身边的？”

"是老爹！都怪你！你不是也没拦着我吗？你要是留我留得再强硬一点儿，我才不会结婚呢。"

"好，就说这个。"盐月喷吐着白色的烟雾，"这个事我已经说过很多次了。你告诉我的时候，婚事已经定了。这么说吧，我一度也很生气。不过气归气，我仔细想了想，你要正式结婚了，虽然年纪差很多，但也不过是在我的岁数上加个十。更何况对方有钱、有社会地位。如果你跟我搅在一起，只会落得一个见不得光的下场。身边的人多少都有点儿怨言，不过我想了想还是决定放弃了。说句装模作样的话，我也是在为你的幸福考虑。"

咖啡厅的客人不少，但都各自沉湎于自己的交谈，没有人在一旁倾听这对中年男女的对话。

"我倒觉得是老爹狡猾地把我甩掉了。你想的是，这个女人眼看就要成为负担，和泽田谈婚论嫁正是一个甩掉她的好机会，所以才没有强留我。"

"这通瞎想上次你也说过。"盐月局促不安地笑道。

"不是瞎想。你看，是不是被我猜中了？"

"差远了……"

虽然嘴上这么说，这个拱手让出女人的男人，如今只能以模棱两可的笑容来掩饰自己。

"柳桥那边也是吧，因为我的事，你们的关系不是弄得很僵吗？我想，你放弃我也是因为这个事很棘手吧。比谁都松了口气的人其实是你吧……怎么，她还好吗？"

"老啦。果然不该决定结婚的。说这话有点儿对不起她，总之最近关系淡得就和水一样。"

"所以你就不找常来常往的，而是随便勾些别的女人了？你这毛病从我那时候开始就有了。我装作没看见，其实心里清楚。因为当时我也还年轻，对这个也比较回避。”

“随便的人是你吧……我们现在能淡然地谈论这些，也是因为岁数到啦。”

“看你这话，说得老气横秋的。我呀，还说不出这种大彻大悟的话来。要是后来我一直频繁和老爹约会，恐怕是会燃起爱憎之火的。现在一年只见一两次，所以才能做到冷静。”

“快分手时你对我说，往后我们就以恋人的身份偷偷相会吧。婚姻归婚姻什么的，你说得倒很干脆，可事实上，我总觉得是被你蒙骗了。”

“咦，六年里我们不是见过好几次吗？我叫你你也不出来，所以才自然而然地疏远到了这个程度。我想你那边也是情况复杂吧。”

“还是觉得很对不起泽田先生啊。不过，好像也不必再躲躲闪闪了。”

“这话听着让人高兴。”

“要问为什么，那自然是因为你有了一个犯了罪需要营救的男朋友。”

“都说了不是那种关系啦。”

“好啦好啦，我明白了。老公是这么个情况，也是没办法的事。我只知道你的身体是不会答应的。”

“竟然把我想成那么淫荡的女人。”伊佐子侧着头笑道，取出了香烟。盐月伸出握着打火机的手，视线从伊佐子凑近的红唇移向了下方的圆颈和鼓胀的胸脯。

“是不是又大了一点儿？”

“净说些没正经的话。”这次轮到女人吐烟了。

“好吧，你完美极了，肤色还是那么白，竖里横里都很饱满。像你这样的，每天晚上都不能被老公疼爱，真是可怜。”

“谢了。既然同情我，说明你还算上心。”

“你得和年轻男人断绝往来。”盐月断然地说，“和年轻男人交往，不会有什么好事。”

“你这话就像人生导师的回答。”伊佐子嘴上这么说，视线还是微微垂了下去。

“你给我听好了，年轻男人一无所有。你有一个社会地位不错的丈夫，也有钱。可年轻男人什么也没有，只身一人。这是他的强项，所以他无所畏惧。而你的损失是明摆着的。胜负从一开始就已明了。”

“我们不是那种关系……”

“律师我会去请。但现在的问题不光是给对方做辩护，为杜绝后患，我会让律师打发掉那个男人。听你说的，好像不光是本人，还有他那两个叫什么来着的朋友……”

“是叫浜口和大村，一对小混混。”

“这些人也要一并处理，不给他们找碴儿的机会。总之，不是你能应付得了的。”

盐月的一字一句都结结实实打入了伊佐子的心坎。

“有这么厉害的律师吗？”伊佐子眼珠向上一翻，盯视着盐月的脸。

“有。毕竟我舅舅是个大政治家嘛，身边有一大把合适的人选。律师费我也会想办法。规规矩矩付账可就有的苦了，一不留神会被律师骗的。”

“真的吗？连辩护费也帮我解决？”

别看伊佐子现在睁大了眼睛，其实在车里想到盐月后就立刻拨了电话，也是因为她心里萌生过这样的企图。

“我是没钱，不过如果是舅舅身边的那些律师，就不用担心了。他们受过舅舅很多关照，想来巴结的人也挤破了头。他们会奋不顾身地为我们干活儿。跟这种人打交道，我是驾轻就熟的。你也不必和律师见面。我会把一切都打点好。你的名字我也不会说。”

“好开心。我都不知道该说什么好了。”伊佐子的肩膀颤动起来，“老爹，真是太感谢了。我不知道该怎么谢你才好。你帮了我的大忙！”

“以此为契机，以后你就别再找年轻男子了。要找呢，也要找家有妻儿、不太会乱来的中老年人，而且还得有一定的社会地位……”

“我说老爹，今后你会一直陪着我吗？”

“很可能啊。你看，我还得向你汇报律师的工作情况呢。既然当事人已经向警察坦白，估计送检也快了。”

“杀人罪的话，会判几年？”

“担心了？”

“没有没有，一点儿也没有。还是进去得长一点儿好，这样就不会来缠我了。”

“终于说出真心话了嘛。”

“不是的啦。其实就像老爹说的那样，是他自说自话地纠缠不休。年轻男人就爱一根筋地头脑发热，真是麻烦。”

“你教了他很多吧？”

“傻瓜，又说这样的话……那到底会是几年呢？杀人的话，是不是会判成无期？”

“嗯，听你说的，他是杀了自己的同居女友对吧？检方要求的十五年徒刑会减到八年左右吧，一切都要看律师的努力。”

“你要婉转地拜托律师别太努力，得让他判得比八年更长才行。”

“这话真叫人吃惊。”

“这样也正好方便我做事。我呢，打算再过三年重操旧业。现在住的家坐拥地利，所以我才有了这么个计划。在打好基础、生意正式上轨道之前，我不想被奇怪的家伙骚扰。假如有八年以上，我就能把经营搞得很完善，到时候谁也找不到碴儿……老爹，你也来支援我的生意吧。这次我不会再让你担心钱的问题了。”

“三年后啊。你丈夫那么顽固的人，居然会同意你的计划。”

“他还没同意，因为我还没说呢。不过，再过三年那个人就会死的。”

“死？他现在有病？”

“没病，但身子骨大不如前了。三年后他肯定会死的。”伊佐子以欢快的语调说道。

手握烟斗的盐月张着嘴，望着伊佐子的脸。

三

早上去公司的信弘下午两点坐公车回来了。伊佐子迎出玄关，就看到信弘的斜后方站着一个十八九岁的女孩。女孩拎着公文包，一副很冷的样子。她手上拿着脱下的外套，职业装和外套都是朴素的深灰色，不过微微敞开的领口里露出了砖红色的丝巾。女孩看到伊佐子，条件反射似的点头致意。她的身材和脸都很娇小。脸色与其说是白皙，还不如说是苍白。小鼻子小眼，门牙前凸，下巴短小，颧骨也是鼓鼓的，相貌十分丑陋。

“啊，这位是宫原素子小姐。我上次说过，是我请来当速记员的。”

信弘表情略显羞涩。

“今天我请她去公司了，所以就把她带过来，想介绍你们认识。”

“我是宫原。”

女速记员以事务性的口吻说着，少年般地鞠了一躬。她纤细的脚上套着一双红褐色的靴子。领口与靴子构成了这个小女人的色彩。

伊佐子不知该把她引往何处。让进客厅，她还不够级别。她不是客人，而是丈夫雇来的人——伊佐子抱有这样的强烈意识，觉得即使是第一次见面，也不必兴师动众。

“去书房比较好。你把她带过去。”信弘一边脱外套一边说。

书房在客厅对面，之间隔着一条走廊。这是一个六帖大的小房间，只有这里和客厅做成了西式房间。屋内朴素简陋，说是书房，其实更像学生的研究室。书架上放的尽是些跟电气有关的技术书籍，没有一本通俗读物。椅腿边摆着个小小的煤气炉。窗外是一条通往后院的小道，越过柿树伸展的枝条，能望见邻家的库房和上面的晒台。

由于无处可坐，速记员宫原素子只好在屋角站着。这时，伊佐子一手端着茶盘，一手提着厨房里用的简陋座椅进来了。

“喂，没有更好的椅子了？”信弘皱着眉说。

“咦，这个不行？”伊佐子看了看自己放下的椅子。

“不，给我坐的话，这个就行了。”小脸女速记员客气地说。

“不行，今后你要一直过来的。把客厅的椅子拿过来，那个比较舒服。然后，宫原小姐还需要一张书桌。”

信弘注视着伊佐子的脸。

“书桌……要哪一个？”

“应该有比较小的书桌吧。上次我明明跟你提过速记的事。”

“我是听你说过，但这也太快了吧。”

“这样啊。那好，我去找。”

信弘一个人出去了。

伊佐子将茶杯搁在丈夫书桌的边缘，说了声“请”。宫原素子仍然站着没动，低着头。一本正经的公文包看着碍眼。

“我老公的口述已经开始了？”

伊佐子微笑着问，细细打量面色不佳的素子。她的脸颊干枯，缺少光泽。

“是的。在公司里进行了两次，每次都是四十分钟左右。”

素子低着头答道。伊佐子总觉得她低着头是为了掩饰自己的龅牙。

“呃，是这样啊。我老公不怎么擅长说话，对吧？”

“第一次的时候，谁都不会很顺利，不过我想不久就会习惯的。”

谈吐也如此无趣，恐怕不光是因为年轻，也与其工作性质有关吧。

“这个工作你已经做了很久？”

“不，两年前我才总算能独当一面了。现在还很不成熟。”

“是在速记学校之类的地方学的？”

“是的。我在那种地方学了两年，然后在一个速记公司做了四年。辞职后我自己又干了两年。”

素子声音悦耳。

“这么说的话，宫原小姐……不好意思，你多大了？”

“啊，二十五了。”

“哦哦，你看起来可比实际年龄小得多啊。”

这不是谎话，她确实显年轻。说是十九、二十岁，怕也不会有人怀疑。个子矮，身体单薄，脸又瘦，总体而言显得比实际年纪小，但总给人一种感觉——这是一个停止了发育的女人。她的脸上像抹了一层粉，完全不见光彩。被夸年轻后，素子低下头微微一笑，眼角浮现的细纹终于使她的形象接近了实际年龄。

“那现在你是一个人单干啰？也就是说，已经自立门户了？”

“嗯，但还做得很不够。”

“主要做些什么？给杂志社的座谈会或演讲会做速记什么的吗？”

“偶尔也有这样的活儿，不过大的地方都已经有前辈在做了。我还是个新手，所以也就是去支援一下。座谈会的话，也净是一些很小、很不起眼的地方。”

“能赚不少吧？”

“不不，我一直很闲，所以没多少收入。”

所以才会接下信弘的这个口述速记的活儿吧。伊佐子想着，再次观察了宫原素子的外表——毫无姿色。她无论去哪儿做事，恐怕都不会受到引诱。即使脸蛋不美，年轻女子的身体曲线中通常含有柔和的风韵，连平庸的相貌也能焕发出独有的魅力。然而，这些东西素子完全没有。这么想并不是因为伊佐子是女人，而是根据以往经营素菜料理店、雇用女招待的经验，伊佐子了解男人的感觉。

信弘和女佣沙纪抬着一张小桌进来了。这原本是厨房的桌子，后来换了新的，就废弃不用了。既然是放在库房里的东西，应该很旧了。

“怎么选了这个？”

伊佐子皱了皱眉。这是前一任妻子在时用过的桌子。

“目前先拿这个将就一下吧。”

沙纪把早已褪色的桌面擦了一遍。

“不用将就啊，买张新的不就得了？”

“对啊。”

伊佐子明白信弘的心思。已经雇了速记员，再买新书桌就显得太奢侈了，所以他开不了口。听伊佐子亲口说了这样的话，信弘像是松了一口气。然而，他躲躲闪闪地观察着伊佐子的表情，似乎仍在揣测她的真实意图。

“那个……如果是给我用的话，这张桌子也行，干活儿足够了。”素子小心翼翼地插话。

“没事。拿这么一件脏兮兮的东西出来，成何体统。我们去买张新桌子。这东西很便宜吧？”

“我想是的。”

“顺便再买把椅子怎么样？”

“椅子也要买吗？”

“拿客厅的椅子过来也不般配啊。最主要的是，那边缺了椅子，来客人的时候就麻烦了。椅子嘛，不就是那点儿钱嘛。”

“嗯……”信弘容光焕发，用手摸了摸脖子说，“那就这么办吧。”

速记员垂下了双目。

“好了，宫原小姐，今天就请你忍耐一下吧。”伊佐子温柔地对素子说。

“是。不不，其实哪个都无所谓的。”速记员慌乱地答道。

信弘也不坐，只是呆呆地站着。若无其事地把前妻用过的旧桌子搬进来，真是太愚蠢了。

“现在就开始口述吗？”伊佐子问信弘。

“不，今天就算了。今天呢，我只是想带宫原小姐过来让你认识一下。”

“我已经拜见过了，这样就可以啦。好不容易来一次，再进展一点儿不好吗？”

“嗯……今天有点儿不方便……”

“欸？这样对宫原小姐不太好吧，特地大老远地把人拉到这里来。”

“不不，我没关系的。我来府上拜访原本就只抱着这一个目的。”素子抬起贫瘠的单眼皮说道。

“可是，你好不容易来一次……在公司没能做口述吗？”

“公司还是不太行。各种人进进出出，定不下心。”

“那就在这里做好了。”

说来也怪，一见信弘抗拒，伊佐子就急躁不安，话语终于变得和平时一样粗鲁了。这种近乎生理性的情绪反应，如今在速记员面前也冒了头。这和夫妇拌嘴又有所不同，因为丈夫一贯保持沉默。

电话铃响了。沙纪拿起听筒，但马上又放回了原处。

“谁打来的？”

“我喂了两声，对方就挂了。可能是打错了。”沙纪回答道。

多半是听到女佣的声音才挂的。也不知道是不是浜口。给石井找律师的事一直没下文，现在正是对方来打听的时候。明明没在电话里说过多少话，浜口却能辨出声音，知道是女佣后一声不吭地挂了电话，这油滑的做法还真像他的风格。假装担心朋友石井，其实是想找机会接触自己。

不过，伊佐子又觉得没准儿是盐月。盐月极少打电话来，但很久以前，有一次信弘接电话时被他挂了。后来见面的时候，盐月还说：“你老公的声音意外地年轻，看来是个温柔的人。”“是吗，他说话了？”“啊，也没什么，只说了‘你好，我是泽田’什么的，我这边啥也没说就挂了，光这一句话就给了我这样的感觉。”当时盐月笑着如此说道。

这边求过他请律师，也不知那电话是不是他为通报结果而打来的。求他的事他总是会麻利地帮你办好，盐月就是这样的男人。

信弘终于坐进椅子，抽起了烟。女速记员也不坐下，彷徨无措地站在那里。被挂断的电话改变了伊佐子的心情。如果是浜口打来的，也许他还会再打。

“真的不做吗？”伊佐子的声音比先前温柔。

“嗯……”信弘只是吐着烟雾。

“自传的话，说的就是自己的事，难道不是一下子就能说出来的吗？”

“没那么容易。”

“如果我在这里妨碍了你们说话，我可以去那边。”

“不管怎么样，今天是不行了。我们就从下一次开始吧。讲述方式也得探讨一下……”

“可是，不是已经讲过两次了吗？”

“那两次都不太成功。”

“一开始谁都是这样的。我觉得您的第一次算是好的。”速记员在一旁低声说道。

宫原素子回去后，伊佐子坐上了速记员本该坐的椅子。信弘拘谨地点着了第二支烟。

“下次准备什么时候叫那个速记员来？”伊佐子问。

“暂时决定让她明天来。”信弘局促不安地答道，似乎很害怕妻子的问话。

“一早就叫来吗？”

“不，是下午来。”信弘的话外音似乎是想说，不必为速记员准备午饭。

“在公司里不行吗？”

“确实不太行啊，集中不了精神。”

“从明天开始，那个人每天都会来吗？”

“不，不是每天。也就一周两次左右吧。她还有其他的工作。”

“很忙吗？”

“绝对不清闲吧。”

“这么一个大忙人，居然接了你这口述速记的活儿。”

“请宫原君的那个人和她很熟，所以她才同意的吧？”

“那速记费一定也很贵吧。约定是多少？”

“据说速记费一般按小时计算。不过跟座谈会不同，我说话总是结结巴巴，一个字一个字地往外蹦，所以不能那么计费。而且，宫原君到底如何现在还看不出来，所以我们说好了，先试着做一段时间，再决定报酬。宫原君说她欠过中间人的情，所以这次是特殊待遇。”

“何必搞特殊待遇，按常规支付酬金不好吗？犯不着接受一个速记员的恩惠。”

“不是这个意思,和恩惠什么的没关系。怎么说呢,就是提供便利吧。比如她会根据我的情况调整时间。”

“我不想成为弱势的一方。”

“这个和弱势还是强势没关系啊。”

“好吧，无所谓了。好不容易想到一个消遣的法子，你就不要吝啬钱了。就算价格开得高一点儿，我也不会有任何想法的。”

“哦。”

“你看，我连书桌和椅子都准备给你买新的了。”

“我倒是觉得不需要。”

“谁说的。这样的旧桌子能当书桌用吗？”

伊佐子俯视着自己进这个家之前就已存在的物件，仿佛要用目光把它弹开。

“我现在就去百货商店买书桌和椅子。”

“这就要去买啊。不用这么急啦。”

“谁说的。一旦决定了,早买早好。买来了,就好好地往这里一摆。”

信弘瞧了瞧妻子的脸，但视线很快便回到了原处。伊佐子伸了个懒腰，拿起书桌上的烟，用打火机点燃。

“那位叫宫原的小姐，脸色很差啊，身子也很瘦弱，是不是哪里有病啊？”

“看起来身子很弱啊。不过，那些工作她一直在干着，应该没什么病吧。”

“像是营养失调，给人的感觉不太好。”

“……”

“别看她那个样子，其实有二十五岁啦。”

“你和宫原君说过话了？”

“嗯，只说了一小会儿。她那种是不是就叫职业性？说话方式很不亲切。我嘴上夸她显年轻，其实是干干瘪瘪，跟营养失调似的。脸上也没有光泽，干枯得不得了。”

信弘看着妻子的脸，像是要拿她和上面那番话做比较。伊佐子颈上的肌肤红润异常，额头与鼻梁泛着油光，嘴唇温湿润泽。

“不过，还是有点儿讨厌啦。一想到家里进来了一个外人……”

伊佐子是指并非访客的外人来家里工作。

“你不高兴啊？”

“总觉得生活秩序被打乱了。那人到这里来，一待就是半天吧。家里的事全让她知道了。”

“怎么会呢。速记时我会把那边的门关上，不让她听到家里的声音，工作结束了就马上打发她走。”

“好吧，老爹高兴怎么弄就怎么弄。我是不会来打搅的。”

“一星期也就两次啦。”

“行啊，请便。”

老人嘛，必须给他们一点儿合适的小消遣。信弘花钱找速记员，还请到家里来，所以对妻子是百般体贴。伊佐子心想挖苦到这个程度也够了。能和那个看上去营养失调的女速记员做伴，随便聊几句，以此解闷的话，这个价格不算贵。虽说只是一个干瘪的小女人，但光是有她在身边，信弘的心境就会有所不同吧？

“好了，我要去换衣服了。”

穿上和服后，信弘更显得暮气沉沉。和服就是有这么一种保守的气质，连带本人的动作也会迟缓下来。与领口收紧的衣服不同，从喉部凸露、延至胸口的青筋一览无余。朴素的夹衣使他老气更盛。年轻时，这种朴素的和服还能让男人显得庄重，一旦上了年纪就只对消灭朝气有帮助了。

信弘拿着一本书、纸和圆珠笔，钻进了茶室的被炉。这个男人讨厌电视，拿纸可能是想把自传的构想记下来。不过从旁边摆着的一本消遣读物来看，就知道他还没到真正用心的时候。信弘想到了写自传，似乎也为此打起了精神，但不知道能否实现。一旦不顺利，他自己就会随时说出放弃的话。年轻时的情况伊佐子不清楚，就说在一起后的那一两年吧，便是如此。当时，信弘表露出紧张的姿态，拿出了想再大干一场的气魄，可是之后他的心态渐渐变了，耐性也没能持续下去。

“我现在就去百货商店看速记员的桌椅。早买早好。”伊佐子弯下腰，对蜷身趴在被炉上的信弘说。言下之意是：我是为你而去的。

“我要顺道去朋友那儿一趟，所以可能回来得比较晚。我会吩咐沙纪做晚饭。”

信弘从眼镜盒里取出眼镜：“要那么晚吗？”

“嗯，会有点儿晚吧。现在还说不清楚。”

确实说不清，要看对方的情况。信弘没问去谁那里。他已养成不打听的习惯。

信弘眯着眼睛读书、翻页。前不久，他有一次看书时睡着了，当时书页还打开着，和服的前襟都被口水弄脏了。

“老爹，这次你可不能再睡过去了，就算是电被炉也不安全的。困了你就和沙纪说，叫她把床铺好。”

“好的好的。”

公用电话的听筒里传来了盐月混杂着笑意的语声。

"电话是我打的。接电话的好像是女佣，所以我就挂了。"

"很稀奇啊，是有什么急事吗？"

"就是你上次托我办的事，我找到了一个不错的律师。看你那边也很着急的样子，我就想先来做个汇报。"

"谢谢。不过也不用这么着急的。"

"怎么说呢，总之你那边没问题的话，我们就到哪里谈谈吧？"

"我是没问题的，你呢？现在才四点哦。"

"我吗？我什么时候都行，副社长什么的就是个闲职。嗯，要不要去哪儿吃顿饭？虽然有点儿早，不过肚子里也不是装不下东西。"

"嗯，好啊。"

"就去赤坂的料理店吧。现在我先打电话预约一下，五分钟后你能不能再给我来个电话？"

五分钟后伊佐子打电话过去，盐月说料理店有空位，但伊佐子可能不知道地方，所以想让她在附近宾馆的大厅等着。

伊佐子抵达宾馆时，见先到的盐月正在等她。

"哎呀，你好早啊。"

"我公司离得近，占了地利，而且又随时都能脱身。你是开车来的吧？我觉得你会开车来，所以就把公司的车打发走了。"

"其实不用去料理店的。"

"偶尔去一次也不错啊。那是一家氛围轻松的小店。好了，我就坐你的车了。"

两人一起向停在宾馆前的车走去。有一群外国人坐着车刚到。在如此热闹的气氛下，伊佐子也仿佛被注入了活力，变得朝气蓬勃，和在那个无聊、沉闷的家中与信弘一起生活时完全不同。

盐月叼着烟斗坐在副驾驶席上，忽左忽右地指示方向。

“不行啊。这里禁止右转弯。”

“糟糕。那么就在下一个路口转弯吧？”

“那边是单行道啦，从这里是进不去的。”

“你倒是知道得很清楚啊，什么时候记的方位？”

“车开着开着自然就记住了，而且我老公的公司就在这附近。”

“哦，对啊。你一直接送你老公上下班吗？”

“一直到三年前。开车技术提升后，我就拒绝再接送了。”

盐月含着烟斗的嘴中发出了沉吟声。

车子在赤坂狭窄的马路上七拐八弯，使得原本知道地址的盐月眼花缭乱起来。

“是这里！是这里！”

具有相同构造和矩形灯招牌的店家沿着略带坡度的小路一字排开。盐月找到了要去的那一家，店名叫“辰新”。

年轻女侍迎出门外，说从侧边往屋后去就是停车场。伊佐子把车开进去费了不少功夫。

“辛苦啦。车弄得不错啊。这样就算碰上交通事故，一起死了我也没有怨言啊。”在格子门前和女侍一同等候的盐月笑道。

“我还死不了。”

“因为还有很多快乐的事要做？”

“好不容易生出来一回，现在死了可就不合算了。老……”话到一半，伊佐子慌忙把“老爹”二字咽了回去，“你也要长寿哟。”

“谢了。”

刚走进玄关，一个四十岁左右的女侍便迎上前来。

“欢迎光临。感谢您之前来电预约。”

“不好意思啊，来得有点儿早了。我们来只是为了吃饭。”

盐月一边脱鞋一边说。女侍则保持垂首的姿态，观察着伊佐子。

玄关有六帖大小，往前便是狭窄的走廊。众人踏上了走廊尽头的楼梯。二楼有个十帖大的房间，房中央面对面摆着两把无腿靠椅，之间隔着一张大型的朱漆矮桌。

“请问，就这样可以吗？”女侍询问座位的摆放位置。

“可以。只是好像离得有点儿远。”

“是吗？那我并排放一块儿。”

“不用了，似远实近嘛。”

“非常抱歉。”女侍低着头出去了。

“别说怪话好不好。”伊佐子对有点儿得意忘形的盐月说，“我是第一次来这个店，不想人家一下子就拿那种眼神看我。”

“什么嘛，人家不会知道的。”

“会知道的。老爹经常来这里的对吧？人家看着会觉得很奇怪的。”

“也不是经常啦，就是和一些谈得来的朋友想换地方喝酒的时候，来过几次，有时也去酒吧。人家看到你是不会有任何想法的，而且以前我也没带你来过。”

所谓“以前”是指和盐月有“那种关系”的那段时间。

“那你说那些人对我是什么想法？”

“觉得你不是普通人家的女子吧。”

“是吗？”

“那是，反正就是有一种说不出来的不同之处。她们没准儿会猜你是哪里的女掌柜。你不是还想做以前的生意吗？本色尚存是好事啊。”

“真是这样的话当然好。”

“什么‘真是这样的话’，你不就是这么打算的吗？”

“要再过三年。到时我老公死了，那就再理想不过了。”

盐月无从应答，这时正好响起了一阵上楼梯的脚步声。

“不好意思，请问点酒水吗？”女侍在两人面前放下食案，问盐月。

“我要开车，所以就要果汁吧。”

“是。”

“好遗憾啊，不过这也没办法。我要酒……老板娘在吗？”

“在。那个……现在人在浴室。”

“洗澡啊。原来现在还没过那个点啊？”

“客人有事要谈的话，我就只把料理端上来吧。”

“对，对，我跟她有事要商量。”

“好的，好的。”

女侍膝行到盐月跟前，在他耳边低语了几句。

“不用叫了。”盐月以普通的音量答道。

“咦，不叫三个你熟悉的姑娘过来？我也想看看呢。”

盐月笑了。

“最近你是什么口味？像孩子一样年轻的那种？”

“我还没老到那个地步……倒是你好像很喜欢年轻人啊。”

“又来倒打一耙。我只是觉得有趣，偶尔跟那些人玩玩罢了。我说过好几次了，我们没有那种关系。”

“那个叫石井宽二的年轻人啊，据说在警察那里坦白了一切。”

“欸？”

“你看你，脸色都变了。”

“他到底说什么了？肯定是乱说一气吧。”

伊佐子正拿着筷子，此时筷尖竟不由自主地微微颤动起来。

“放心吧，听说他的供词里没有你。石井这个男人年纪轻轻，倒也让人钦佩。”

“这个你是怎么知道的？”

“是我请的律师告诉我的，说是看了警方的笔录。这个律师也是年轻人，感觉很优秀，是我舅舅那边的人，所以还挺卖力。”

实力派政治家的威势已遍布各个角落。光说这位盐月芳彦吧，只因是那个政治家的外甥，就能在食品公司谋个副社长的位子，让他当着玩。由此，公司方面就可以随时向政治家索取回报，价值往往是这位外甥工资的数十倍。通过与政治家勾结攀扯，公司便能求得利润，律师也可早日飞黄腾达。

不过，伊佐子觉得律师太过积极也会带来麻烦。能做到不被石井恨上，以及不让浜口和大村等人有机可乘，就可以了。

“然后那位律师报告说，送交检察院的手续办得很快，虽然目前还处于检察官调查阶段，但马上就要起诉了。不过，上次我也讲到了一点，石井推翻了在警察那边做的供述，说是那个女人——叫什么名字来着？总之，不是他把那女人推向厨房、施加暴力，而是那女的猛冲过来，他拿手一挡，结果对方有点儿没站稳。他还说死因是喝了安眠药，坚持认为这是自杀，和自己没关系。”

伊佐子想起了乃理子从被中露出的脸和枕边的安眠药瓶，感觉石井的话是真的。然而，这种因目睹过现场而得到的实感无法对盐月言说。

“律师这么卖力呢，也不光是因为我舅舅的关系。”

女侍端料理上桌的期间，喝着酒的盐月延续了刚才的话题。

“警方以杀人罪送检，嫌疑人翻供，坚称被害者是自杀。杀人罪名成立或无罪释放，对律师来说这个官司还是值得一打的。”

“检察官那边怎么说？”

“检察官好像支持警方的判断。至于判成杀人罪还是伤害致死罪，这个还不太清楚，总之检察官认为被害者的死是由石井的攻击行为造成的。之所以会这样，是因为法医的鉴定书虽然承认死者服用过安眠药，但同时又说只检测出了一点点，远远低于致死量。”

“是吗？那不就没错了吗？”

“无奈律师对这个事非常积极。他正在到处咨询法医学专家，问这份鉴定是否妥当，还说现在的情况相当有利呢。是昨天吧，他来公司找我谈过话，一副气宇轩昂的样子。”

“这么卖力干什么，真麻烦。”

“看来不太合你的意啊。可话说回来，我又不能把你的意思传达给对方。”

“不行的。你绝对不能说出我的名字。”

“正因为如此，一旦发生现在这样的情况就很难办了。作为委托人总不能对律师说，别多管闲事，尽量判重点儿，让他在牢里待长点儿吧。顶多就是不痛不痒地回一句，好吧，那就有劳了。”

“运气不佳，竟然碰上了这么一个律师。”

“事情完全颠倒了。不过你的心情我也不是不理解。只是，这样的话，当初还不如找个没干劲的平庸律师呢。介绍人精明过头了。有个厉害的舅舅有时候也挺麻烦啊。”

“现在还能把这个律师换掉吗？”

“这个不成，会显得很不自然。换掉一个卖力工作的律师，人家反而会怀疑我们另有企图。”

“无罪的话，马上就能出来吧？”

“检察官不服一审判决，继续上诉的话，会有一个拘留期。不过，当中可以保释，所以不会关三四年那么久吧。这样就达不到你所希望的八年以上了。”

“真是糟糕。还有什么办法没有？”

“那就极力钳制住律师吧……只是，情况好像已经很紧迫了。你要吸取教训，以后别再和年轻男人来往了。这次的教训，你可要好好记在心里。”

“讨厌！”

“光是教训可能没啥效果……怎么样，吃完饭要不要去哪儿玩儿两个小时？”

伊佐子感觉有人在摇自己，于是睁开了眼睛。晦暗的白色天花板映入了眼帘，盐月俯卧在她的身旁，正在替换烟斗里的烟草。

“哎呀，我竟然睡着了。”

伊佐子瞧了一眼手表，但一下子看不清又小又暗的表盘。旅馆的暖气设备效果一般，可腿上却黏黏糊糊的，像是出了汗。

“也就三十分钟左右啦。”盐月说。

“是吗，就这么点儿时间？现在几点了？”

“九点刚过。你也这么在意回去的时间？”

“当然，怎么说我也是主妇啊。而且今天我出来的时候，说的是去百货商店买桌子和椅子，结果根本没时间去。”

“桌子和椅子？”

“我想抽烟。这个烟斗让我抽一口。”伊佐子仰面躺着，吐了两次烟，“桌子和椅子呢，是给速记员买的。”

“速记员？这都什么呀？”

“我老公啊，说想自费出一本自传。因为是口述，所以就请了一个速记员来家里。这种奇怪的玩意儿，亏他想得出来。”

“从什么时候开始的？”

“啊，是十天前提起的。今天他把那个女速记员带来拜见我了。明明才二十五岁，姿色什么的一概没有。长着一张奇怪的脸，人很瘦，性格也挺粗鲁的。不过怎么说也是年轻女子嘛，和这样的人在一起，能聊得开心的话，对老年人来说也是一种恰到好处的消遣，所以我就批准了。你看，他能想出写自传这种主意，是不是没几年好活了？”

盐月没有马上回应，过了一会儿才幽幽地说道：“据说S光学要在新社长的主持下对高层进行全面的人事调动，近期就会发布公告。这个消息是我前天听说的。”

“是的，我也听老公说了。前不久，赤坂的餐馆里开过一次新社长和董事的联谊会，我家那位也去了。”

“泽田先生说什么了吗？”

“什么都没说呢。好像只说了一个，营销啊，会计部门的董事啊，像是会变动的样子。”

盐月显得过于沉默，令伊佐子突然有所领悟。

“喂，我老公是不是也会被逼辞职？”

伊佐子一翻身，盯住了盐月的侧脸。盐月抽了一口烟。

“现在还不清楚。不过有这个可能。”

“哎！果然啊。”

伊佐子点点头。自联谊会后，信弘的态度总让人觉得有点儿暧昧，也没了精气神儿。伊佐子将其归结为丈夫年事已高，其实是信弘在隐瞒已收到新社长要求他卸任的内部指示了吗？

“你老公搞技术开发，算是S光学的恩人。S光学能成长为大企业，也是托了他的福。所以前社长才会给他一个终身董事的待遇，这个就算在别的公司也没有先例。不过新社长嘛，总体而言都不太愿意沿袭前任的方针。尤其是前社长行事欠妥，经营不善，导致银行方面握有更大的发言权，有人说他们想要废掉这个终身董事的位子。传言就是这样。而且现在又是技术革新的时代。”

也就是说，信弘的技术已经落伍，对公司再无助益了。这也意味着S光学的“招牌”已封存入库。

“不过，现在还只限于传言，并没有定下来。你呢，现阶段最好什么也不要问你老公。不过刚才听了自传的事，我觉得我能理解你老公的心情。”

“也就是说，他已经做好了隐退的准备，是吧？怪不得我总觉得他有点儿怪，好像有什么事在瞒着我。一旦被解雇，他就没收入啦。”

“我也不清楚新社长肚子里在打什么算盘，不知道他会不会做得那么过分。怎么说呢，只是我个人的感觉，泽田先生毕竟是S社的恩人，就算辞掉董事的职务，也能挂个技术顾问的头衔，享受相同的待遇吧。新社长也不能完全无视前社长许下的约定，至少工资还是会给的。”

“真的会吗？现在要是没收入了，可就惨了。这三年里一定要让他有钱赚才行，我的一切计划都是以此为前提制订的。”

“至于我能做的，就是想办法让舅舅通过银行施压，让新社长同意维持泽田先生的现状。反正听你说的，只要三年就行了嘛。”

“真的吗？你能这么做的话，可就帮了我的大忙了。”

“开玩笑的啦。再怎么说，你看我这立场，能管你老公的事吗？”

“我老公又不知道我们的事。”

“就算不知道我也于心不甘啊，毕竟是我把你让给泽田先生的。”

“不行吗？”

“是伦理观不允许，而且我还和你做了这样的事。”

“就因为做了这样的事，你去帮帮他不好吗？”

“我总觉得你的想法有点儿反常识。”

“常识算什么？就算认真遵守常识，也不会有人在你困难的时候借你一分钱。大家都是看重自身利益的人！只有碰到那种没危险、影响不到自己的问题，才会对别人指手画脚。可是对快要淹死的人来说，光是为了活命就已经精疲力竭了。我呢，很快就要变成寡妇了，在这个不上不下、说老不老、说小不小的年纪上。这个阶段的女人活得最艰难，所以我才要拼命啊！而且直到现在，我都靠不上老爹。那时，你巧妙地把我扔给了泽田，心里松了一口气吧？像这样偶尔来往来往可以，全揽下来还是不要了，对吧？你的这些滑头心思，我是知道的。”

“哎呀哎呀，你倒把矛头转向我了。”

“我是实话实说。所以，我正在做准备，让自己能好好活过后半辈子。如果不按设想的做，我就会错失机会。到了我这把年纪，是不可能再从头来过的。”

“今天晚上你对年龄问题特别关注啊。”

“是啊，我说的是实话。”

“好吧，我也不是不明白……话题扯远了，我们下次再说吧。现在也该收拾收拾起来了。”

“可不是嘛。你再躺一会儿，我先去浴室收拾一下。”

伊佐子从床上下来，看见街市霓虹灯的灯光匍匐般地从绿色百叶窗的缝隙中渗了进来。她一边往小浴缸里放热水，一边想，必须及早考虑如何确保财产归自己所有。

伊佐子一个人从旅馆旁的停车场把车开了出来。经过那家加油站时，站在马路对面的工作人员向她招了招手。她刚刹住车，长头发、高个子的工作人员就跑了过来。

“怎么了？”伊佐子摇下一半车窗，打量工作人员的脸。

"晚上好，夫人。您是要回家吗？"

"是啊。"

"好晚啊。"

长脸上露出了狎昵的笑容。伊佐子送信弘去联谊会时，在这里加过油，而此人就是那三名工作人员中的一个。

"要你管！"

现在是孤身一人，所以不需假以辞色。

"你看，车子变脏了不少呢。"

伊佐子以为对方故意说怪话，转念一想才发觉，近一个星期来还没洗过车。

"洗车的话，明天路过这里时再请你们洗吧。"

"除了洗车，也上点儿蜡吧。光泽也淡了很多啊。"

打蜡要一个小时，但工作人员往往是一边涂蜡一边干其他的活儿，所以总是会花三个小时。明天必须到百货商店订购桌子和椅子，所以伊佐子觉得可以把车留在这里，趁上蜡的时候打的去商店。

"那就明天拜托你们吧。"

"这样啊，那我们就恭候大驾了。大家都很乐意看到夫人的脸哟。夫人再见，晚安。"

长脸往后一退，扬起了手。可能是因为伊佐子绷着脸，他也没敢多开玩笑。

回到家，把车开入车库，听到声音的沙纪开门迎了出来。

"你还没睡啊？"

"是的。"

"老爷呢？"

"吃过晚饭后，六点左右的时候睡下了。"

“是吗？来没来过电话？”

“有一个，是一位叫浜口的先生打来的，他说希望夫人明天能回个电话。”

律师的事还没告诉浜口，想必他是来问后续情况的。为了别被那些家伙缠上，必须尽快结束这桩麻烦。

四

伊佐子隔着被炉照料信弘吃早饭。面包、牛奶、牛排和蔬菜沙拉，还有味噌汤，狭小的被炉上乱糟糟地摆着好些碗碟。

伊佐子涂好黄油的面包片信弘只啃了一半。他一个劲儿地喝着味噌汤。跟其他汤汁比起来，他更喜欢味噌。他吃了生蔬菜和鸡蛋，但牛肉只少了不到三分之一的量。原本他动嘴就慢，如今更是半闭着眼睛，像是在思考什么，也不怎么说话。

太阳照在庭院的围墙上，墙下的背阴处冷飕飕的，但邻家那关着滑窗的二楼却是阳光明媚。

“肉要冷啦，快点吃吧。”

“嗯。”

信弘在伊佐子的催促下把筷子伸向牛排，只夹了一片放进嘴里，就再也不吃了。明明为了他，已经把肉都切得像纸一样薄了。

伊佐子总是过后独自一人用餐。和信弘在一起，她食不知味。用餐也讲究节奏，像信弘那样慢条斯理地吃饭，伊佐子无法忍受，她的情绪会越来越焦躁。伺候他吃饭的话，倒还能看得下去。

近来信弘食欲不断衰退。伊佐子一早就放上了一盘牛排，给他补充热量，但他也不怎么吃。用带骨头的鸡熬成的浓汤也好，调理起来很烦琐的洋葱汤也好，都给他做过，但他都不喜欢，只爱漂着裙带菜的味噌汤。

信弘穿的短褂由蓝条纹夹着细红线的唐栈[1]制成，是伊佐子挑选的。到去年为止，这等程度的鲜艳还算合适，如今这短褂显得特别突兀，给人一种好色老头的猥琐感。

信弘的身子好像也渐渐瘦弱了。眼袋变大，脸颊瘪了下去，只有下唇往前鼓着，嘴边添了几道皱纹。背也比过去更往前倾了。每天都见面的人瞧不出来，但久未谋面的人看了，都会吃惊他老了许多。肯定有人觉得他已经活不长了。

虽然只相差十岁，但盐月芳彦就像正当壮年。他脸色红润，溜光水滑，没有皱纹的额头油亮油亮的，一身细皮嫩肉，更别说食欲有多旺盛了。而且他声音洪亮，有气势，简直是个不知疲倦的人。

信弘用筷尖从汤碗中夹起裙带菜送入嘴里。从裙带菜一头滴落的汤汁掉在了他胸前。衣服的前襟已经弄脏了两三次。伊佐子想起了中风而死的伯父戴着围兜的模样。

"老爹，公司那边是什么情况？"伊佐子一边动手收拾被炉上的碗筷，一边问。

"嗯？"

信弘吮吸着裙带菜。也许是心理作用，她觉得他好像是吃了一惊。

"没什么值得一提的事……"他的视线移向了别处。

"就算社长要替换董事，老爹你也不会有问题吧？"

伊佐子想在这里证实昨晚盐月所说的话。

1　唐栈："唐栈留"的简称，一种带条纹的锦缎，表面顺滑有光泽。原为江户时代起从圣多美地区进口的一种纺织品，遂根据"圣多美"的发音，以汉字"栈留"标记。又因日本习惯用"唐"字表舶来品之意，所以又被称为"唐栈留"。

"嗯……怎么说呢，应该不要紧吧。"

"'怎么说呢，应该不要紧吧'什么的，真叫人心里没底。直到最近你说的都是肯定能留任啊，是形势有变了？"

"倒也没变，只是新社长要平衡各方面的关系，比如银行那边的，所以好像一直决定不下来。不过，我有跟前社长的那层关系，而且他也给新社长留了话，所以我觉得我不会退下来。"

"这么说，是不用担心了？"

"嗯。"

总觉得信弘的回应含含糊糊。伊佐子本想搬出盐月的话追问几句，就说这是从别人那里打听到的；但她和盐月是昨天见的面，现在说出来会让信弘认为这是她昨天外出时得到的信息。信弘从不提盐月的事，正因如此，伊佐子有点儿摸不透他的心思。一个已经和妻子分手的男人，信弘恐怕并没有把他从心里完全抹消。毕竟两人在一起后，盐月曾派人来找过碴儿。

不过，那只是盐月演的一场戏。他先是出让自己的女人，又料想两人既已结婚就不会再有问题，只是稍加骚扰的话，信弘是不会和伊佐子分手的，毕竟刚结婚也得顾点儿面子，而且，娶了个年轻女人的信弘也不会轻易放手。换言之，盐月的所作所为就像一次"再确认"。当然，那里头也掺杂着一丝眷恋难舍的忌妒。

虽然信弘不可能知道这些，但是对妻子的前男友，他非常在意。他的禀性使他硬是没有表露出来。搬出盐月所说的S光学人事调动的传闻，让信弘暗中推测这消息来自盐月，打击一下信弘那爱摆学者架子的臭毛病——伊佐子并非没有这样的冲动，但现在她决定忍一忍，以后应该会有更好的机会。

伊佐子心想，现在不如先假装相信丈夫的话，然后伺机戳破他的伪装。如果信弘确实是不敢说明事实，有所隐瞒，自会渐渐露出破绽。还是这样折磨他比较好。

“我想上一段时间的烹饪学校。”伊佐子吐露决心似的说道。

“哦？为什么啊？”信弘的喉结滚动着，咽下嘴里的茶水。

“据说现在的料理跟过去的很不一样，跟我开店那时候的……”

“你又想开素菜料理店吗？”

“并没有决定下来，不过老爹死后的事我也得考虑啊。事到临头一下子也来不及啊。什么都不知道的话，怎么使唤厨师？”

信弘瞧了瞧户外。透过玻璃门看庭院，只见阳光不知何时已落至围墙脚下,沿墙的土构成了一条明亮的长线。走廊与和室之间的拉门开着。伊佐子素来讨厌屋里空气沉闷，即使信弘觉得冷她也不管。

见信弘沉默不语，伊佐子继续道：“而且，老爹也不能保证永远留在公司里对吧？”

信弘垂下了眼睛。

“这样的话，我就得拼命努力了。”

换成心态轻松的普通丈夫，姑且不论是否出于真心，至少嘴上会开玩笑说：“你来养我啊，那可太感谢了。”然而，信弘却一声不吭，表情凝重。这让伊佐子心情烦躁，终于忍不住想再多嘴几句。

信弘嘴张了一半，似乎想说什么，但又马上合了起来。伊佐子想，这个人总是这样。想坚持自我时，想辩驳时，因为有遭到反击的可能，就不服气地一声不吭。看起来，信弘是觉得面对强大的对手最终仍会被驳倒，所以最好别争论，吵架也是枉然。这既像是认输，认为一个老人与精力充沛的年轻女人对抗一定会被击溃，又像是软弱，犹如一个无法违逆大人的孩子。软弱混杂在嘴角浮现的苦笑中，似乎又化作了另一种冠冕堂皇的态度——面对一个不明事理的人，说了又有何用？

这种有话闷在肚中的态度只会引发伊佐子的反感，逼她想顶撞信弘：我和你不一样，人很单纯，你把话给我说清楚，好好说话不行吗！

现在也是，信弘似乎想说些什么，却一声不吭，眼睛看着别处，使得伊佐子脑后一阵发涨，话语自然而然地脱口而出：

“还有，以后我要去一些餐馆转转，吃一圈。估计现在设备也大大翻新了吧，所以我想先看一下，作为参考。”

说出口后伊佐子才意识到，这可以作为外出的理由。有了烹饪学校和吃遍餐馆这两项，就可以随便离家，每天都出去也可以。

“我这么说不是因为要奢侈，你可别想错了，我是为了将来能独立生活。”

独立生活就是过日子不靠任何人照应。换言之，伊佐子是想向信弘表明不会再婚的决心，让他高兴，以此换取这里的土地、住宅和财产。现在她也可以随意出门走动，但是有个由头总是好的。这样就能无拘无束，享受真正的自由。

很久以前她就对信弘说过：“我不会因为老爹死了，就跟着一起死，或是追随老爹自杀。有些老婆可能会说些自己做不到的事，讨老公开心，但我不会，做不到的事我只会清楚地告诉你我做不到，因为我讨厌说谎。但是，我不会再婚。虽然不知道老爹什么时候会死，但我也不想在大好的年纪，和另一个男人一起生活，自找麻烦。因为世上已经没有你这样的好人了。”

信弘满是皱纹的脸因喜悦挤成了一团。那些对话通常有着与之匹配的氛围和背景，所以当时信弘是由衷地被感动了。

伊佐子想，这个人至今仍拼命地爱着自己。从前，信弘屡屡带人去“蓑笠”。因为他注重体面，无法一个人过去。旁人都说老实的信弘受了诱惑，但唯有男女之间的事，旁人难以真正了解。如今两人已成夫妇，人们似乎都在传，信弘受尽了任性娇妻的欺压。可是谁又知道，在无人得以窥见的床笫之间，他是如何为妻子的身体欣喜。那种时候的信弘会完全抛开平日的架子，宛如裸体婴儿，蹒跚地缠绕上来，急躁、挣扎、抵死纠缠。面对那样的信弘，伊佐子有时觉得自己是被年长男子玩弄身体的少女，有时则充满母性地疼爱他，有时又像年长的女人一样愚弄他。而信弘是如何地感激无量，旁人又怎能明白？

床笫间的愚弄调子，似乎在白天也会习惯性地显露出来，已成为日常生活中的一种定式。所以，即使信弘被狠狠整治了一顿，心里大概也是满足的，没准儿他还很享受“败阵丈夫”的处境。脸上貌似在强压怒火，其实信弘的不抵抗与他的暗中欢愉息息相关。因为伊佐子这么想，所以信弘弃权状的沉默也好，给人执拗感的闷态也罢，她都没放在心上，甚至觉得有点儿滑稽。

现在也是，信弘撑着被炉站起身，一脸不悦地向书房走去。这种时候，信弘一贯如此虚张声势，所以伊佐子冷笑了一声。丈夫的身影消失后，她的心情反倒开朗起来。

不管信弘想法如何，她都要去烹饪学校和餐馆。先不说烹饪学校，餐馆那边她无论如何都想走一走、吃一吃。盐月在公司无所事事，只要打电话约他，他就会马上跑出来。可以拿他公司的交际费付账，所以不用自己破费。盐月是个令人愉快的玩伴。

伊佐子不认为自己与盐月的交往会带来麻烦。两人重逢时他已是成人，伊佐子这边也成长了。即使信弘死了，她和盐月也不会回到过去的那种固定关系。当初盐月耍弄手段，好不容易摆脱了羁绊，如今更不可能有那种想法。风月老手盐月有很多女人，但现在除了柳桥那个被他疏远的女人，似乎没有固定的伴侣。

伊佐子明白盐月的心思，所以才把他当“朋友”玩玩，能利用则利用。

盐月的舅父——那位大政治家是一条宝贵的门路。伊佐子打算在开店后，尽量把那边的客人招揽过来。另外，盐月也是个让人充满惊喜的男人，貌似粗线条，却在料理检选、女性和服乃至室内设计等方面都颇有见地。由于尝遍了各地的料理，他不光会讲解，还能亲自下厨。从调味到盛放菜肴，手段已远超业余水平。在女性和服方面，他的知识能力和绸缎庄的掌柜不相上下。伊佐子对和服的品位就是在和盐月交往时训练出来的。

说起来，伊佐子最初被盐月诱惑，就是因为一身和服得到了他的赞美。即使她若无其事地穿上不入外行之眼的朴素和服，盐月也会靠过来，凑上眼，他光是用手指触摸布料，就能从产地到纺织厂一一道来，无一不中。从腰带到内衣，他都知之甚详，挑选颜色与花纹也颇具慧眼。伊佐子几乎是在买和服以便得到盐月赞赏的过程中，和他陷入了男女关系。盐月在茶室和园艺方面亦有心得，对绘画及用具的鉴别力也不错。布置“蓑笠”的茶室风格房时，伊佐子得到了盐月的不少指点，只要在不起眼的角落引入他的设计，氛围便焕然一新。他的书法水平与一般的习字先生相当，还会一笔画，木工活儿也做过一点儿。

这么多才多艺的人，却不擅经营公司实务，过去屡战屡败，如今虽然靠舅父的势力当上了食品公司副社长，但是公司似乎了解他的无能，不让他插手公司事务。不过，盐月却说为别人的公司工作有什么意义，对这种奇异的礼遇他并无不满，乐得能自由支配时间。

正所谓天不降二物于人，他的审美能力和那双巧手，若能在工作上发挥出一半，自是无可挑剔。可惜，他好像无论如何也做不到。

但是，仔细想想，确如盐月所说，在经营方面有点儿才干也没什么了不起，一旦公司陷入困境，需要获取更大利益时，就力有不逮了。在这种时候，握有可靠的强大关系，不知能给公司带来多大好处呢。

为了将来的生意，伊佐子必须牢牢掌控住盐月。而且，他还能带来信弘不可能给予的欢乐。此外，盐月的忠告也富含人生经验，或许可以成为伊佐子的缰绳。只要这边不威胁到他，他就是一个亲切的人。

中午过后，速记员宫原素子到了。这个女人站在玄关口也毫不引人注目。脸和身子都很瘦长，穿着黑色的衣服更显得身材苗条。小鼻子小眼，完全感觉不到活力。今天，夹着手提包的宫原素子见到伊佐子，仍像少年般鞠了一躬。

“欢迎光临。辛苦你了。天这么冷，一定冻得够呛吧？”

“不，今天挺暖和的。”

宫原露出了微微前突的门牙，这笑容也缺乏女人的韵味。

伊佐子想这是信弘恢复情绪的好机会，便领着宫原走到书房前，敲响了门。在人前还是要举止得体的。

“老公，宫原小姐来了。”

弓着背、身子前倾撑在书桌上的信弘，转向了伊佐子她们。他眯起了眼，显得有点儿害羞。

“你好。”

“您好，我来了。”宫原素子朝信弘施礼，那体态就像折断了的树枝。

“是这样的，关于宫原小姐的桌椅，我昨天已经去百货商店订购了，应该马上就能到。”

伊佐子心想，今天或明天必须要去一次百货商店了。

“哦，是这样啊。那到之前用什么呢？”信弘站起来东张西望，看得出他是在顾忌伊佐子。

“那就把昨天的那个拿过来吧。”

伊佐子前往库房，满不在乎地把那张破旧的小桌搬来了。小桌是昨日发生不快的导火索。信弘表情复杂。至于椅子，昨天从餐厅拿来的那把还留在屋角。

“在新桌椅送来之前，先将就着用这个吧。”伊佐子对宫原说。

“实在是不好意思。”

“要不先坐下来试试？”

宫原屈身坐下，由于椅子高桌子低，书写姿势好像会很别扭。

“桌子有点儿矮啊，不知道还有没有别的桌子。”伊佐子做出一脸沉思状。

“就这个也行了，反正商店会送新的过来。”信弘在为伊佐子着想。

“是的，在这个上面还是能写字的。”宫原也有些惶恐。

“老公，你是不是今天就要开始了？”

“嗯，有这个打算，所以我把要说的话做了笔记。”

书桌上搁着笔记本和钢笔。从离开被炉到刚才为止，信弘大概一直在写笔记。他放弃与伊佐子对抗，躲进书房，原来是在以此排遣情绪？即便如此，在旁人面前信弘仍装出了一副悠然自得的模样。

宫原从包里取出用薄纸装订成的速记本和三支圆珠笔。

沙纪端着茶进了屋，视线扫过速记用具之后，又退了出去。

“要开始了吗？”

伊佐子对坐回椅中看着笔记的信弘说道。看来今天他不打算去公司了。

“嗯，是要准备开始了，不过还不太习惯啊。前不久我请宫原小姐到公司做过两次练习，不过这跟写文章不一样，我还是没掌握要领。”信弘双肘撑着书桌托住下巴，问道，“宫原小姐，擅长口述速记的人是怎么做的呢？”

信弘对方法毫无头绪，有些迷惘。

“嗯，也有像在演讲或座谈会上说话一样，然后再修改一下，弄成一篇文章的。”

“演讲或座谈会吗？我跟那些学者和文化人不同，没参加过演讲或座谈会啊。这下麻烦了。”

“你没什么自信啊，老公。看你劲头十足地要开始干了，还以为你很有信心呢。”伊佐子插了一句。

“没关系，像上次那样就行了。一开始多少会有点儿生硬，但很快就会熟练的，而且事后修改多少次都可以。所以，请不要在意速记情况，只管说话便是。”宫原素子拿起圆珠笔，停留在纸的上方，鼓励着信弘。

“要不我也在这里听一会儿？”

“欢迎。如果老爷怀着像是在对夫人说话的心情来讲述，也许更能调动情绪。”伊佐子话音刚落，宫原便应以成熟的言辞。

这女人已有二十五岁，原本也不该以“成熟”形容之，只是她的脸和身子都很娇小，感觉就像小小的一团，所以才会有此错觉。不过如此一来，在一段时间内女速记员或许可以凭借经验牵着信弘走。伊佐子一边想，一边看着宫原患了贫血似的侧脸。

信弘久久不开口，只是瞧着笔记，连声假咳，最后竟手足无措地抽起了烟。

宫原则放下圆珠笔，开始啜饮茶水。

“怎么了，老公？怎么也说不出来吗？”

“嗯，怎么也说不出来。”

“是因为我在这里打扰了你，所以不行了吗？”

“不，这倒也不是……”信弘拿手指挠了挠眉毛上方，“宫原小姐，那我就试着说说看。总觉得情况跟预想的不同，不会很顺利，不过我还是说吧，慢慢地说，可能当中会卡住。”

“是，没问题。请说。”

宫原再次握住圆珠笔。伊佐子不知信弘会从什么说起，出于兴趣保持了沉默。信弘想出来的这项消遣，看起来倒也有点儿和孙儿玩耍的感觉。

“呃……”信弘轻咳了两声，似乎难以开口。

“呃……我出生在山口县一个名叫‘长府’的城下町……啊，长府的长是长短的长，府是府中市的府。”

“明白了。”

“就像这样子可以吗？”信弘瞧着宫原和伊佐子两人的脸问道。

“我觉得很好。”

宫原微笑着点点头。伊佐子则打算再听一会儿。

“……长府在下关以东三里开外的地方，按现在的说法就是十二公里啦。这里请改成十二公里。”

“是，我明白了。”宫原一边划动圆珠笔一边说。

“我父亲是士族之子，长府藩是山口毛利家的支藩……支是支店的支。口头讲述的话看不到字，挺不方便的呢。”

“是的。这个以后再往里面填。实在不知道的地方我会写片假名，所以您不必在意，请尽管往下说。”

信弘偷偷瞥了一眼伊佐子的脸，用一种羞涩、为难、近乎于孩子般的眼神。伊佐子想，丈夫对自己嘴角露出的浅笑很在意嘛。

“说是士族，其实祖父的俸禄不过五两三人扶持[1]……扶持的扶，是提手旁加丈夫的夫，持是持有的持。我还是很在意字怎么写啊。”

“没关系的。请您想怎么说就怎么说。”

1　五两三人扶持：武士俸禄的计量单位。“两”是现金单位，“扶持”即“扶持米”，是稻米计量单位。古代日本以现金或稻米的方式发放俸禄。一人扶持即一人份的稻米，以男子一日五合米、女子一日三合米来计算。三人扶持若换算成现金，大致与五两金相当。

“……反正就是俸禄只有五两三人扶持的最下级的武士之家。我父亲对高杉晋作啊，久坂玄瑞……玄瑞的字是，啊，还是算了吧，等一会儿我把汉字填进去……他尊敬玄瑞，还有伊藤博文、山县有朋，不对，是崇拜，是崇拜他们，因为这些人都是低级武士出身。长府也是乃木大将出生的地方。父亲小时候立志当一名军人，但因为身子弱，只好放弃志向做了商人。虽然最后做的是谷物买卖的中介，但我觉得父亲参军的话也能飞黄腾达，升到陆军少将的位置。父亲干什么都很有眼光，有胆有识……”

伊佐子想，身为那位商人的儿子，信弘既无胆也无识。他如此赞美父亲，想必是因为有这样的自知。

“怎么样？就像现在这样可以吗？”

“非常好！”宫原答道。伊佐子还想再听一会儿。

“父亲生意做得很大，但不管怎么说，长府也只是一个乡间小镇，所以在我七岁的时候，我们举家越过关门海峡搬到了对面的门司市。所以，我小时候的记忆都跟长府和门司有关……不，请记为‘与长府的小镇和门司的街区有关’，这么写可能比较好。”

“是。”

沙纪轻敲几下门走了进来。伊佐子以为是有推销员上门，不料——

“夫人，加油站来了人，说是把车子送过来了。”

看来是加油站的人把今天一早取走的车送回来了。

“是吗？我马上就去。”

伊佐子刚起身，信弘就看了她一眼。

“车怎么了？”

“昨天晚上托了他们今天给车上蜡。”

昨晚回来时，信弘已经睡了。今天早上他也没问她昨天去了哪里。

后来，在被炉那边说起上烹饪学校和转遍餐馆的时候，他显得很不满意。伊佐子想，这或许是因为丈夫对她的外出有着近乎直觉的敏感。

走出玄关，只见那里站着一个头发蓬乱的高个子员工。把车子开回来的就是他，身后另有一辆用来返回加油站的车，由另一个男人驾驶。

涂过蜡的车身在阳光下熠熠生辉。

“变漂亮了呢。”

“是是，夫人的车嘛，我们擦得可卖力了。”

这些员工的玩笑话总是那么轻浮，眼中的笑意也过于狎昵。若是在他们工作的加油站，也就乐呵地听着了，到了人家门前还用一样的腔调说话，简直是无可救药。

“多少钱？”伊佐子一变语调，问道。

“啊，是一千二百日元。”

伊佐子一脸不快地从钱包里掏出钱，这时那员工嬉皮笑脸地低声说道：“夫人，那位先生好像有话要对您说。”

伊佐子下意识地顺着手指的方向望去，只见浜口从后面那辆车的驾驶席伸出脸，正朝她点头哈腰，眼睛似乎被阳光晃得厉害。

她没想到浜口坐上了加油站的车，更没算到他会在这里出现，这一突然袭击令她目瞪口呆。

“那位先生说有话对夫人讲，好说歹说就是要坐我们的车过来。我也没办法，这个人是上次坐夫人车子的那位年轻人的朋友，我们也是见过一两次面的。”

带石井宽二兜风时，浜口可能也一起坐上来过。无奈之下，伊佐子只好向停在后面的车走去，狠狠地瞪了浜口一眼。

“对不起。我去加油站时，他们说现在正要把车送回夫人的家，所以我就一起跟来了。”浜口的态度并不如他的措辞那么客套，眼角的赤色黏膜突露在外，一脸奸猾相。

“竟然到家门口来了，我会很难办的，知道吗？”伊佐子呵斥道。

“呃……可是我给夫人打了电话的，却怎么也说不上话啊。”

“你说有话要讲，是什么？”

“就是给石井请律师的事。夫人说已经有谱了，那么有没有正式决定呢？”

“差不多了。”

“要是定下来了，我也想见见律师，好好求他。大村也是这么说的。我们还打算出庭提供对石井有利的证词。不管怎么说，那天晚上的事，我和大村最清楚了。”

浜口的红眼睛似乎在说：住在同一幢公寓的我们很清楚乃理子去世那晚的事。我们还知道夫人您也在现场哦。

打着石井宽二友人的幌子，说什么我们也要去求律师。其实这也可以理解为一种胁迫——我们要把您的事也告诉律师，还会以证人身份在法庭上说出来。这主意没准儿是那个头脑比较精明的大村想出来的。

“我都没见过律师呢，因为还没有真正定下来。”

“什么时候能定下来？”

“估计还要一点儿时间。”

“太晚的话，石井就太可怜了。夫人说包在您身上，所以我们才托付给了您，但我还是想问清楚前景。大村也是这么说的。”浜口的语气刁横起来。

“大村君在哪里？”

“他在公寓，正在等我传达夫人的回复。”

背后果然有大村的影子。

“在这种地方也没办法说话啊。对了，今天下午我有事要去一趟 N

百货商店，三点左右你到 A 宾馆的大厅等我。大村也要来的话，就一起来好了。”

“明白了，就这么办吧。”这回，浜口总算轻轻点了下头，脸缩回了车窗内。

伊佐子在进门前又回头看，只见加油站员工与驾驶席的浜口调换了位置，两人相视一笑。

瞧一眼书房，信弘仍在向宫原口述：

“长府的海岸边有两座岛，叫满珠和干珠。满是满足的满，干是晒干的干，珠是算盘的珠子。可以了吗？……这两座小岛也在我幼小的心灵中留下了深刻印象。满珠那边去不了，但干珠在退潮时可以从陆地上走过去。母亲常带我去那里捡贝壳，每次都会从海里采裙带菜回来……”

五

信弘和速记员宫原素子继续做着口述笔录，伊佐子已做好外出准备，在两人面前露了一下脸。

“老爹，我有事要出去一下。”

信弘正在说满珠、干珠二岛的情况，闻言转过头来：“啊，去吧。”

与往常一样，他也不问去哪里，眼神似乎也始终专注于口述。宫原素子起身，稍稍低下剪着短发的头，道了声“请走好”。她的态度总是显得过于干脆，缺乏柔和度。

“宫原小姐，我想明天商店就会把我订的桌椅送来，不过我还是会在外面打个电话，催他们快一点儿的。”

“真是麻烦您了。”

沙纪把伊佐子送到了玄关。把那个缺乏姿色的女速记员配给信弘，大家都省心。

车被擦得锃亮。伊佐子不认为浜口真是跟着还车的加油站员工来的。浜口的狡黠中有着超乎想象的执拗，而且一半来自大村的主意。想到这里，伊佐子觉得这两人不好对付。

她准备先去商店，再去 A 宾馆。现阶段，由于这边没什么对策，去宾馆大厅和大村及浜口见面，可能会把事情搞糟。她打算走一步看一步，做个妥善了断，但也许不会那么顺利。伊佐子本想以势压人来硬的，可又觉得说不定会在某处被人摆一道。当场对话，说着说着，没准儿就会拿出违心的大度，变成向他们让步。一旦两人联手死缠烂打，可就麻烦不断了。

伊佐子想听取盐月的意见。别看她怨这怨那的，这种时候盐月就是她的依靠。

中途顺道去了公用电话亭。一点过了，但愿午饭总是吃得很晚的盐月没有外出。幸运的是，她很快就听到了他的声音。

“好好，那就请你去哪里吃一顿吧？”

不用明说来意，盐月就领会了。场所定在银座大楼地下的关西料理店，盐月告知了地址。这么一来，去商店买桌椅怕是要拖到明天了。

“真是不见则疏，一见就一发而不可收啊。”

盐月吃过虾和鲷鱼的刺身之后，喝上了第一杯啤酒。

“每天都这样的话，就必须改变营养的摄入方式了。”

“傻子，才不是这么回事呢。今天我有点儿正事，想请你帮我参谋参谋。”

“参谋？”

“不用转眼珠子啦，这个事对老爹你没有直接影响。”

“不管有影响没影响，该出手时就得出手。”

“净骗人。心定了所以才会说得这么轻巧吧？反正你这个人是绝对不会再为我涉险了。”

“到底什么事？”

“我现在就说。”

“你这一开口，我得正襟危坐了……”

“也不用这么夸张。”

伊佐子说了浜口和大村的事。至于他俩和石井宽二的关系，上次就已提过。情况毕竟太复杂了，明言可能会被两人缠上，这还是第一次。虽然是在享用菜肴的轻松氛围中讲述，但还是透出了一种要把降临在身上的麻烦甩掉的迫切之情。

“上次我说过的吧？和年轻男人交往准没好处。当然，那是指着石井说的。”盐月的宽肩膀向前一凑，继续说道，“这种人的朋友也是一路货色。他们是想抬出石井勒索你对吧？”

“肯定是为了钱。上次他半带挖苦地对我说，他们自己会找律师，有了合适人选让我照应照应，暗示要我出费用，所以我才说律师我这边来请，堵了他们的口不是吗？结果这次他们想了个别的借口，竟然坐着加油站的车到我家来了，真是太不要脸了。”

“找碴儿是那些人的专长。你嘛，又心高气傲，所以他们觉得这样做会比较有效。那他们的目的只是钱了？”

“还会有什么？”

“看你这眼神，多半你自己也清楚吧。你的小燕子[1]坐班房去了，所以他们想取而代之吧。”

“讨厌！还有，‘小燕子’什么的，真是好老式的说法啊。”

“好啦，你就别装了。你一直在隐瞒你们的关系，但是瞒得了一时，瞒不了一世。你看，我会让律师努力不把这件事捅上法庭。但是，为此你必须告诉我实话，防卫策略也得建立在这个基础上。”

“……我确实犯错了。”伊佐子耷拉着眼皮，半是羞愧半是自暴自

1　小燕子：原文为“若い燕”。典出明治时期妇女解放运动先驱者平塚雷鸟的一段恋情。平塚和小自己五岁的画家奥村博史相恋，称他为“若い燕”。后来，奥村因压力放弃了这段恋情，他在给平塚的信中写道：若い燕は池の平和のために飛び去っていく（为了池塘的和平，小燕子飞走了）。从此，“若い燕”成为流行语，用来指代比女方年轻的情夫。

弃地嘀咕了一句。

“嗯，果然啊。”

盐月从鼻子里发出了哼声，不再说话，只是注视着伊佐子低垂的额头。

“所以……所以我才不想说啊。”

伊佐子意识到血气涌上了自己的脸颊，她抬起头望向盐月，仿佛是要搅乱他那复杂的眼神。

突然盐月往杯中倒酒，仰脖一饮而尽。喉头上下滚动，好似喝下了某种令人痛楚之物。这个举动很不合他的身份。

“生气了？”

脸回归原位的盐月吐了吐舌头，以此给刚才的行为遮羞。

“就算我说你这个女人真过分也没用吧。只是听你亲口挑明了，心情还是很微妙。”

“你看，我就说嘛。”

“以前我就知道，所以也不怎么吃惊。你骨子里就是一个会和年轻男人出轨的人，又或者是到了这样的年纪吧。”

“这次是想把我说成老太婆教训我吗？”伊佐子把脸往前一凑。

“年轻男人危险，你要吸取教训，趁早收手。对方一文不名，没有可失去的东西。这一点很致命，怎么看都是你吃亏啊。”

“我已经很明白了。以后我只守着老男人。”

“老男人是说我吗？”

“啊，选哪一个好呢？”

“你老公的话，对你来说，各方面都算不错。”

“不错得过头了，所以我才会不满。然后情绪就变得很奇怪，不知该怎么办。就像喝醉酒的时候一样，自己都搞不懂自己了，有时还会自暴自弃。”

“这是在为跟年轻男人出轨的事辩解吗？”

“把我弄成这样的人是你啊，老爹。你的血进入我身体后，就化作了浑浊的一团，到处闹腾。做出这种事，还把人家巧妙地让给了一个糟老头，你自己倒跑得快。太狡猾了！”

“哈，这是要反扑了吗？”

“我不想再像以前那样，只能偶尔见一次面了，这样会让我越来越神经衰弱。”

盐月像是被灯光晃了下似的眯起了眼睛。

“希望你能遵守一条规则，那就是不要让你老公担心。”

“厉害啊。这条规则其实也就是不要威胁到你的生活吧？这个我明白，不用你来提醒。”伊佐子看了看手表，“啊，已经两点了。”

“在宾馆大厅和他们见面是几点？”

“三点。”

“还有一个小时啊。”盐月想了一会儿，“你最好不要一个人去宾馆，我也跟着你一起去。”

“啊？老爹也去？”

“我不会在他们面前做什么，我这边有人很擅长交涉，顺便也给你介绍一下律师吧。”

伊佐子本就没想好对策，又因为事出突然，一下子也插不进话。

盐月说要打个电话，离开房间去了走廊，可是过了十分钟也没回来。盐月多半是在和律师通话，不过他说的那个擅长交涉的人应该不是律师，听口气像是另一个人。伊佐子也想不出有谁。世间传言，像盐月舅父那样的保守党政治家都与右翼的大人物有合作关系。没准儿盐月也能通过那边的熟人找几个擅长恐吓的好手，但伊佐子转念一想，可别反而把事情闹大了啊。律师那边也是，明明说过让盐月居中联络，自己尽量不要露面，他却胡乱理解，还要把律师叫到宾馆来。从前伊佐子就知道盐月做事欠慎重，此时不禁后悔没对他多加叮嘱。

“这种事我懂。”打完电话回来的盐月，听完伊佐子的话后点了点头，“律师那边呢，我也不能永远隔在你们之间当屏风。你作为委托人还是得去见一下，否则律师反而会摸不着头脑。当然，你和石井宽二的关系现在我还瞒着律师。不过，到了公审阶段石井要是说漏了嘴，也是很糟糕的。一旦丑闻曝光，你这边的麻烦还会涉及你丈夫的体面，对你将来开餐馆也是一个巨大的负面影响。所以，要封口的话自然得请律师多方活动。为此律师需要认识你本人。”

“情况变得好奇怪。早知如此，我就不揽下给石井辩护这件事了。”

“那也不行。说起来这也是为了保护你，而不是为石井辩护啊。给石井找辩护律师，一是为了卖他一个人情，让他不要胡说；二是为了不给大村和浜口这些流氓以可乘之机；还有三，就是请律师运用法庭技术，避免你的名字出现。这些才是我们的目标，不是吗？”盐月整理了一番要点。

“话是这么说啦，可还是很难啊。”

“从一开始就是自相矛盾的。你希望石井在牢里尽量待长一点儿，所以还要求律师别太卖力呢。”

“这个问题不能很好地取得平衡吗？”

“这件事很难办，没你想得那么简单。举个例子吧，虽然大村和浜口在警察那里录口供时没提你的名字，但是他们在法庭上会说什么可就不一定了。”

“……”

“上法庭前还有检察官询问证人的环节。好在我听律师说，大村和浜口都还没有接到检察官的传唤。但往后的事就难说了。从现在开始，我们必须考虑如何防范。”

“老爹，我们该怎么做？”

“你看，你不知道了吧？从来就没想过那么远吧。要神不知鬼不觉地收回自己种下的恶果，是需要智慧和辛劳的。”盐月的状态已经基本恢复原样了。

在去 A 宾馆的路上，伊佐子在车里小声对盐月说：“必须见律师的理由我算是明白了，一狠心把话说开的勇气也有了。对了，那位律师是个什么样的人？”

“他叫佐伯义男，只有三十五岁，听说以前在刑案专家川岛律师的事务所工作，三年前自立门户了。他是我舅舅那边介绍过来的，肯定不会错。不过，你也不用急着说实话。”

“嗯，我会先跟老爹商量的。”

“对，就这么做。”

“还有，要去见大村和浜口的也是那位律师吗？”

“啊，不是的。对了，我们刚才商量过了。你呢，和那两个人只说几句就行，就站着说，一旦坐下来就不好换人了。”

“换人？”

“会有一个身材魁梧的男人到你身边来。这时你就迅速走开，去我和律师坐的地方就行了，接下来的事那个男人会帮我们办妥的。”

“是练过柔道和空手道的人？”

“那人可是绅士。交给他你就放心吧……现在离三点还差二十分钟，我们不早点儿到的话就麻烦了。”

进入 A 宾馆的大厅后，坐在椅子或长凳上的众人的脸，一张张从伊佐子眼前掠过。

“还没来。”伊佐子低声说。

“你就在这儿待着。往里去有块地方被隔墙挡着，那里也有候客室，当然在这里是看不见的，我和律师就在那里。你要照我们说好的做，等那个人一出现你就过来。”

盐月撇下伊佐子走了。

伊佐子暗中观察周围的人，但看不出哪个是盐月嘴里说的魁梧男人。那人接到召唤后，多半已经到了，只是体格健壮的人实在太多了，还有几个是外国人。

伊佐子面对大门呆呆地站着，没多久就看到了一张平板脸，是推着旋转门进来的大村，长发的浜口紧随其后。

两人进来就环顾着大厅，浜口率先发现了伊佐子。他捅了捅大村的胳膊，一扬下巴，像是说了一句“人在那儿”。朝这边努嘴的动作实在让人恼火，简直就像见到了自己的女人似的。伊佐子走近大村和浜口，杵在两人面前，脸上没有一丝笑容。于是两人也对伊佐子随随便便地点了下头。

“夫人，今天早上真是谢谢您了。”浜口在大村的肩后咧嘴一笑，说道。

伊佐子很久没见到大村了，在公寓的那晚也错过了。大村人微胖，个子很高，长着一张颧骨突出的扁平脸。

“夫人，我们好一段时间没见了。”大村语声平静，细长的眼睛笔直地对着伊佐子。看来这是他与女人对峙时最擅长摆的姿态。

“久违了。”伊佐子摆出全神戒备的架势，既不微笑，也没显出冷漠之态。

“这次石井碰上了大麻烦，真是辛苦您了。”

虽然没说“您一定很难受吧”，但这番问候就像是对着当事人的亲属说的。

“是啊。真是不幸。”

也许是心理作用，大村的细瞳仁好像闪了一下。

“我听浜口说了，您一直很牵挂律师的事。谢谢您。”

“我已经请好了。”

“现在拘留所还不许会面，所以我们没法跟石井说话，不过我想那家伙心里一定在感谢夫人。”

大村在“心里”处拖了个小小的长音。看来他是想让对方听清这两个字，以强调石井还没说出伊佐子的名字，强调他感谢伊佐子聘请律师的厚意和诚意，正努力不给她添麻烦，而这也恰恰是他俩心里的想法。

盐月说的那个魁梧男人就快出现了吧？伊佐子满怀期待，可又不能四处张望。

看大村和浜口的神情，似乎是想在附近坐下来慢慢说，又像是要伺机把她带出去。幸好椅子上都坐满了人，不过，也难保无人起身。那样的话，大村一定会说“来，我们坐”。伊佐子感到一阵焦急。事实上，这两人都在东张西望，寻找谈话的地方。

“大村先生，你说找我有事，是什么事啊？在这之前我想先说一句，今天早上浜口先生跑到我家门口来了，这怎么行呢。”

“我听浜口说啊，是因为电话怎么也打不顺畅，为了不给您添麻烦，只好到您家门口来了。当然，他不应该这么做。我也跟他讲了，以后不能这样。”大村用讥诮的口吻说道。

这时，伊佐子斜前方的门一转，进来了一个穿貂皮大衣的女人，身后跟着一个男人。女人快步向前台走去，男人似乎不是她的同伴。进门后他便停下脚步，身子紧挨着因惯性而继续转动的门。眼角扫到那裹着箱子般强硬体格的黑色洋装时，伊佐子明白了，盐月叫的那个男人到了。

大村和浜口面朝伊佐子，所以不清楚门前的情况。伊佐子目不转睛地看着两人。在视野一角、聚焦点之外，那个轮廓模糊的黑影始终堵在门口，注视着这边。想必是他接到电话后，准备时间不足，所以来晚了。男人见一名中年妇女和两个年轻男子站着说话，与电话中听到的人物特征两相印证，似乎立刻就明白了一切。此时他一动不动，正窥探着伊佐子这边的情况。

“大村先生，你找我到底是为什么事？”

“啊，其实和我们请夫人找的那位律师有关，那个人行吗？”

男人的身影在眼角视线中微微一动，慢慢靠近，移到了听得见说话声的地方。看他那副架势，随时都能冲过来。

“什么叫‘行吗’？”

“也就是说呢，我们想知道那个人能力强不强。石井这家伙您也知道的，情况很微妙，判成他杀人，还是乃理子自杀，是关乎石井生死存亡的大事。现在他就像站在了悬崖边上，如果律师不是非常可靠的话，我们会很担心。”

“那个律师很可靠哦。”

“是一位经验丰富的律师吗？”

“是吧。”

“大概有多大？”

“年纪吗？嗯，有三十五六岁吧。”

黑色洋装的身影又靠近了一些。无关的人们在他与他俩之间穿行。

“没问题吗？像这样……”浜口在大村身后说道。

见伊佐子对浜口置之不理，大村接过了话茬：“律师这么年轻，真的不要紧？”

大村会不会提出见律师一面呢？他未必不会趁机表示要在律师面

前揭露伊佐子与石井的关系，以此为要挟。又或者，如果他准备请他们认识的好律师，多半会要求自己支付费用。这样的话，就是赤裸裸地为钱了。

“我觉得那个律师不错。”

“嗯……这个嘛，毕竟是夫人自己花钱，找哪位律师都是您的自由。但是站在我们的立场，朋友正站在危险的悬崖边上，所以觉得不能是个律师就行啊。”大村说。

“咦，那你说该怎么办？”

“啊，这个嘛……”

说到“这个嘛”时，先前一直位于眼角的身影来到了视野的中央，打破了三人对话的格局，也掐断了大村的话头。

“嗨，夫人，你好啊。”

男人声音洪亮。终于正眼瞧见了他的脸，脸圆圆的，头发推得很短，身材又矮又粗。眉毛较淡，眼睛有一点儿肿，像是没睡醒，鼻翼肥大，嘴唇极厚。领子上方有个双下巴，酒红的脸颊松弛地垂着。毫无疑问，这就是刚才隐约看到的那个轮廓的主人。虽然隔着粗布西装，但从肌肉隆起的双肩到躯体，整体仍呈现出一个四角形。

“你好。”伊佐子对初次见面的男人微微一笑，低头致意。

见有人打扰，大村和浜口无奈地退后了一步，将目光转向一旁，但又频频不露痕迹地向男人瞥上几眼。他们似乎清楚伊佐子的交际圈，想摸透伊佐子与此人的交往性质。

黑色西装男突然对他们笑了起来，打了二人一个措手不及。

“哈哈哈哈。啊啊，你们好，初次见面请多多关照。”

两人与其说是吃惊，还不如说是吓呆了，双目圆睁地看着眼前的男人。

“啊啊，在这种地方遇上，真是对不住了。哈哈哈……”

笑声爽朗洪亮。男人凑上前去，紧紧贴在了两人身前。在伊佐子看来，箱形的躯体正背对着自己，不禁让她联想起了阻止群众蜂拥而入的警官。

伊佐子开始朝左侧横走，大村和浜口一副想马上追过来的样子。

“好啦好啦，以后再……”

高亢的笑声仍在持续，男人似乎伸双手拦住了两人的去路。伊佐子走上通往隔墙里侧的矮楼梯，途中回头一看，只见男人一脸笑容，正给吓得目瞪口呆的两人发名片。

隔墙的另一侧虽然狭小，但也算大厅的一部分，所以配有桌椅。这里犹如旋转舞台的背后，映出了盐月芳彦和另一个男人在桌前交谈的景象。

盐月朝走上前来的伊佐子抬起头，说道：“欢迎光临。”

另一个男人闻言，像棍子似的站了起来。椅子旁边有一个手提包。

“这位就是律师佐伯义男先生……”

律师梳了个漂亮的三七开发型，脸上的胡楂儿很浓。他低着头，手指在名片夹里一阵掏摸。伊佐子想起了前舞台那个身材微胖、一边哈哈大笑一边给大村和浜口发名片的男人，也不知道他们三个现在在干什么。

递过来的名片上列着律师事务所的地址和家庭住址。

伊佐子在盐月旁边的椅子上坐下，盐月向她转达了之前与律师谈话的要点。

“佐伯君好像对这个案子很感兴趣，说可以证明被告无罪。我问了一下，才知道他的着眼点确实很有意思。佐伯君，你能和泽田夫人说几句吗？”

“明白了。”律师低了低头，眼睛望向伊佐子，也说不清是想点头还是别有用意。这是一个圆眼睛、大嘴巴的男人，下颌很宽。

看着律师从手提包里拿出文件，伊佐子想自己的事不知盐月是怎么对他说的。

盐月漠不关心地抽着烟斗。

“案子在三天前提起了公诉，罪名是杀人。”佐伯律师说道。

杀人罪——伊佐子看了看盐月的脸。盐月正眯着眼，像是被烟熏到了。

“也就是说，我认为是过失致死罪，但检察官的定性比我预想的严重。公审暂定在下个月初。关于内容，刚才我对盐月先生也说过，做一个简单报告的话……”

假如石井已被起诉，那就意味着大村和浜口都没有成为检方的证人。检察官没有传唤他俩，也没有把他们当作重要关系人进行调查。这可能吗？也许一般常识并不适用于审判。虽然尚不可掉以轻心，不过，伊佐子感觉危机之一已经解除。

“根据起诉书，公诉事实如下。”佐伯律师读起了文件中的一页，“……被告人于昭和四十 × 年三月二日午后四时三十分许，在东京都 × 区 × 町 × 番地 ×× 梅荣庄公寓一楼的家中，对同居的福岛乃理子（现年二十二岁）产生杀意，在击打该女脸部后，把她从六帖室拖入厨房，继续实施殴打，或猛力推之，或以其后脑重击洗碗池之金属池边，使该女遭受后脑开裂等伤害，最终导致该女于同日晚上八时三十分许，在此家中，因脑震荡而死亡。”

佐伯语声干涩，但口齿清晰，简直该给他配个麦克风。

“以上就是公诉内容，这个叫乃理子的女人喝下大量安眠药的事实，被视为与死亡无关而被剔除了。在这一点上，检察官的判断是有问题的。我看过法医的鉴定书，里面有这么一段内容：胃中有暗褐色混浊污物约

300毫升，内含未消化的饭粒、蔬菜残渣及白色坚硬药片少许。用手指挤压饭粒，发现较易使之破碎。”

佐伯律师读的似乎是一页手抄笔记，他从纸页上抬起头，一双圆眼对着伊佐子，继续以干涩的声音说道：“胃里的白色坚硬药片……这个到底是什么东西呢？上次我听盐月先生说了，乃理子小姐被被告人猛地一推，后脑勺撞到了厨房的洗碗池，后来为了处理伤口去附近的医院接受了治疗，回到公寓后她服用安眠药睡下了。”

律师说是从盐月那里听到的，而盐月又是从伊佐子那里听到的，他只是现买现卖罢了。因此，佐伯律师拿圆眼睛看着伊佐子说这番话时，就像在问她其中是否有错漏。伊佐子微微点了点头。

“所以我马上就明白了，鉴定书里说的那个白色坚硬药片是安眠药。抱着这个想法再看这份鉴定书，有了……提取尸体解剖时采集的胃中物、血液及尿液各100毫升，进行化学分析，检查其中是否含有安眠药成分，其结果如下……接下来都是一些难懂的、关于检测方面的学术用语，简而言之，结果都是阴性。检察官从公诉事实中剔除了‘服用安眠药’这一项，也是因为有这份鉴定书在。

“但是，关于大脑内部的情况有如下描述。我就直接读了……脑皮质及周边未见显著变异，但在苍白球的毛细血管周围，随处可见疑似新增钙化点的地方以及局部性的神经细胞变性萎缩；在神经细胞内检出了脂褐素。”

伊佐子想起了乃理子的睡姿。头发散乱地披在枕头上，揭开被子时看到的那张脸闭着眼睛，正发出轻微的鼾声。如今，那头颅已被割开，软绵绵的淡红色脑髓被切成薄片，像花瓣一样被摆在显微镜下。

“头颅内部的创伤……这个我就略过了，简而言之，就是被告石井君抓着乃理子小姐的头撞洗碗池角时造成的伤。接下来说的是，推定死因为脑震荡，在化学上未能证明胃中物、血液及尿液中存在安眠药成分。正如您所知，安眠药被胃吸收、进入血管后才会起作用，所以要检查血液和尿液。”

律师歇了口气。盐月烟斗里喷出的烟从一边飘了过来。

“但是，正如我刚才说过的那样，解剖时发现了混杂在胃中、像坚硬药片一样的东西。由于乃理子小姐吃了安眠药，处于昏睡状态，所以大村和浜口在石井的请求下叫来了内科大夫。医生实施了胃清洗，可是还有药残留在胃里。总之，法医并没有调查这些药片，没有把它们分离出来进行检查。当然法医知道这是安眠药，但没有特意做化学分析，而是和饭粒、蔬菜残渣等胃中之物一起扔了。不管怎么说这都太奇怪了。据说这个安眠药的成分叫‘对苯二胺’。警方查抄了乃理子小姐枕边的瓶子、盒子，东西都被扣留在地方检察厅，所以这项事实是确凿无疑的。我向医生和药剂师一打听，才知道这种‘对苯二胺’安眠药出过不少事故。事故多就意味着危险性大。所以大量服用的话，死亡率会比同剂量的其他安眠药更高。这种安眠药如此危险，可法医为什么没有检查残留的药片呢？我一感到疑问,就拜访了某位法医学专家,想听听他的意见。”

伊佐子被佐伯律师的说话技巧所吸引，听得入神。先前她还在想，大村、浜口和那个箱形身材的男人都没在这里出现，也不知道他们在哪儿，发生了什么。如今这些事伊佐子已忘得一干二净。

“这位法医学专家——他可是大名鼎鼎的人物——说这很奇怪，一般情况下都会仔细检查药片本身，没有检查说明这个法医太马虎。这个时候啊，我一下子就明白了。多半是法医从警方那里听说了事情经过，脑子里想的都是石井君对乃理子小姐实施的暴行，只关注了头部的创伤和脑内检查的结果，没把安眠药当回事。所以，尽管在胃里发现了白色药片，也弃之不顾。说起来，法医面对尸体时，本不该对死亡原因抱有先入之见，不过既然听了警方的说明，多少也是在所难免的。只是这次的事情未免太过分了。与其说是一次马虎的解剖，还不如说是一次被成见所左右的、不公平的解剖。由于发现了这样的事实，我对辩护充满信心。我真想感谢让我受理这个案子的人。”

佐伯律师的脸上露出兴奋之色，圆眼中蕴含着光彩。那个宽下巴越发显得四四方方，看上去令人十分紧张。欲将杀人罪化为无罪的野心正在熊熊燃烧。看这气势，就算免除律师费他也极可能接下这个案子。

伊佐子偷瞧了盐月一眼。盐月发出一声轻咳。伊佐子希望石井宽二在牢里待得越长越好，而律师却想追求功名，夹在两人之间的他显然是左右为难。

检察官主张的杀人罪名一旦通过公审，恐怕石井不是死刑，就是无期徒刑，最轻也会判十年以上。这才真的叫永远分离呢。然而，就在伊佐子欢欣雀跃之际，这位年轻律师却错会了委托人的意图。

“之前我去过三次拘留所，见到了石井君。”

佐伯律师说这话时，伊佐子吓了一跳。

“石井君是一个很不错的年轻人。”

也不知律师这话是说给盐月还是伊佐子听的。然而，即便如此，伊佐子还是转开了视线。石井对律师说了他和自己的关系吗？

“石井君可精神了，气色不错，也没怎么灰心丧气。”

这信息是想传达给谁？佐伯清晰的声音并非只流向伊佐子。

“石井君断然否认自己有杀意。他说乃理子小姐是喝安眠药自杀而死的。而且，因为石井君有了喜欢的女人，两个人总是没完没了地吵架。那天也是，他和乃理子小姐发生了严重的口角。在厨房的时候，石井君见乃理子小姐扑过来，就把她的手一甩，结果她仰面倒地，脑袋撞在了洗碗池的角上，后来去看了医生。也是因为出了这样的事，所以她策划了一次假自杀，好来刁难石井君，结果就假戏成真了。治完伤从外科医生那儿回来时，有石井君的朋友大村和浜口在一旁照料。这两个人的名字也在警方的证人笔录中出现过，他们都说当时乃理子小姐并无异状。当然，治伤的医生也说了，虽然可能有轻微的脑震荡，但不会是致死原因——这位外科医生的证人笔录中有这句话。石井再三强调了这一点……对了，我认为检察官只看了警方的证人笔录，不把大村君和浜口君列为检方证人，是因为他俩都表示乃理子精神头不错。换句话说，就是与检察官的主张不一致！”

由此伊佐子也明白了，检方为何没有传唤大村和浜口。然而，律师嘴中吐出的下一句话又把她吓着了。

“当然，进入公审阶段后，我会请大村君和浜口君以我方证人的身份出庭。我打算最近和他俩接触一下……”

昨天盐月说会钳制住律师，看这情形他根本就没有付诸行动。伊佐子只能呆看着佐伯那个四四方方、长满青色胡楂儿的下巴。

“你不用那么担心。”佐伯律师走后，盐月对伊佐子说。他的脸上也略有难色。

“我还什么都没对佐伯君说，所以他才会那么起劲。不过，和上次见面时相比，他的劲头又大了很多，挺让人吃惊的。多半是起了追求功名的心吧。”

“那个律师要是见了大村和浜口，让他们做证人可就糟了。难得检察官还抛弃了这两个人……”

“今天因为你在，所以我没敢说。我会再找律师的，叫他别让那两个人做证人。”

“不快点儿的话就来不及啦。律师先生没准儿会在你说之前就去接触他们。”

“这倒也是，那我今晚就跟佐伯君再见一次面吧。对了，大村和浜口那边我另外想了对策，不会让他们乱说话。”

那个大笑着向两人递上名片的胖男人浮现在了伊佐子眼前。

“那个找上大村和浜口的人是什么来头？”

“是说那个男的吗？那个人可是很可怕的。”

“右翼？”

难道是黑社会？不过这话毕竟说不出口。

“啊，没错，而且还是高层那边的。他恰到好处地把那两位镇住了，所以他们应该不敢乱说你的事。那人所在的组织名头极大，而大村和浜口又有点儿流氓腔，反而要比普通人更害怕。”

“大村受了恐吓，会不会起反感，反而把事情搞糟呢？”

“这个你不用担心。我们也不是光知道吹胡子瞪眼。现在他多半已经把那两位请进酒馆了。不过，这家伙哄人的声音有多瘆人，大村和浜口应该也领教过了吧。”

“是吗？”

伊佐子觉得盐月又可靠起来了。

“今晚和佐伯君碰头时，我会把你和石井的关系说出来。因为律师委托人毕竟是你嘛，佐伯君可能也隐隐地猜到了。光靠人情是不能长久的。而且，你想求人家不暴露你的名字，为被告辩护时留一手，就得做到一定程度的开诚布公，否则是说不过去的。”

“也是，那好吧。”

伊佐子想到了佐伯的下巴。

“这也没到忍辱负重的程度吧。不管怎么说，对方可是律师，对人情世故通晓得很呢。”

“你又来安慰我了。顺便说一句，那位律师先生没准儿也看出了老爹和我的关系。”

“这个他早就看出来了，已经判定我们不是普通关系了。这样反倒可以什么话都对律师讲，更显轻松。”盐月久违地扬起了轻快的语调。

伊佐子离开A宾馆、驱车回家的途中，心中涌动交错着种种思绪。盐月爽快地答应再去见律师，可热衷功名的律师会同意吗？佐伯野心膨胀，欲将杀人罪变为无罪。他想扬名立万的兴奋之情溢于言表。对佐伯来说，本案的辩护早已脱离委托人，成了一个可使他飞黄腾达的独立“场所”。

她没想到，和石井一次小小的心血来潮，竟引出了这么大的麻烦，也不知道今后还会派生出多少麻烦事。

伊佐子把车开回车库，刚走入玄关，沙纪就从黑乎乎的屋里出来了。没有女速记员的鞋子。

“老爹呢？”

奇妙的是，都是叫“老爹”，伊佐子脑中却能浮现出各自的脸，决不会搞混。

“啊，刚才出门看医生去了。”

“医生？怎么回事？”

“啊，怎么说呢，老爷说他身子有点儿不舒服。”

“没让医生过来吗？”

“打了电话，那边说要拖到很晚才能出诊，所以老爷就自己过去了。”

六

自五年前开始共同生活，信弘基本没去看过医生或请医生上门，有点小病也是上药店买药解决。感冒发烧时会请附近的平川医生过来，但平时都对医生敬而远之。S光学有专属的特约医师，是来自大医院的医务员，但也不见信弘往公司的医务室跑。平川医生上门倒多半是为了伊佐子。伊佐子经常胃痉挛，常常在深夜麻烦医生出诊。

伊佐子总是恨恨地想，信弘虽然老了，人又瘦了，却比自己更健康。这种人死也肯定是老死的。然而人不到八十岁以上，多半不会老死。她从报纸上看到，一些名人在八十五岁或九十岁时才寿终正寝，信弘要是活那么久可怎么得了。之所以感到再过三年信弘应该会死，是因为到时他将年届七十，伊佐子心里隐隐地把七十这个年龄跟死亡重合在了一起。这是与老公年纪相差三十岁之多的年轻女人会有的想法。不知从何时起，这个模糊的想法化作了对三年后丈夫死亡的期待。伊佐子屡次对盐月说过这样的话，说得多了，这话便成了一种确信。开店计划也是，在向盐月诉说的过程中，自然而然地构建起了“三年后”这一基准。

伊佐子一直在想，三年后信弘未必会死，不过即使有偏差，也就延期两年吧。计划和准备越早开始越好。正如死期会有误差一样，计划上的误差也必须考虑在内。

有些人八十多岁才会老死，这一点令伊佐子十分沮丧，但她的期待并无变化——但愿信弘会在七十岁或七十出头时死掉。瘦弱的信弘身体健康，基本不看病，这一点虽然可恨，但伊佐子信赖年龄的掌控力。这种掌控力应该是绝对的。最重要的是，伊佐子总觉得，由于计划正在推行，死亡自然会配合着计划一起到来。

说起来，这一年来信弘似乎一下子老了很多，也失去了活动力。背越弯越低，走路也摇摇晃晃。可能是怕脚下绊蒜，步子也迈得很缓慢。为了尽量不折腾身子，他总会尽快在椅子或榻榻米上坐下。

信弘以前就不喜欢吃肉，最近更是避而远之。刚一起生活的时候，信弘根本离不开咖啡，但从一年前开始，他说晚上会睡不着，就连咖啡也不喝了。如此这般，他的神经也大大衰老了吧？不过只有烟他还没戒。现在信弘开始渐渐重视自己的健康了。

话虽如此，却也不见信弘找医生检查身体或服用营养品。看来他本人虽然感到已不再年轻，但因为无病无痛，便自觉身体健康，有恃无恐了。

然而，现在信弘却等不及医生出诊，自己去了平川医院。伊佐子不禁猜想这是怎么回事。不过，既然他能走过去，说明并无大碍。

伊佐子向沙纪打听情况。

“怎么说呢，老爷脸色苍白，说身子不太舒服。”

伊佐子心想莫非贫血。可能也是因为人比较瘦，信弘的血压偏低。

“身子不太舒服什么的，是哪里出现病状了吗？”

“是，说是胸口痛。”

“胸口？奇怪啊，以前他可从没痛过。”

沙纪垂下了眼睛。

“没租车吗？”

“没。我这么建议，但老爷说用不着，他要走路去。可是，老爷走路走得很慢很慢。”

“是吗，出去多久了？”

“已经超过三十分钟了。”

“明明可以等我回来的。”

伊佐子嘀咕了一句，而沙纪的眼神像是在说“这不可能吧”。毕竟信弘不清楚伊佐子何时能回来，而且连过一会儿就能上门的医生也等不及。伊佐子也意识到了这一点。

“无所谓了。既然能走着去，大概也是想顺便散散步吧。”她轻巧地说。

伊佐子要去里屋换衣服，走到一半想起了一件事。

“那么，宫原小姐是什么时候回去的？”

她想，没准儿信弘是和女速记员一起出去的。

“啊，是三个小时之前。”

三个小时前的话，也就是伊佐子出门后顶多又过了两个小时。看来宫原素子倒是意外地早早收工回家了。

“从那时开始，身子变得不舒服了？”

“不是的，那个时候一点儿反常的地方也没有。”

看来信弘的口述进展艰难，所以伊佐子出门后，他俩只工作了一个多小时就结束了。总不至于是这点儿脑力劳动把他累着了吧？

伊佐子又觉得这说不定是信弘快死的前兆。这种事以前从未有过。只是，现在死的话可就麻烦了。他不再活个三年，她怎么来得及准备？一切目标都放在了三年后，所以比这晚太多不行，来得太早也不行。

伊佐子打消更衣的念头，给平川医院打了电话。

“是的，现在正在我们这里睡着。”

电话里传来了护士的声音，接着她说了一句“请您稍等”，片刻后换上了平川医生的声音。

“是夫人吗？你能否尽快赶过来呢？”

平川的语声叽叽咕咕、含混不清，但在此时却格外有震慑力。“尽早”一词似乎表明，他已认识到病情的严重性。

“我听说了，他说身子不舒服，胸口痛。因为我出门了，所以不清楚情况。是什么病？”

“这些症状已经消失了。不过我觉得，还是请他在这里休息比较好。至于病名，等我见到了您再说。”

不能在电话里说病名也表明情况可能很严重。不过，平川医生有个毛病，平常给人看病时他也会把话说得很可怕。

“这个，是不是需要用救护车把他送到别的医院去啊？”

平川医院没有住院设施。

“不，还没有那个必要，不过……”

平川的回答暴露了真相，不是什么大不了的病。

“我这就过来。”说着，伊佐子挂断了电话。

她本想歇一会儿，一部分是因为在A宾馆时精神有点儿紧张。可现在也休息不成了，她把刚入库的车开了出来。

伊佐子手握方向盘，感觉自己正弯弯曲曲地行驶在盐月、石井、浜口、大村等人所在的外界与家庭之间。然而，这界线却不甚分明。在界线对面，隐约可见下巴四四方方、长满青色胡楂儿的佐伯律师，以及对大村和浜口哈哈大笑、貌似右翼分子的矮胖男人。开车去平川医院连五分钟都用不了。

傍晚的医院空荡荡的，玄关前只有信弘的那双木屐。由此可知他是穿着和服来的，要么是没时间换西服，要么就是自己换不了吧。信弘是个讨厌穿和服外出的人。伊佐子进入空无一人的等候室，正要走近前台窗口，诊疗室的隔门开了条缝儿，一个护士往外瞧了一眼，立刻退了回去，想是已知道有人来了。接着，这扇门被猛地打开，身穿白大褂的平川医生走了出来。他头发稀疏，硕大的脸上戴着一副眼镜。

“大夫，到底是什么情况？”

“您好。”平川医生的小嘴里露出了谄笑，他站到伊佐子跟前说道，“是轻微的心力衰竭。”

“心力衰竭？”

至今为止没见信弘有过那种症状，所以感觉就像在听另一个人的病情。

“是心脏的疾病吗？”

“是啊，心力衰竭嘛。”平川医生叽叽咕咕地说道，仿佛没法大声说话是因为嘴太窄的缘故。

“现在是什么情况？我问过家里的女佣，好像他是说胸口痛，然后脸色苍白地出去了……”

“确实是这样。他到我这里的时候，脸色煞白，手捂着左胸，额头上直冒冷汗。当时我就想了，都这个样子了，亏他还能走着过来。不过，他说是在路上情况恶化的。”

“真是的。”

“我马上给他注射，做了一些治疗，所以现在已经稳定下来了。血压上升了，比一开始的情况好了很多，胸口的难受也消除了。”

“病名是什么？”

“啊，怎么说呢，就是类似狭心症的心脏病。”平川医生一个劲儿地眨着镜片后面的细缝儿眼。

“狭心症？”

名字听说过，但不知道具体指的是什么。不过，伊佐子至少看出了一点，这种病会导致猝死。

“他竟然有那么严重的病？”

“狭心症本身不是一个正式的病名。别的病也会引发心力衰竭。另外，一个看起来完全健康的人也有突然发作的可能。只是，发作时心脏疼得像被捏碎了似的，所以很担心当事人会死亡。不过，你丈夫的病情已经稳定下来了。”

“您是说别的病也会引发这种心力衰竭？那我丈夫生了别的什么病？”

“不好说，得做过精密检查才能知道……”总觉得平川医生说话吞吞吐吐。

“反正现在是不会突然发生什么情况了，是吗？”

“不会了。发作持续了七分钟就平息下去了。”

“普通的发作也是过这么点儿时间就能平息吗？”

“通常是一分钟到五分钟。伴有心肌梗死的时候，会长达一个多小时，有时甚至要持续好几天。”

“我丈夫持续了七分钟，也就是说比一般情况要长啊。您刚才说到了心肌梗死，他是不是也有这方面的迹象？”

“怎么说呢。”平川医生皱起了一直舒展着的眉毛，“我不敢说完全没有心肌梗死的征兆，但就算有也是非常轻微的。”

伊佐子对心肌梗死也缺乏清晰的了解，她的认识只停留在狭心症发展下去会演变成这个病。

“我丈夫在哪里休息？”

“我带您去。不好意思，房间很狭小。”

医生率先站了起来。

院方铺了床，让信弘睡在诊疗室隔壁一间六帖大的屋子里。这里似乎是护士的休息室，桌子被移到了窗边，上面高高地堆着健康保险付款通知书等物品。有笔有算盘，看来还是整理票据的工作场所。

信弘合着双目，察觉伊佐子在身旁坐下时，他微微睁开了眼睛。窗前拉着窗帘，所以屋内很暗，看不真切，但并不觉得脸色有多差。看到伊佐子，信弘就像做了坏事似的露出了羞涩的微笑。

“老爹，怎么回事啊？”伊佐子贴着他的脸坐着。

“嗯，身子有点儿不舒服。”声腔有力，和平时没什么两样。

“已经好了？”

“好啦，什么事也没有。”

“我从外面回来吓了一跳。老爹，你这个情况还是第一次吧？”

“是第一次。”信弘清楚地说道。

“突然就这么发作了，到底是怎么回事？”

“就是碰巧吧。听说身体强壮的人也会这样。”信弘把目光扫向伊佐子身边的平川医生，说道。

“大夫，是因为年纪大了，所以才发生了这种情况？”

“不，倒也不是。年轻人也会出现。”

“所谓狭心症，就是一直有那种症状的人身上发的病吧。像我丈夫这种第一次发作的，是不是说明和年纪大也有关系？”

“怎么说呢，这个方面嘛……”

平川医生眨了两三下眼。平时他就是一个口齿不清的人，如今可能是因为病人在前，有所顾忌，舌头更像是在嘴里打转了。

“所谓狭心症，是指由冠状动脉机能不全引发的症状。心脏的冠状动脉掌控着心肌所要求的血液，用一句话来概括就是，如果冠状动脉无法满足心肌所要求的血液循环，心肌就会缺氧，引发狭心症的症状。比如，在连续做剧烈运动后发作，就是因为心肌活动突然增加，导致了暂时性的冠状动脉机能不全。这时可以停止跑步等待机能恢复，以此来进行自我调节。”

“老爹，我不在的时候你是不是做过什么剧烈运动？”

信弘在枕上默默摇头。

“口述工作给你带来负担了？”

“这个应该不会吧，又不是要运动身体的活儿。”

“哦，您在做口述吗？”并起膝盖的平川医生插嘴道。

“可不是吗？也不知道是想到了什么，突然说要出版自传，从今天开始要一直请速记员上门来做笔录。想变成文章说出来，当然得用脑子了。这个也有影响吧？”伊佐子看着平川的宽脸颊说道。

“嗯……这个对心脏没什么影响吧。”

“但是，大夫，我丈夫年纪大了，心脏强度和年轻人不一样。思考的时候，脑子里是需要血的对吧？所以，那个心肌什么的才会供血不足，导致心力衰竭吧。”

“这怎么可能呢。”平川医生噘起小嘴苦笑道。

“可是，您刚才说过血压上升了，情况变好了什么的……”

“发生狭心症时，血压会一直下降，得让它回到正常状态。刚才我注射了好几针药剂，所以血压也恢复了……您现在感觉如何？”

“很好。”

医生从上方打量信弘的脸，握住被子里的手给他把脉。

“胸骨后面像被紧紧勒住一样的疼痛感消失了吗？”

“消失了，现在一点儿也不痛了。我想起床回家了，可以吗？”

“这样啊。”平川看着腕表，“心力衰竭平复后，已经过了一个多小时了。我是希望您能再待一个小时左右，不过您家离这里又近，慢着点儿坐车回家，今天晚上和明天一整天好好睡一觉就行了吧。但是，接下来的十五分钟还是请您在这里躺着别动。”

医生说完，信弘点了点头。

“大夫，这种心力衰竭以后也会时不时地发作吗？”

“有可能。”

“外出时发作的话就麻烦了。”

“是啊。旅游什么的，目前还是尽量节制为好。”

“下次发作的时候，不会一下子死掉吧？”

“您丈夫的症状极轻，所以不必这么担心。”

“可是您刚才还说了，这次发作持续了七分钟，比一般的要长，而且时间长了就会变成心肌梗死。”

“啊，话不是这么说的。狭心症有和心肌梗死相关的，也有和心肌梗死无关的。我只说过，必须做仔细的检查才能确定。”

是这样吗？是这么说的吗？伊佐子歪了歪脑袋。不过，医生的话本身就不好理解，平川的声音又含含糊糊的，所以听得更是不清不楚。

“当然，如果是老年人，也有冠状动脉硬化的可能。不过我问过您丈夫，他没有哮喘，所以这方面也可以安心。”

平川又举出一个病名并加以了否定。其间信弘一直闭着眼睛。

医生离开房间后，伊佐子也悄悄起身追了过去，在走廊赶上后，她把平川拉入了等候室。

“大夫，您刚才说的那个病是真的吧？”

平川频频转动着狭长眼眶中的瞳仁。

“啊，现阶段就是这样……”

“我总有一种感觉，觉得大夫您隐瞒了什么。刚才关于心肌梗死的话也是，总觉得和前面听到的有点儿不一样。”

伊佐子笑了。

“大夫您真是的。心脏病一下子就会要人的命，不是吗？我没关系的，请您告诉我实话。”

平川用手指拨弄着鼻梁上的镜框，一副欲言又止的样子。

“夫人这么说让我很为难啊。”

“哎呀，果然是这样吗？”

“不，我并没有隐瞒重大事实。如果是很重大的事，我也不可能全瞒着家属啊……其实是您丈夫怕您担心，所以要我别声张。”

“我丈夫……”

“虽然我和您丈夫做了约定，但心里还是觉得让夫人也听一下比较好，所以不由得说出了模棱两可的话，结果就被夫人追问了。”

“请您实话实说。”

“事实上，您丈夫有轻度的心肌梗死。”

“啊。”

“按您丈夫的说法，这次是第二次发作。”

“第二次？第一次的时候他可什么都没说啊，是什么时候的事？”

“据说是一年前。”

“一年前……”

“您丈夫没来我这里，所以我也不清楚，据说是在S光学的特约医院B医院接受的诊断。那次发作了两分钟，非常轻微。您丈夫说，医院要他住院治疗，但当时公司情况不佳，所以他再三推辞，拒绝了院方的要求。”

这么说来，一年前信弘确实请过两三天假，一直在家里躺着。原来是这么回事啊。

背向前佝偻着也好，走路时脚一步一步地、缓慢地、小幅度地挪动也好，也是从一年前开始的。一直以为他这是上了年纪，身子变弱了，开始注意身体了，其实是知道自己有这个病，所以才处处加以小心吗？听了医生的话，伊佐子又想到了其他种种可资印证的细节。

“大夫，心肌梗死有症状这么轻的吗？”

“当然也有症状重的，不过幸运的是，您丈夫的症状很轻。”

“来个两三次的话，每发作一次，症状难道不会变得更重吗？”

“嗯……这个嘛，总之症状不会变轻……”平川脸上现出为难之色，“说实话，今天给您丈夫做治疗，听他说了一年前的事，我也吃了一惊。想必B医院做过精密检查，所以我想详细病历和检查表应该都保存在那里。只是我这边没有营造安静环境所必需的住院设施，又不能上B医院去看资料。”

“现在这个情况也需要住院吗？”

“因为是第二次了嘛，作为医院来说，总要贯彻安全第一原则的。您丈夫说了，现在住院会很麻烦。说症状很轻，所以要我瞒着家里人，也是因为怕家里人劝他住院吧。”

现在有什么情况会导致信弘不愿住院？盐月也说过，公司准备解除信弘的董事职务，但信弘本人还没有明言。难道说，形势尚处于千变万化之中，信弘若是精神抖擞地上班去就能留下，一旦住院将铁定退任，所以才要这么拼命吗？

“大夫，这个心肌梗死的病因到底是什么呢？”

“能举出的病因除了病灶感染，还有糖尿病。”

“不可能是糖尿病。”

“是啊，刚才我做过检查了。这个病忌咖啡和烟，不过刚才我问了一下，虽然您丈夫喜欢咖啡但已经戒了，烟也只抽半根就扔了。”

没错，是这样。抽烟方式马虎起来，多半也是因为在一年前听到了类似的警告。戒掉喜欢的咖啡也不是因为会睡不着。

“然后就是精神上的过度疲劳了。”

S 光学的阵容改革怕是起了不良影响。信弘表面深藏不露，其实很想留任并为此而焦虑的话，就能套上这一条。

“说是精神上的过度疲劳，其实也和年龄有关，年轻人觉得没什么，但老年人就会感觉负担太重是吗？”

“这种情况确实很多。青壮年人觉得不过如此，到老人那里反应可就大了，而且还得把长年积累的疲劳也考虑在内。”

“这种疲劳会突然以心肌梗死的形式表现出来？”

“不，诱因往往是极度的忧虑啊，吃惊和打击什么的。夫人，您丈夫最近有这种精神上的急剧变化吗？”

“这个嘛……”

伊佐子思考着信弘可能受到的打击。

翌日午后，伊佐子把盐月叫到昨天那家 A 宾馆的大厅里。上午她打过一次电话，把信弘的事大致告诉了对方。

“那么，泽田先生情况如何？”盐月叼着烟斗，皱起眉头问道。

“现在在家里躺着，什么事也没有。”

“哎呀，发作完了当然是什么也看不出来。但是心肌梗死什么的，得了这个病可是很麻烦的。”

“会马上死吗？”

“症状严重的，完全有死亡的可能。”

“真讨厌。要是现在挂了，我可就麻烦了。”

“果然是夫妻情重啊。”

“你能不能站在我的立场上想一想！计划会泡汤的。老爹光是在嘴上说说，又不会把我领回去……”伊佐子盯视着盐月那张局促不安的脸。

“这边这个老爹也是朝不保夕啦，不知道什么时候就会被赶下副社长的位子。到那时就只能让你流落街头了。”

“这边这个老爹才不会有事呢，毕竟背后有个大靠山嘛。光是一个副社长的头衔，就算什么都不干，也能给公司带来巨大利益吧。公司里的那帮董事哪敢怠慢你啊。”

“别给我戴高帽儿了，哪有这么厉害。”

“老爹，你现在还是先积累一点儿财产比较好。”

“谢了。我也想啊，但是没那个才能。”

“也是啊。老爹是不成了。你能和你舅舅稍微混合一下就好了。”

“我倒是觉得我一直跟你掺和在一起，应该会变好一点点儿。”

“掺和得还不够？”伊佐子笑道。

“这个程度刚刚好吧。这也是为了节制身体……”

“你看，马上又逃避话题了不是？”

“这么说来，你和泽田先生的掺和也确实很少吧，生了那种病的话……”

“是啊。到现在你还不相信我？”

“一年前在B医院经过诊断，得知生了这个病。这以后一直对心脏保护有加，是这样吧？”

“没错。我还想起了当时的一些情况。那时他就非常小心谨慎。我总以为是因为他上了年纪。这次是第二次发作，他肯定是吓了一跳，还求医生一定要对我保密呢。”

“这份心情真是令人伤感。那你昨天把他从医院带回去后，有没有跟他提起这件事？”

“看他那样子就讨厌，所以我故意没说，什么都没问他。”

“这样比较好。你要体谅他不愿让你知道病情的心态。”

“嗯？这话是什么意思？”

“他是想让你看到永远健康的自己。娶了个年轻妻子的老人，心情我是知道的，因为我自己也刚步入老年人的行列。泽田先生很努力，他不想向你展露自己虚弱的一面啊。”

“再勉强也没用啊，生了病还能怎么办？”

“在年轻妻子面前逞强是老年人的特点。”

“讨厌，老是说什么年轻妻子年轻妻子的……”

“这是事实，你有什么办法？总之，你必须体谅泽田先生这份酸楚的心情。”

“也不能老是体谅他吧。我这边怎么办？要是他现在死了，我的计划就会大大受挫。遗嘱也还没写呢，土地也不会都归我吧？”

“没有遗嘱的话，按照法律遗产是分三分之一给配偶，其余三分之二由子女平分。泽田先生和前妻之间有两个孩子对吧？”

“两个女儿。自从我和泽田在一起后，她们连家也不来了。其实两个女儿不是去公司找他，就是在外头与他见面，这些泽田都瞒着我……怎么能让这种女儿拿走三分之二的遗产呢！这样的话，我的计划会变得一团糟的。”

“还要拿走六成的遗产税呢。”

“那么多？”

“遗产税本来的目的就是没收不劳所得、均贫富。这是战后美国人过来搞的一套东西。”

“美国什么的我不知道，反正我就是不甘心。至少现在的土地我要全部拿走。这是为了我自己的生活。一坪土地都不会给她们的！”伊佐子的下唇角向内卷着。

“很执着啊。”

“老爹你也有责任！你要帮我，作为你把我送给泽田的惩罚。”

“哎呀呀，又说这个啊。不过，能让泽田先生写遗嘱的人只有你，这不是我力所能及的。”

“我该怎么做？”

“真的还没写吗？”

“以前他就暗示要写，可一直没写。看样子他是在我和女儿之间游移不定。说什么现在还不要紧，过段时间再写。”

“但是，这次心肌梗死的事已经很清楚了。你来看看这个。我接了你的电话后，紧急从公司医务室的书上抄下了这个病的要点。”

盐月从口袋里掏出一张对折起来的纸，似乎是请秘书课的人抄记下来的。

心肌梗死：冠状动脉或其分支产生血栓、塞栓、紧缩，血液急剧减少，严重时人会迅速死亡；没到致死程度时，血栓及塞栓部位的末梢神经会急速陷入营养不良，之后结缔组织增生，最终形成胼胝。

原因：与病灶感染、烟、咖啡、精神上的过度疲劳、糖尿病等有较大关联。但是，作为病发的直接诱因，肉体上的辛劳、忧虑、震惊等精神层面的激烈变化与之关系最为紧密……

预后：第一次发作即死亡的比率高达20%以上。另有第二次发作时死亡的病例，发作期间亦有梗死、心室破裂、心力衰竭的危险，鲜有生存数年以上者。

伊佐子觉得自己的脸上没了血色。虽然与平川医生说的差别不大，但这段话可要吓人得多。

“这可不得了啊，老爹。”

“真是可怜。”盐月从烟斗里吐出一团烟。

“麻烦大了。我该怎么办？你说，怎么办……”

“好啦好啦，镇静。我看了这个也吃了一惊，就问了我们医务室的医师。医师说，这段说明指的是情况最严重的患者，并不是所有人都这样，也有症状很轻很轻的人。这个事必须重视，但也不必惊慌失措。”

“是吗？”

“事实上，泽田先生直到现在不是都很稳定吗？”

“是的。我出来的时候他还睡着。”

“我就说吧。不过呢，第二次发作的话，照医师的说法就是不容乐观，需要严加防范。医师说最好是让病人住院。”

“我想泽田是不愿意住院的。现在他在公司里的地位不是很微妙吗？所谓的忧虑，我想也是老早就有的公司里的那些纠纷吧。眼看着自己因此要被辞退了，所以才变得像这张纸上写的那样，很‘震惊’吧。现在入院铁定会被解雇，而且第一次发作的时候，他已经拒绝住院了。”

“可能就是因为这样，才造成了现在的后果，好在程度比较轻。”

“老爹，我问你，泽田真有被解雇的可能？”

“嗯……还什么都不好说。硬要说的话，被解雇的可能性比较大，不过那边的高层人事好像还很不稳定。”

“那我想他更会拒绝入院、拼命努力了。这么一来，就有可能一下子死掉。没写遗书就死的话可就糟了。如果遗书写好了，那么像这里写的‘鲜有生存数年以上者’简直是最理想不过了。”

“呵，呵呵……”盐月像是被烟呛着了，又是咳又是笑的，“既然你都这么说了，那就让他住院。估计住了院，他自己也会下定决心写遗嘱的。”

“对啊……不过，B 医院不行，那里是 S 光学的特约医院，我这边的情况全都会泄露给公司的人，而且泽田本人也不太愿意。”

“这样啊……”盐月想了一会儿，“你看这个行吗，就是昨天在这里见过面的那位佐伯律师，他哥哥在本乡经营一家医院，去那里住院怎么样？”

说着，盐月看了看伊佐子的脸。

七

×年×月×日

我和盐月先生在A宾馆的大厅讨论丈夫住院的事。律师佐伯义男的兄长是本乡一家医院的院长，所以盐月先生建议我让丈夫在那里住院。如果去和公司有关系的B医院，我想丈夫也会觉得麻烦，所以有些心动。真幸运，盐月先生刚巧就在不久之前把佐伯律师介绍给了我。

我还不清楚丈夫的意向。为了心里有数，我决定去参观那家“朱台医院”，同时也打算见见院长。盐月先生说，“那我这就去联系佐伯律师”。他给佐伯律师事务所打了电话。

结果，佐伯先生回答说，他马上就给当院长的哥哥打电话，要我们在一个小时内赶到那里。不巧的是，盐月先生之后有个公司会议，他可怜兮兮地说不能陪我一起去了。加之我也不能再给盐月先生添麻烦，所以决定一个人开车去。我带上盐月先生，中途在公司附近放他下了车。

朱台医院位于本乡三丁目附近，是一家一眼就能认出来的大医院，五层楼建筑，由某集团经营。医院前厅里都是人，很多人连坐的地方也没有，只能站着。看来医院很受欢迎，我心里有底了。由于不知该去哪儿申请跟院长会面，我在前台窗口附近来回转悠，没想到这时佐伯律师走过来朝我打了声招呼。他说他猜想我到这里后会手足无措，所以就过来了。我很感激他。他说他以为盐月先生也会一起过来。

他把我直接领进了院长室。院长五十出头，头发半白，气色不错，有点儿胖。兄弟俩长得非常像，弟弟身子更结实，感觉很精悍。

院长向我大致询问了丈夫的病情，结果和平川医生（在我家附近开业的医生）的诊断一样，认为是心肌梗死症。他说想早点儿见到丈夫，根据问下来的结果，丈夫还是马上住院为好。他还说，第一次发作时就住院才是通常的做法。

由于五年前改建过，医院很干净。现代设备一应俱全。全天候看护。院方请我参观了三楼的特等病房，在走廊尽头，由连着的两间屋子构成，大小分别是八帖和四帖半，之间用屏风隔断。较小的那间放着桌子、靠垫等接待客人用的物品，很气派。配备电视机，从门口到病房的窄小通道旁有厨房，配备了电冰箱。从病房窗口能眺望到御茶之水、神田一带的景色，我非常满意。特等病房的费用是一天八千日元。我想，为了让丈夫过得舒心，这也是没办法的。而且，在探病的客人面前也显得体面。陪同参观的后勤处职员说，特等病房很快就会被人占满，希望我能早做决定。

我说得先听取丈夫的意见，明早再做答复，然后离开了医院。在这家医院接受诊断，就意味着住院。佐伯律师告别时，对我进行了一次小小的劝诱，他说这家医院在循环器系统（心脏病等）方面的治疗水平广受好评。

伊佐子决定从这一天开始写日记。明天就要让泽田住院了，现在她觉得即使只在备忘录上记点儿什么也是好的。不过，反正要做记录，就弄成日记格式吧。这样写法更多变、更有趣。觉得麻烦的话，跳过几天就是了。

伊佐子认为写成日记更能隐匿事实。备忘录的话，一旦被人看到就全暴露了。用暗语写则更显可疑。而且，日记也不必像绝密资料那样把文件一一隐藏起来，往抽屉里一放就行。

由此，伊佐子得以在日记的字里行间埋下只有她自己才明白的记录，只须写下日期、时间和事件，当时的复杂情节便能在记忆中复苏。换言之，日记中的文字是重现那些“不可记述之文字”的关键词，是线索。表面文章只是背后文章的装饰。

伊佐子是在几个月前读了某杂志上的一篇名为《与疾病做斗争的虚荣日记》的文章后，想到这个法子的。

为杂志撰稿的是一位哲学家，斗争日记的主人公也是哲学家。据说日记的主人是位了不起的学者，而撰文批评的则是一位业内中坚。

那位中坚人物在杂志上写道：

R教授罹患不治之症住院，此后所写日记皆以死后出版为前提，从一开始便是做作之物。教授在日记中记下了探病者的名字，即便是出于礼节理应如此，也令人不解为何他要细细记录收到的慰问品。所有礼品均出自知名店铺，送来的便当是哪家的，水果是哪家的，花束和赏叶植物是哪家的，点心是哪家的，汤是哪家的，甲鱼汁是哪家的等，列了一长串一流品牌店的店名。其中也有北海道特产、京阪特产等从遥远产地带来的东西。

其中应该也有非一流品牌的慰问品，但都没有记载。教授这么做，是为了在日记出版时向读者们显示自己是何等重要的大人物。

此外，对各位探望者和慰问函寄送人的处理也是如此，地位高的或名气大的，就会叙述与他们交谈时的情形或慰问函的内容。这本日记几乎每天都在记录探望者的名字，罗列人名无非是为了给读者留下一个印象，即教授是如何地深受学术界及社会的广泛尊重，是如何地声名卓著。他没有写与无名人士的对话。明明那些人中也有人送来了饱含着真挚与情感的问候，但他却只记载名人空洞而又敷衍的客套话。这一点也缘于教授夜郎自大的脾性。

教授的学说何止缺乏独创性，就连值得一提的论文也没有，却能扬名立万，这是为什么？因为他善于追逐潮流，精于巴结学术界权威，结交到了许多同伴，自然而然地就成了一方魁首。他无非是靠着与有才之士交往，获取了高于实力的虚名罢了。

而与病魔做斗争所引发的同情，则使之变本加厉。于是，人们对其学术成绩的打分基准一下子宽松起来。其实悲壮与实质毫无关系，但日本人特有的感性却对教授的实质做出了过高的评价。

读了教授的病榻日记，我发现他写的都是充满哲理的漂亮话，但了解他的人自然知道事实并非如此。住院期间夫人一直陪伴左右，但在没有名人探病的日子里，她却与教授关系紧张，争吵不休。正如某些传言所说，原因要归结于低俗的男女问题。教授在日记里写自己预感将死，于是大彻大悟，陷入了高度的冥想，却对“那低俗的交际关系导致他一再企图躲过夫人的眼睛，钻院方的空子，伺机逃离病房”的事实只字不提。因为教授已计划好在死后公开出版自己的日记。

教授生前是一个和蔼可亲的人，正因如此他才凭借交际成就功名。然而，教授有着双重人格般的性格，这在学术界已是尽人皆知。教授背叛和打击的人不在少数。说穿了，学术界本来就是这么一回事，但教授也未免太阴险了。一旦认为前辈、同窗失去了利用价值，于自己有损，他就会迅速抛弃他们，还在背后说他们的坏话。对待朋友和后辈，教授也是当面赞美吹捧，可往往还没等对方走远，他就会对身旁的人吐吐舌头，骂道“从没见过那么蠢的人”；还嘲笑人家低能，竟然听不懂他的讽刺。

教授对待日记中提到的探望者也是如此。有个书店老板在自家店里摆了很多教授的专著，深得教授的欢心，而且这位老板对教授也是忠心耿耿，甚至还到教授家里下厨。两人亲密无间的关系还成了学术界的一段佳话。在日记里，这位老板不到三天就会来病房探望一次，教授夫人十分感谢他的情深义重。然而，据消息灵通人士称，教授在别的日记里骂过这位老板，说他什么也不懂，只知道阿谀奉承、拍马屁，貌似刚正其实是个奴颜媚骨的人，简直是恶语连篇。换言之，教授的日记就像偷税漏税公司的双重账本，有表面和背面之分。

现在离教授逝世时日尚短。鞭尸通常被视为不道德之举,但是，倘若这一礼节导致后来者对教授做出错误评价，那就糟了。所以，我不惮承受一部分人的指责，写下了此文。当然，即使我不写，数年之间教授著作的评价也会下滑吧……

以上便是伊佐子所读文章的大致内容。

哲学也好，学术界也好，伊佐子一概不懂，著名学者书写“表日记”和“里日记”这件事倒是给了她一个启发。

伊佐子并不需要两本日记。只弄一本表面的，把见不得光的内容悄悄放进去。她写下的文字不过是一条条线索罢了。

离开朱台医院时，佐伯律师谨慎地炫耀说，他兄长开的这家医院在治疗心脏病方面有口皆碑。其实当时律师还说了一句话："夫人，关于石井君的案子，我有些事想和你商量……"

这句话伊佐子没有写进日记。

"好的，没问题。"

"还是说盐月先生不一起来的话就不行？"

"不，我一个人也可以。"

"是吗？难得机会这么好。只要十分钟就够了，我们可以去离家近一点儿的咖啡馆……"

"我把车停在这里了。"

"那走路就有点儿麻烦了，这附近稍微走一下也找不到像样的咖啡馆。府上是在……"

"在涩谷那块儿。"

"那就去青山吧。我也是开车来的，你就跟在我后面好吗？"

"可是律师先生，你这么走的话，回日比谷的事务所就得绕远路了吧？"

"你的事也是我的工作啊。"佐伯律师笑了，留着青色胡楂儿的方下巴弯出了一道弧线。

律师的黑色中型国产车与伊佐子的灰色中型奔驰一前一后，向青山驶去。佐伯似乎有意要显摆自己的潇洒技艺，在各种车辆之间闪转腾挪，然后在信号灯处等伊佐子。显然他是从后视镜里观看伊佐子赶上来的样子。伊佐子故意拖后，到信号灯前时也必会停在四五辆车之后。佐伯把对方想成普通女孩，结果白费心机，他不断从车窗伸出头查看后方，最后才终于改换为普通稳妥的驾驶方式。

地方虽然在青山，但远在外苑的西侧。这家新开的店以南欧风格自居，白色装饰十分惹眼。客人以情侣居多。

“你常来这里？”伊佐子率先落座后问道。

“不，是第一次。因为工作关系经常从门前路过，知道有这么个店，所以一下子就想到了。怎么，不喜欢来这种店吗？”

佐伯的表情像是在说“这下糟了”。

“我倒也没什么想法。这里全都是年轻人啊。”

“确实很多啊，进来以后我才觉得不妙。”

“哎呀，先生还年轻着呢，来这里不奇怪的。”

“那夫人也没什么好担心的。”

“谁说的。我年纪太大，已经不适合这里的氛围了。”

“哪里哪里，你已经完全融入进来啦。”

“到底是律师，太会说话了。”

“律师叙述的可都是事实啊。”

佐伯把菜单竖在面前，用圆圆的眼睛看着伊佐子，随后缓缓地将目光落向文字。伊佐子想，看他这眼神，是不是对女人很有自信啊？

“你要什么？”佐伯仔细地看着菜单问道。

“来点儿清淡的。”

“好像没什么特别好的。”

伊佐子凑合着点了三明治和红茶。

“你丈夫挺苦啊，如果是轻症就好了。”佐伯同情地说。

“啊，希望是这样。”

“昨天在A宾馆大厅和夫人见面那段时间，他完全没有发作的征兆吗？”

"是啊，完全没有。后来我回家了，才知道他在附近的医院里躺着。"

总觉得佐伯是在探听自己离开大厅后是直接回家了，还是和盐月去哪儿共度了一段时光。当然，他肯定知道自己和盐月的关系。盐月曾说，佐伯是律师，这点儿事情瞒不过他，他又办过各种各样的案子，对这种日常生活的琐事早就司空见惯了。话虽如此，律师毕竟也对他俩的关系很感兴趣吧。

不过，佐伯并未显露出兴致盎然的态度。一方面也是出于礼节，而这项委托原本就来自盐月的舅父，既然他想巴结有权有势的政治家，自然有所顾忌，不能得罪对方。

有夫之妇有一个情夫，情夫为女人的丈夫该去哪儿住院操心，而女人则在担忧丈夫的病情——佐伯似乎只是在审慎地观察眼前的这一切。

"其实，这次我想告诉你的是石井君的供述内容。"

端上的三明治犹如一道分水岭，佐伯将话题从慰问转换为案件的审理，语声也急转而下。

"我想在跟盐月先生谈之前，先与夫人商量一下。"

伊佐子的脸转向了正面。

"啊，也没什么大不了，事实上石井君向检察官做了新的供述。那些话最初他没对警方说，他说乃理子小姐吃下安眠药睡着的时候，夫人来过公寓。"

"……"

律师瞥了一眼伊佐子，望着面前的三明治，停顿了片刻后续道："石井是这么对检察官说的，当时他去公寓二楼大村君的家玩儿了，回屋时看到夫人来了，夫人说乃理子小姐睡得很熟。他觉得有点儿奇怪，到里屋一看，发现枕边滚着安眠药的瓶子，乃理子小姐正打着呼噜。这一幕夫人也看到了，所以可以请她做证。之所以一直瞒到现在，是因为觉得不能给那位夫人添麻烦。但是，现在既然要以杀人罪起诉他，为了自保也只能说了……”

啊，石井果然说出来了！伊佐子听着心脏急速跳动的声音，眼睛直直地盯住前方。视线尽头，三明治那桃红色的火腿变成了一条细线。请律师来是为了让石井保持沉默，由这边承担全部律师费用是为了让石井感恩戴德。大村和浜口都说过，石井非常感谢夫人的厚意，难道全是谎话吗？当然，也可以说成后来石井感觉到了危险，打破了沉默。

“夫人，就算石井君说了这些话，你也绝对不用操心。”这次佐伯正视着伊佐子的脸说道，“我有对策。但是，在此之前我想问清楚，石井说的是事实吗？作为律师，我必须在把握事实的基础上准备对策。”

佐伯的大眼睛眨也不眨地注视着伊佐子，双眸含水般闪闪发亮。四四方方、长满青色胡楂儿的下巴，迫使对方感受到了他的坚强意志和充沛精力。

“……差不多是这样吧。”

伊佐子语声微弱。在摸不清风暴的猛烈程度之前，还是放低姿态为好。估计下一个要问的就是自己与石井的关系，该怎么回答呢？

“我想详细问一下情况。”律师啜饮着红茶说道，“夫人去石井君的公寓大致是在几点？”

“六点四十分左右。”

“看过手表是吗？”

“嗯。”

说看过手表是不是不太好？律师会怎么想呢？他会不会想，到别人家门口看手表就表明是事先约好的，要么就是偷偷上门时下意识地这么做了之类的？

“然后夫人就进了石井君的房间。当时石井君去大村君家玩了。那是在二楼对吗？”

“是的。”

“房门没锁吗？”

“没锁，所以我一推门就过去了。我朝里面喊过话，但没人应答。”

此处伊佐子也留了个心眼，她没等律师问“没人应答也不能擅自进去啊，你们到底是什么关系”之前，就先解释道：“我也认识乃理子小姐。”

说是认识，其实只见过两三次她和石井在一起，并没有说过话。那个年轻女人总是绷着脸，目光炯炯地看着自己。与石井的关系有了进一步发展后，石井那边也不再让伊佐子和她见面了。用石井的话来说，那是一个歇斯底里的女人。

“然后往里走，先是一间六帖大的屋子，然后是一间四帖半大小的屋子，你看见乃理子小姐睡在那里是吗？”

“并没有看得很清楚。乃理子小姐裹着被子在睡觉，但我从隔扇的缝隙里只看到了她的头部，然后我就回到了带厨房的起居室。”

伊佐子觉得自己就像一个正在接受盘问的证人。上了法庭，多半也会如此吧。

“那时，乃理子小姐的枕边已经放有安眠药的盒子了，是吗？”

“是不是安眠药我不知道，总之是有一个小盒子和一只茶杯。”

“哦，然后你回了起居室，碰到了石井君？”

“他从二楼回来了。”

“当时，关于乃理子小姐的事，石井君是怎么说的？”

“石井君是这么说的，中午他和乃理子小姐吵了一架，觉得烦正要出去的时候，乃理子小姐追过来要揪他。石井君一推她的手，她就仰面倒了下去，头撞到了洗碗池的角上。大村君和浜口君一起把她送到医生那里。总之，闹出了很大的动静。然后，我说乃理子小姐好像正在里面睡觉，枕头旁边有盒子还有杯子，总觉得有点儿奇怪。石井君一听马上就去了里面那间屋子。”

“夫人也一起进去了？”

“没有一起进去，不过石井君一叫我，我就马上进去了。石井君摇不醒乃理子小姐，后来又从枕边的盒子里取出药瓶，说这是安眠药，说她吃了半瓶子的药，还说‘这个做蠢事的家伙不会是假自杀吧’。”

“石井君说过‘不会是假自杀吧’？”

“嗯。”

律师皱起了眉头。

“之后你做了什么？”

“我说，如果她真的吃了安眠药，就得早点儿请医生来治疗，或者也可以打119叫救护车，这样可能快一点儿，就这么办。可石井说救护车来的话会惊动左邻右舍，他不想这样什么的，磨叽了半天，结果还是决定这么做了。当时石井君要我快点儿回去，说我在这里的话会很麻烦。而我也怕被人误解，所以就回去了。”

佐伯没问是什么样的误解。就像不追究伊佐子与盐月的关系性质如何一样，佐伯也没有追问她与石井交往会带来何种误解。

“夫人说的，与石井君最新的供述一致。他也说了差不多一样的话。”佐伯吃掉半片三明治后说道。

“那需不需要我以证人之类的身份出庭呢？”

伊佐子尽可能装出若无其事的样子。倘若需要出庭，则将迎来最坏的局面。一旦被问起石井与证人的关系，可以说只是普通朋友吗？石井吐露一切的话就全完了。

“不，应该用不着吧。”佐伯出人意料地以轻快的口吻答道，喝着剩下的红茶。

真是这样吗？不会是律师为了让委托人安心，说些宽慰人的话吧？再说石井应该知道辩护的委托人是谁。想必大村在拘留所见到石井后告诉他了，事实上大村还向伊佐子转达了石井的谢意。

伊佐子认为，石井原以为乃理子的死能以服安眠药自杀结案，就算稍有差池也不过是伤害致死，判个两三年，而且还有缓刑。得知有以杀人罪被起诉的危险后，他一下慌了神，打破了暗中的约定，说出了自己的名字，只为局势能对他有利，哪怕只有一丁点儿利也是好的。

石井已经豁出去了，没人知道他会说出什么话。如此一来，检察官和法官都会传唤自己出庭做证吧？

警方调查过大村和浜口，但两人都还没有成为检方证人。他俩都说不会把夫人的事传扬出去。这应该是真话。然而，如今自己已拒绝胁迫，天知道他们会怎样向检察官告密。而且，如此一来他们也得出庭接受问讯，也不知道到时会说些什么。

盐月通过舅父的关系找来了一个貌似右翼分子的男人。大村和浜口似乎已被他驯服，但是这种半带恐吓的手段真能奏效吗？盐月显得很有自信，不过这人一向是个乐天派。那个身材矮胖、肩膀隆起的男人在A宾馆大厅摊开双手挡住大村和浜口时，发出的豪迈笑声至今仍残留在伊佐子的耳边。不，应该用不着吧——语气轻松的佐伯从红茶茶碗上抬起头。

“其实我和负责此案的检察官很熟。大学里我们是同一届，在司法研修所时也是同一期的。那家伙人不错。认识检察官可是律师的一项优势啊。”

佐伯取出香烟，愉快地一笑，露出了白净的牙齿。

“抽烟吗？”

“要一根。”

从对方手中的烟盒里取出一根烟时，伊佐子注意到佐伯的眼睛一动不动地注视着她的手指。随后，他保持视线不变，将打火机伸向了伊佐子。

“就算有石井君的供述……”佐伯把脸转回正常位置，吐出一口烟，“但这和案子本身关系不大。石井君推开乃理子小姐的手，乃理子小姐倒在厨房里的时候，夫人并不在现场。此外，乃理子小姐喝下安眠药时，夫人也不在场。夫人没有亲临这些关键场面，只是目睹了乃理子小姐酣睡的一幕。夫人的证词不会对事实关系的认定带来任何影响。也就是说，即使传唤夫人出庭做证，对理清事实关系也无多大助益。”佐伯的语气带着点儿辩论的味道，“说得更严密一点儿的话，石井君既然说出了这些事，那检察官就必须请夫人当证人。虽然证词与石井君当时的实际行为无关，但作为被告的相识者，检察官还是希望能从你这里探听到被告的日常行为及性格等。检察官可借此了解被告的日常品行，拿来作为总结陈词或量刑时的参考。”

“日常品行”这个词如石块一般击向了伊佐子的胸膛。

“不过呢，”不知为何佐伯把烟吐得到处都是，“相识者嘛，就让大村君和浜口君以及其他人，比如石井君供职的证券公司的上司或朋友来当代表吧。尤其是大村君和浜口君，住在同一幢公寓，带着在厨房撞到后脑勺的乃理子小姐去看了医生，知道乃理子小姐在那里缝了三针后，像没事人一样回来了。接着，在乃理子小姐服药陷入昏睡状态时，也是他们叫来了内科医生，看到了医生洗胃的过程。所以只要有这两个人的证词就足够了。”

如果他俩多嘴说了别的话，怎么办？

“当然，石井君的新供述里毕竟出现了夫人的名字，所以我也不能不作声。我对检察官说了，你看，就这个程度，没有必要让她上证人席吧，这么说可能不太好，但那位夫人是很有社会地位的，跟石井、大村、浜口那种小混混不一样，不能给人家添太多麻烦，也犯不着让人家出庭。检察官一听就回答说，明白了，就这个程度的话没问题。”

“好吧，这就行了是吗？”

“检察官和辩护律师都不申请夫人当证人的话，夫人就不用出场了。至于法官那边，不管被告说了什么，估计都只会一听而过，不予采纳。因为公审时总会随便请一些与案子无关的市民旁听，法官也不希望对当事各方造成个人隐私上的困扰。”

佐伯不说“对当事各方造成困扰”，而是在中间加了“个人隐私”一词。仅凭这一点也看得出，他知道石井和自己的关系。不，已不只是推测，石井既然说出了名字，肯定也坦白了一切。检察官与律师商量后，放弃让伊佐子做证人，想来也是立足于这项事实而做出的判断。一想到佐伯是如何看待自己的，伊佐子除了低头别无他法。这时，她的脑中浮现出刚才取烟时佐伯那盯着自己手指的眼神。

佐伯感到局促似的咳了一声。

“然后……”与先前不同，他的声音变得低沉稳重，不，也许该说是心平气和吧，“有件事是我从盐月先生那里听来的，据说夫人漏过一点儿口风，意思是希望石井君在牢里待得越长越好，是吗？”

“嗯。”伊佐子明白无误地点了头。

盐月说会控制律师不让其过分卖力，但他恐怕还是觉得旁敲侧击难以传达真意，结果就打开天窗说亮话了。此外，若非如此，辩护委托人请求律师加重被告之罪责便会显得不可思议，如此倒是应该去检察官那边才对。看来即便是盐月也无法迂回婉转地向佐伯表明意图。不过，盐月应该没说伊佐子这样做的理由。

“这可不行啊。”佐伯教诲似的说，“我的意思是，这就意味着辩护人不会太着力保护被告。但被告最恨的就是辩护人缺乏热情，一怒之下，不再指望辩护人，而是去想怎么靠自己的力量来保护自己。被告会拼命的，那样一来就真不知道他会说什么了。那种时候我们也就别想什么法庭规则啊辩护策略了，简直是一团糟。怎么说呢，这也是情有可原的。有的被告还会像疯了一般大喊大叫，也不知他们在吼什么。”

“……”

“这是下下策，倒不如拼命为被告辩护了。这份热情能让被告对律师产生信赖。被告一旦信赖律师，就会对律师言听计从，明辨事理，遵守约定。如果我说这个不能说，他就绝对不会说。夫人，这样的做法才是明智的。”佐伯似乎想说这对夫人有好处，“你听我说，石井君的这个案子非常有趣。昨天在A宾馆大厅，盐月先生也在场的时候，我已经解释过了。乃理子小姐的胃里留有安眠药残片，还没来得及消化，但法医没用镊子夹出来放在显微镜下检查。也就是说，法医觉得事实很清楚，所以偷懒了。这也是常有的事，而我的着眼点就在这里。我打算利用这一点进行争辩。这个案子是非常有希望的。”

律师一度平静下来的语声变大了，语速也加快了。

“你说有希望，是指有可能判成无罪吗？”

“有这个可能。我的朋友——那位检察官始终以被害者死于脑震荡，也即石井君撞乃理子小姐的头时抱有杀意为前提，办这个案子。这不是我朋友个人的意见，而是检方的一致见解，所以我朋友也不会试图去改变。将来也许会有一场华丽的论战。”佐伯的圆眸中含着一抹喜悦的光泽，“好了，总之我打算热情地投入进去，也会让被告看到我的诚意，所以他一定会听我的话，遵守约定。然后呢，如果石井君被无罪释放出来了……到时候我会安置他，绝对不会让他做出令夫人困扰的事。请你相信我。”

× 年 × 月 × 日

下午一点，我促成丈夫接受了在朱台医院住院治疗的建议。

从昨晚开始我就在拼命说服丈夫住院。他不愿意，坚持说症状不重，还不要紧。我劝他说，这家医院擅长治疗心脏病，姑且先接受一次诊察如何？但丈夫也知道做过诊察后，很可能会直接住院，所以一直跟我拧着，好不容易才勉强答应。

上午十点我打电话给朱台医院的佐伯院长，他说中午会空出时间等我们。一开始就做住院准备的话，丈夫会不高兴，所以我只是开车把他带去了医院。

正在等我们的院长立刻开始了诊察。我退到走廊等待结果。佐伯律师来了。作为医院的介绍人，他来是为了请求当院长的哥哥为我们开启方便之门。他百忙之中还抽空过来，我觉得很不好意思。我和他站在走廊上聊了起来。

四十分钟后院长叫我们进去。当着丈夫的面，院长对病症做了简单说明。刚才诊察下来，未见有恶化。症状似乎比想象的轻，但毕竟发作了两次，所以想做个精密检查，在此基础上再决定对症疗法，所以希望病人住院。丈夫同意了。看到丈夫脸上显出了一丝不安，院长笑着说绝对不用担心。虽然是兄弟，但感觉他跟佐伯律师很不一样。

带丈夫去了病房。丈夫说这屋子好豪华，问我住院费是多少。我说好不容易有机会住院治疗，钱的事就不要多想了，在这里好好静养吧。不过，丈夫好像很满意病房还带一个接待室，说可以在这里做口述，也就是那个自传。只要不影响病情，丈夫能有个消遣也是好的吧，所以我想拜托速记员宫原素子小姐，请她来病房工作。

见了负责三楼的护士长。由于是全天候看护，所以打听了一下探望时间及其他规矩。家人不能陪夜，但附近有和医院签约的旅馆。

住院已成定局，所以我准备回家拿各种用品。和丈夫商量了一下，这件事要通知谁。决定姑且先通知公司方面的会长、社长以及其他人。丈夫说了五六个书名，要我拿过来。他本人倒是意外地乐观呢，我也放心了。

回去时我本想见见院长，细问之前的诊断结果，但院长出去吃饭了。

回到家,先和沙纪整理要送去病房的东西。一会儿想到了这个，一会儿又想到了那个，以为没多少东西，却已经搞出了一大堆。

从丈夫的书架上抽出他要的书。我看到有百科全书，就翻到了“心肌梗死”这一项。

“……症状有固定的临床表现，但也常以多种变异形式显现。突发狭心症式的胸痛并伴有休克症状是其特有的固定症状。也即突发伴有死亡恐惧的胸痛时，会浑身冒冷汗、呕吐、失禁、脸色苍白呈苦楚状，四肢末端发绀，脉搏明显减弱、加速，有时会失去触感。血压降低，呼吸频率上升，肺部呈现卡他症状。情况最坏时，数分钟或数小时内就会意识模糊，或因心力衰竭而死。如能幸运地挺过发作期，血压便会逐渐恢复正常，脉搏减缓，痛感也将消失。然后，在发作的当天或第二天会出现38摄氏度左右的发热，以及白细胞增多、血沉加快的现象。此后便慢慢进入恢复阶段，但常会再次发作。心电图上则呈现出一种特有的变化，人称‘梗死曲线’。

“即使挨过发作期，至少也需要保持六到八周的静养。以血沉反应、心电图异常之处的恢复状况为参考，注意卧床休息，预防再次发作是至关重要的。需通过饮食、服药，如强心剂（根据需要可选洋地黄、利尿素、苯甲酸钠咖啡因等）、镇静剂（氢溴酸、北缬草剂），努力消除精神上的不安；离床后也要督促病人逐步开展肉体及精神方面的锻炼，此后才可让其回归工作或学习生活；必须重视看护和养护，不可懈怠。”

这病真是够呛，我读完后心脏怦怦直跳。平川医生可能是想让我安心，说得十分轻巧，结果我就被这本书里的说明吓着了。衷心祈祷丈夫能早日康复。

给S光学本社的秘书课打了电话，会长、社长都不在。板仓专务接了电话，被我吓了一跳。他说他会尽快转告社长和会长，自己也会马上去医院探望。我姑且告诉他，现在病情没什么变化，住院只是为了做精密检查。

打电话给盐月先生，把丈夫入院的事告诉了他。下午五点，把东西装进车赶往朱台医院。丈夫在床上睡着了……

盐月接完电话后，立刻离开了公司。两人在A宾馆大厅会合是在两点半左右。

“果真住院了吗？”盐月略微显出严峻的表情，但抽了一会儿烟斗后，他的眼中露出了微笑，“大概会住多久？”

“要看精密检查的结果，不过就算情况良好，估计也要一个月吧。”

“一个月啊。这期间你每天都得去医院？”

“是啊。不过那家医院是全天候看护，晚上家人是不能陪夜的。”

“哦。这么说，晚上你是一个人在家睡了？”

“是啊。”

伊佐子没说那附近有和医院签约的旅馆。这件事什么时候都能说，不过现在为时尚早。

“一个人在家睡不寂寞吗？”衔着烟斗的唇角松弛了。

“很害怕啊。就算是那样的一个老头，有男人在和没男人在，心理上的感觉还是很不一样的。今后，每天晚上睡觉前我都要把门窗关严实了。”

“挺能岔话的嘛。既然需要男劳力，我可以隔三岔五地去你那儿玩。”

“说什么蠢话呢。家里还有女佣呢，你来了我可就麻烦了。”

“开玩笑啦，我怎么可能去呢。再说了，泽田先生会从医院打电话回家吧？”

“是啊。有这个可能。”

伊佐子心想，自己竟然忘了这个茬儿。信弘很可能睡不着，然后打电话回家。可以想象，这不会是单纯的排遣寂寞。伊佐子不禁觉得，盐月到底是男人，所以知道男人的心理。

“好啦，接下来我有很多事想和老爹商量。前面我看了百科全书，心肌梗死真是一种可怕的病啊。”

“所以我才说要早点儿让他住院啊。”

“就算住院了，我老公可能也会在某一天突然发作死掉，所以我想尽早完成财产处置的手续。”

“泽田先生有两个女儿对吧？”

“是的。其中一个出嫁了，她也有遗产分配请求权吗？”

“有是有的，问题是占多少比例，这个得问律师才能知道。”

“两个女儿从不上门，但是会去公司见父亲。信弘好像一直给她们零花钱来着。所以，他这么一住院，我估计那两人已经串通一气，在研究对策夺遗产了。”

“最好是能让泽田先生早点儿写遗嘱，但现在他刚刚入院，你也说不出口啊。只是，这段时间万一有什么不测的话，可就麻烦了。最好是现在就跟律师商量，不过这个还是找专管民事的人比较好吧。佐伯是专门办理刑事案件的。”说到这里，盐月又问道，“先不谈这个，后来你见过佐伯了吧？他说，关于住院的事他会托当院长的哥哥帮忙的。”

听完这话伊佐子明白了，佐伯没有把跟自己见面、交谈了长达一小时的事，向盐月吐露半个字。

八

泽田信弘躺在朱台医院特等病房的床上，上半身罩着氧气帐。从入院第一天起就用上了氧气帐，信弘本人好像也被吓着了，在床上没精打采的，一半时间都在迷迷糊糊地睡着。氧气帐也不是一直用，塑料的罩子罩住胸到头的部分，罩三小时收走，休息三小时后再罩上。

“重症患者不分昼夜都要罩上氧气帐，好在您丈夫症状轻，这样就可以了。”

佐伯院长不光说给伊佐子听，当泽田醒来时，他对罩在帐中的病人也是这么说的。塑料罩上发光的部分掩住了泽田的脸。院长头发花白，脸型短而肥胖，容貌和当律师的弟弟有点儿像，但松弛的面部带着一股柔和的威严。与弟弟的干练有所不同，他的动作总是慢条斯理的。

伊佐子想，其实发作后已经过了三天，很大程度上泽田已恢复原状，可这一住院，治疗手段也夸张起来了。

“一定要罩氧气帐吗？”

伊佐子来到诊疗室，询问主治大夫浜岛。浜岛还是三楼病房的负责人。直接找院长问这问那的还是有些顾虑，而小个子的浜岛为人活泼，伊佐子这边也觉得轻松。最关键的是，浜岛是主治大夫，问他什么都可以。

“是啊，对年长者来说，这样比较安全。”

不说“老人”而是用“年长者”，从中可窥见主治大夫的良苦用心。不过伊佐子已经习惯了人们看待老夫少妻的目光。如今，对方的种种顾虑形态会让她觉得有趣。浜岛看上去有三十六七岁，柔软的头发总是掩住狭窄的额头。

“要频繁地做心电图是吧？”

“是，心肌梗死的话，这种检查是诊断的基础。不过，心电图反映出来的结果并非百分之百靠得住。”

“我丈夫的情况怎么样？”

“图形良好，不算坏。我问下来，说是基本没有肩膀酸痛的情况，这也是一个不错的迹象。”

“肩膀酸痛不行吗？”

“也不好一概而论，如果是心肌梗死引起的，当然还是不要有比较好。如果只是因为年纪大了，则另当别论。”

“我丈夫的心肌梗死算是良性的吗？”

“一年前的第一次发作没出什么事，最近的第二次发作也只是这种程度的，可以说相当幸运。大多数情况下，第一次发作时就该住院了。”

“我丈夫根本就没告诉我第一次发作的事，这次发作了，才知道他以前瞒着我。”

浜岛的薄唇边浮出苦笑，似乎已猜到老夫为何要对少妻保密。形形色色的病人，医生见得多了。

“难得这次您丈夫住了院，我们想好好为他进行诊断和治疗。再过个四五天，我打算给他照一次 X 光片。”

“他来这里后整天都在睡觉。”

“为了减轻心脏的负担，我们给他用了安眠药，因为病人需要绝对的安静。”

“伙食也净是些牛奶和半熟的鸡蛋啊，要一直这样下去吗？”

“现在还只是进来后的第三天。虽然食欲有减退，但也不能一直这样，所以从明天起我们就换成粥吧。”

“躺着不动、保持绝对的安静要持续到什么时候？”

“大致计划是一个星期，所以接下来还有四天。然后就可以让他坐起来，再根据情况让他下床慢慢地锻炼腿脚。毕竟还是要让病人早日回归正常生活的。”

“大夫我问你，第三次发作的时候会不会一下子死掉啊？”

“不好说会不会立刻死亡，但确实有这样的危险。不过，第三次发作的时间是因人而异的。从五六年到十年，都有可能。”

“十年？我丈夫这样的老年人也有可能吗？”

“相比年轻人，年长者在身体条件上确实有点儿吃亏……”浜岛脸上稍有为难之色。

“大夫，请不要顾虑，告诉我实话。我丈夫已经是那样的一个老人了，所以我也想及早做好心理准备。”

浜岛不知如何是好，躲开了对方的视线。桌上散乱地放着一堆病历簿。

“从以往的报告来看，第二次发作后死亡的病例大多发生在最初的三年内，全都是心脏死亡。当然，第二次发作后的预后情况和第一次发作后一样良好，最终回归职场的例子也不少。”

“也就是说，就算治愈出院了，三年之内也是很危险的啰？”

“从报告来看确实如此。但就像我刚才说的那样，预后情况良好的病人就不一定了。别过度劳累的话，自然能活得长。”

“大夫，我丈夫已经六十七岁了。我感觉他活不过三年了，你以为呢？”

“呃，人的寿命这种事，怎么说呢……”

“你不是说老年人比年轻人的条件差很多吗？”

“啊，这个当然是要吃点儿亏的，不过也有个体差异……夫人，我们会竭尽所能的。”浜岛手足无措地说道。

伊佐子离开诊疗室后，浜岛对护士长嘀咕道：“这位夫人是怎么回事啊？到底是想让我们治好她丈夫，还是想让他早点儿死啊？”

高个子、大眼睛的护士长扑哧一笑，边帮忙整理病历簿边告诉浜岛：“大夫，那位夫人现在就住在千谷旅馆。”

千谷旅馆就在医院附近。朱台医院标榜全天候看护，不允许家人在病房过夜，所以才和旅馆签约，为重症病人的家属提供方便。医院还开通了直达电话，紧急时可与病人家属联系。医院和旅馆相距约五百米，走路连五分钟都用不了。

泽田信弘的病症相对较轻，发作后情况也很稳定，住院说穿了是为了做精密检查兼完全治愈，还没到需要家人住旅馆的地步。不过，病毕竟是病，刚入院的时候，家属比较担心，在旅馆住宿也不奇怪。

“可是，那位夫人好像是一个人在旅馆住。”护士长说。

“哦。”身穿白大褂的病房主任分开双腿坐入椅中，往病历簿上写着什么，“他们是不是没孩子？”

“可能是那位夫人没孩子。”

“怎么说？”

“今天有一个三十二三岁的女人和一个二十七八岁的女人来过病房，长得和病人很像，多半是跟前妻生的孩子。她们还很友好地跟我打了招呼，说‘父亲就承蒙您照顾了’。”

“看这年龄，倒是能合上。她俩像是结了婚的人吗？”

“姐姐领着一个四岁左右的男孩，妹妹那边我不清楚。妹妹头发很长，穿着皮夹克和灯芯绒的裤子，也不能算嬉皮士吧，看上去像是个画画儿的。”

“当时那位夫人是不是也在病房？”

“可不是吗？那个时候啊，夫人在床头放了把椅子坐着，所以两个女儿只能微微屈身，俯下身子打量病人。明明夫人可以挪个位，让她们好好看清父亲的样子。床边不是只有一把椅子嘛，结果两个女儿都只能一直站着。”

“夫人装没看见吗？”

“是啊，一脸不高兴的样子。这还不算什么，她对那两个女儿说：‘你们在这里站多久都没用，老爹刚打完安眠药针现在正睡着呢。’她还问我‘是吧，护士长’，催我帮腔，简直就是要她们早点儿滚蛋。我也很为难，其实病人已经睡了四个小时，就快醒了。”

“后来怎么样了？”

“那个妹妹问我：‘护士长，我爸爸大概什么时候能醒？’我回答说，说不准，应该还要过一段时间吧，就立马逃出了病房……后来我去了一楼的药房，看到姐妹俩垂头丧气地坐在外来患者等候室的长凳上。那个姐姐还哭了。她们肯定是被那位夫人赶出病房的。”

“嗯……问题很严重啊。”

“我说大夫，那对夫妇差多少啊？”

“年纪吗？呃，大概差三十岁吧。”

“老公是六十七岁对吧，那夫人就是三十八……差这么多？我以为夫人年纪还要再大一点儿。虽然她化着很浓的妆，但应该有四十出头一点儿了吧？”

“男的那边也是。五十多岁的时候还好，年近七十的话，老婆差三十岁就有点儿悲剧了。男的只有干枯下去的份儿，女的倒是会越来越丰腴。”

小个子男人的眼角蹙起了皱纹，嘴里用德语说着什么。这些都是平日听惯的猥琐话，只见护士长露出白齿，嗔道“哎呀哎呀，又来了”，已婚的护士长脸都没红一下。

“听说病人是某家公司的董事？”护士长整理了一下白帽，问道。

“好像是的。”

“听说是院长那个当律师的弟弟介绍进来的。”

“律师的名字叫义男啦。听说人虽然年轻，但很能干，可能是在哪家公司当顾问律师什么的吧。昨天，还有前天，他都来找我问过病情。”

“是叫义男啊？今天上午他也来过病房哟。病人在睡觉，他和夫人两个坐在接待室的椅子上聊得热火朝天。”

“义男先生跟院长不一样，一看就是一张精力旺盛的脸，不会出问题吧？”

护士长扑哧一笑。浜岛也不再吭声，毕竟是院长的弟弟，所以有些顾忌吧。

从护士收走氧气帐的那一刻起，泽田信弘一直醒着。

“喂。”信弘招呼了一声。

伊佐子正坐在接待来客用的沙发上织毛衣，闻声站了起来，朝病床走去。

“现在几点了？”

“四点二十分啦。”

窗外的阳光暗淡了下去。昏暗的病房中，枕头上，信弘的白发乱糟糟的。

“我睡着的时候，有谁来过吗？”

“没有，谁也没来过。”

信弘仰卧着，目光空洞地注视着天花板。

“光是在睡觉了。”

信弘含糊地说着，做了个手势。伊佐子把尿瓶从被脚塞了进去。信弘身子一阵蠕动，张开了嘴。由于假牙已经取下，整张嘴就像个空洞，只剩了下面的四颗牙。他又举了一下手，于是伊佐子拿走了尿瓶。茶褐色的尿液积留在瓶底，被伊佐子直接放进了床底。

“前天做了糖尿病的检查，结果怎么样？”信弘问伊佐子。

“哎呀，到底是怎么个情况呢？”

“你没问吗？”

“他们什么也没说啊。”

信弘想说些什么，但没吭声。

“老爹，你有糖尿病的迹象？”

“不，到现在为止应该没有过。”

“糖尿病是不是和心肌梗死有关系啊？”

信弘没有作答，而是语气拘谨地问：“睡着的时候好像听到丰子和妙子的声音了，是我在做梦吗？”

“没错，她俩稍微过来露了下脸。”伊佐子像是在说别人的事。

“已经回去了？”

“好像是回去了。看你睡着了，她们就想等你醒过来，等得不耐烦了。”

“她们在这里待了多长时间？”

“说不清，十五到二十分钟吧。”

信弘似乎在根据妻子的语调推测她的情绪。

“没说下次什么时候来吗？”

“啊，什么也没说，明后天会再出现的吧。她们两个是一起来的，看样子平时一直都有联系啊。”

“……”

“她们去公司找你讨零用钱时，是不是也是互相约好了的？”

“没有没有。她们不大来的。”

“谁知道呢。这事你瞒着我，我也是知道的。”

伊佐子以讥诮的目光注视着信弘不甚愉快的脸。

“你一个人给多少零用钱？”

“没多少。”

信弘不愿多说，但也勉强搭腔了。多半是怕保持沉默的话，妻子没准儿会拿他的两个女儿撒气。

“但是金额挺大的吧？据说丰子的生意做得不太顺利，是不是？”

“这我怎么可能知道呢。”

“我知道的，她今天那身装束就很奇怪，一副穷酸样。她竟然也敢给孩子穿一身脏兮兮的洋服。她可能是想表示自己没钱了。”

“……”

“丰子的老公有三年没见了吧，根本就不上我们家来了，看来他们很讨厌我啊。”

“怎么可能呢，只是……”

“只是什么？”

“是你不喜欢我的孩子们过来吧，是这个原因让她们不敢来了。”

“我很遭人恨吧？”

“是觉得你不好接近。”

“恨我也无所谓。我就是这么一个直爽的性格，被人误解我也没办法。最恨我的要数妙子吧？”

“没这回事。”

“谁说的，有。妙子靠着画点儿半拉子画儿，能独立自主了，就为人强势得很，自尊心也强得可以。听说画画儿的女人中还有卖身给画商的呢。不，我可没说妙子也是那样。”

信弘干咳了一声。

“那丫头一脸的放荡颓废，穿着皮夹克，还有灯芯绒的裤子，打扮得像个男人，是想靠这个吓唬我吧？这点儿小心思，我早就看穿了。我觉得是她挑唆的丰子，丰子的老公也没少掺和。做生意没啥才能，人倒是挺狡猾。他那张脸我一看就知道。”

“别这么激动好不好？”

“我才没激动呢，倒是你，一脸不想听我讲的样子，显得挺亢奋啊。我现在可是很冷静的，只是在说事实……你住院的事她俩是怎么知道的？”

“不是你通知的吗？”

“我可什么都没说。再说了，这次住院是为了检查身体，又不是性命攸关的事。所以我想还是别一惊一乍吓到她俩比较好。如果你是重症，怎么着我也会通知她俩的。我不是心眼儿坏才不通知啊，可妙子却追着我问，爸爸住院的事为什么不马上通知我。所以我就告诉她了，这次是为了做精密检查住院，就跟上医院接受综合体检一样，没必要连体检的事也通知吧。结果妙子瞪着我说，对你来说他大概只是丈夫，但对我们来说他是父亲。”

信弘不自在地动了动身子。

“别说啦。”

“请再听我说一会儿。后来我就问了，你们是从谁那里听说爸爸住院的，回答说是打电话给公司后知道的，是丰子打的电话哟。这就叫不打自招吧！说明她俩经常打电话给老爹，然后去公司找你。当我说，你们倒是从来不给我家打电话时，丰子红着脸没说话。至于妙子嘛，这个当妹妹的倒是挺硬气的，说什么给公司打电话能少点儿麻烦，简直是挑衅啊。”

“你能不能适可而止一点儿？”

“正好有这么个机会，我一定要说。不管是两人慌里慌张地跑到医院来，还是一张口就说我们的父亲怎么怎么，都是因为惦记着分遗产啊。她们企图在你死之前，让我认识到她们作为你的亲生女儿，有分遗产的权利！”

“……”

“心脏病和别的病不一样，谁也不知道什么时候会突然变成什么样。癌症什么的，离死总会有一段时间，能够为未来做准备，可心脏病要是发作起来，来不及吭一声就去了，这你叫家属怎么放得下心！我总觉得那两个人是冲着老爹的遗产来的。”

“不要再说了，再听你说下去，我的身子可能要不行了。”

“你也振作一点儿好吗？你要是有个三长两短，就只剩我一个人了，而且谁也不会来支援我。我只会被你的孩子欺负。难道你觉得可以让自己的夫人过得这么惨吗？应该不会吧。既然是这样，你就明确地写下来，不要让我忧心。民法规定的三分之一遗产是不行的，只有这么一点儿的话，我会觉得特别没有依靠。”

“嗯嗯。”

“就因为我跟你这个比我大三十岁的人结婚，所以才落到了如今的境地，跟别的夫妇是不能相提并论的。我又没有自己的孩子，能靠谁呢？到了这个年纪，再婚也不可能了。你要好好安排啊，不要让我过上被人耻笑的生活。曾经是泽田信弘之妻的那个女人日子过得很惨的话，你也没面子，我也很可怜，不是吗？”

“……”

“你啊，太优哉游哉了。你是上了年纪的人，就算我不说你自己也应该能意识到这一点，平时就该做点儿准备了。你觉得自己永远也不会老，一个劲儿地硬扛，可你的身体是不会听你使唤的。有些事你已经做不了了。趁这次住院，你好好想想我的事，做点儿善后的准备吧。”

“嗯嗯。”

“你啊，一说到这个事就含含糊糊的。你女儿是怎么说的？是不是背地里已经做过什么约定了，所以不能对我直说？”

“哪有这种事，你看我这个样子卧床不起的，也没办法做什么啊。”

“这样啊，那好，等你能在床上坐起来了，可以给我写个遗嘱吗？”伊佐子两眼放光。

“嗯。”

“是吗？好开心啊……不过，我的意思可不是老爹的命会怎么怎么的。我希望老爹能活得尽量长。我会好好地嘱咐这里的院长和医生的。比老爹你更年轻、更健康的人也都写了遗嘱。只要是爱夫人的老公，谁都会这么做的，是老爹你太散漫了。”

伊佐子用双手温柔地捧住信弘的脸，在他面颊上亲了一口。

“老爹，我不要你死。老爹很喜欢我对不对？我是这个世界上你最喜欢的女人对不对？我也爱老爹。其他男人一点儿魅力也没有，我才没兴趣呢。”

门轻轻响了两下。一名高个子、戴着高度近视眼镜的年轻医生领着护士进来了。年轻医生鼻子很塌，脸上有没剃干净的胡楂儿。

“咦，今天晚上是你值班？”伊佐子笑嘻嘻地迎上前去。

“是。”

医生微微垂首，走到病人身旁把了一下脉。矮个子的护士给信弘量体温。

“睡得好吗？”医生细长的眼睛从镜片深处俯视着病人。

“真是一天到晚都在睡啊，简直让人担心会不会出问题。”伊佐子接过话茬儿。

“睡眠是好事。既能减轻心脏的负担，也不用去想各种各样的事。所谓绝对安静，最关键的就是不要让病人担心。”

“……”

“怎么样，肩膀痛不痛？”

医生询问患者。信弘摇了摇头。

“这块地方怎么样？痛不痛？”医生轻按他的肩膀。

“不痛。”

“手麻不麻？”医生拉起腋下没插体温计的右手，揉捏似的握了一下。

“不麻。”

医生把听诊器按在信弘衣襟大敞的胸口上，在心脏附近仔细挪动了一番。他略微皱了皱眉，取下听诊器，圈起黑色的橡皮管。

“胸口痛吗？”

信弘慵懒地摇头。

医生用橡皮管扎住他的胳膊测血压，测量了数次后才松开管子。

“有没有呼吸困难之类的情况？”

“没有。”

“大夫，病情有变化吗？”伊佐子向不怎么亲切的医生询问道。

“啊，血压稍有上升……”

医生再次执起病人的手，一边指压，一边观察手掌的颜色。

“肩膀酸、胳膊痛什么的都没有是吗？”医生向患者确认道。信弘只是摇头。

“大夫，肩膀和手痛的话，会是什么情况？”伊佐子再次从旁插话。

“倒也没什么……”医生语焉不详起来，嘴里嘟囔着说道，“现在保持安静是头等大事，所以最好别说那些会增加病人心理负担的话。”

医生将听诊器按在胸口上时皱起了眉头，又说血压稍有上升，可见信弘正处于相当亢奋的状态。医生能猜到亢奋的原因。他常在病房，对患者及其家属熟悉至极，所以很快就察觉了。

“夫人会在病房待到几点？”医生离开床前，问道。

“前几天我待到八九点。”

“听说您在那边的旅馆住宿是吗？”

“是的，医院里不能过夜，所以我就住到那里去了。听说有电话直通医院，所以什么时候都可以把我叫出来。”

“大夫，”先前沉默不语的信弘开口道，“从这间病房能给旅馆打电话吗？”

医生一回头，说道：“这个嘛，那边桌上有一台电话机，交换台会为您接通的。”

“晚上很晚也行吗？”

伊佐子的脸不由得僵住了，看着躺在床上的信弘。

“晚上也会为您接通的……但是，在需要绝对安静的期间不能这么做，您必须躺着别动，再坚持个四五天就行了。”

信弘不吭声了。

“有什么事的话，请尽管摁枕边的按钮，值班的护士会马上过来。”医生说着，见病人的表情，似乎有话要说，便又退回到枕边，问道，“是不是半夜里情绪会变得不正常？”

“晚上我会害怕。”信弘微睁着双目说道，他并没有看医生。

“晚上害怕……是怎么个害怕法呢？”

伊佐子的耳朵也在等待回答，但没能听到答案。

“您刚入院不久，可能还没习惯吧。一点儿都不用害怕。有什么事的话，请立刻按铃呼叫护士。”

医生身边的护士偷偷地瞥了伊佐子一眼。

“你什么时候回去？”信弘问伊佐子。

“我吗？哦……今天我要早点儿走。家里已经四天没回去了，积了一大堆事。不回去打理一次的话，可就乱套了……有什么书想看的话，我会从家里带过来。我可以在旁边读给你听。”

病人摇了摇头，表示什么也不需要。

“大夫，我丈夫正在做口述……”伊佐子转向医生。

“口述？”

“是的，让速记员快速记录讲话内容。医生，能不能白天把速记员叫到病房来，让我丈夫解解闷呢？”

“嗯，消遣一下可能也不错，不过现在为时尚早，还得等一段时间。毕竟口述是很累人的，和普通的闲聊不太一样。”

“说得也是。”

“这个我们也视情况而定吧，一开始一天口述个二三十分钟什么的。”

“能否在内子回去前……”信弘说，“给我注射安眠药呢？”

事后，伊佐子想，信弘说晚上会害怕是出于什么意图呢？真的是因为夜里一个人睡不踏实吗？是害怕发作时旁边无人照看吗？他是在想象置身于四四方方、永无止境的白墙中，如昆虫一般腿脚挣扎着死去吗？

一旦联想到其他方面，这“害怕”就不免令人对患者的神经质感到了毛骨悚然。深夜想往旅馆打电话也是如此，难以想象信弘只是出于寂寞，只是因为想从妻子的声音里寻求慰藉。

开车回到家已是八点左右。沙纪解锁打开了玄关的门。

她似乎没想到伊佐子今晚会回来，只在西式睡衣外披了一件罩衫。伊佐子也是头一次见到这件睡衣，于沙纪而言，无论款式还是颜色，都显得怪异。看来是因为一个人在家，过得很是悠然自得。

暗中扫视室内，一眼就能看出打扫得很不细致。伊佐子也不好抱怨，只得不吭声，这时沙纪像是有点儿不好意思，跟了过来。

“老爷的情况如何？”沙纪摆出担心的模样，一个劲儿地追问。

伊佐子问了自己不在时的账单支付情况。问到来电时，沙纪立刻拿来了备忘录。有五六个人来过电话，其中有大村的名字。伊佐子不由得一惊。

“这人说了些什么？”她回头看着沙纪。

“啊，他问夫人去哪儿了，我回答说不知道，他就问什么时候回来。我说我也不太清楚，结果他说会再打电话过来，然后就挂了。”

伊佐子曾经吩咐沙纪不要把住院地点告诉不认识的人。表面理由是人家来探望会很麻烦，其实就是为了防备大村他们。大村这家伙为什么要打电话过来？在 A 宾馆被一个黑社会一样的男人恐吓了，所以怀恨在心想来说几句怨言？大村这么快就打来电话，可见 A 宾馆大厅的那位好汉也没想象的那么有威慑力。伊佐子很想给盐月打电话抱怨一番。

备忘录里还有宫原素子的名字。

“宫原小姐打过两次电话，她问了老爷的病情，还说现在去医院探望是不是早了些。我就回答她说，目前老爷需要绝对安静。”

“这样啊。”

伊佐子眼前浮现出那个脸色极差、宛如瘦弱少年的女人。

“下次宫原小姐再打电话来，你就告诉她打到医院去。哦，从上午十一点到下午五点的这段时间比较好。”

这个时间段,可以肯定自己多半是在病房里坐着。之前或之后的话，不知道会不会有别的事脱不开身。

打开冰箱一看，瓶装食品和水果少了很多，果汁也少了三四罐。不在的四天里，沙纪过得相当惬意。伊佐子心里不快，但也不好加以责备。

“我后天会再回来的。”伊佐子对端茶过来的沙纪说道。

“是。”沙纪的表情像是在问“今晚也不在家住吗”。

“老爷的病情还不明朗。在他需要保持绝对安静的期间，我得一直住在那边。”伊佐子说了一个不必说出口的借口。

接着，她把自己不在时需要支付的钱款交给了沙纪。

“别说出老爷的住院地点哟，反正公司那边的人都知道了。”伊佐子又叮咛了一句。

“是。”

“门窗要锁紧。”

“我会的。”

伊佐子看着沙纪，心想年轻女人晚上一个人睡觉不担心吗？这时就想起了信弘说的那句“晚上我会害怕”。

“你晚上不害怕？”

“不害怕，没问题。我在农村已经习惯了，而且这里的门锁比农村家里的牢靠多了，所以我很放心的。”

伊佐子突然想，如果沙纪不在，自己一个人在这里的话会怎么样。毕竟还是会忐忑不安睡不着觉吧，还是会叫人过来的吧？盐月也好，佐伯律师也好，都行。当然，两个人一起来可不行，于是就变成了每晚换一个男人……

站在马路上看，千谷旅馆是一幢两层的楼房。然而，它背后利用山谷的斜坡，向下延伸又形成了三个楼层，所以一共是五层楼。伊佐子的房间位于山谷下的最底层，下了楼梯，往右角走就是。这一层共有十间房。

伊佐子九时许开车回到旅馆，只见佐伯律师正坐在大厅的椅子上等她。佐伯抽着烟，膝上放着一只黑色的手提包。

“刚才我顺道去了哥哥家，问了一下你丈夫的病情。”

佐伯把包往旁边一放，起身迎接伊佐子，从一开始声音里就透着兴奋。

“谢谢你，总是给你添麻烦。”伊佐子低头致意。

“听说过程很顺利啊。”

“是吗？谢了，诊疗室的大夫不肯说清楚，所以我一直很迷茫。”

“医生嘛，就是这个样子的。既然我那个当院长的哥哥都这么说了，应该不会错吧。据说再来个三四天的绝对静养，就能慢慢散步、锻炼脚力了。好在你丈夫症状轻，又是在没发作的时候住的院，所以情绪挺稳定。听说突然发作时才入院的病人，光是因为得知了病情就会深受打击、意气消沉，像死了一样无精打采。”

“可我丈夫好像也受到了不小的打击，就像个小孩似的垂头丧气。”

“没关系的，我哥哥也说了，预后情况应该会比较好……对了，今天我去了一趟法庭。”

佐伯从身旁取过黑色皮包，刚打开一半就像做了坏事般看了看四周。大厅里到处都坐着住宿的客人，电视机前也聚集了四五个人，其中几个还有意无意地望着这边。

“那就到我房间里来吧，行吗？”

伊佐子嘴上说得轻松，心中已做出了某种决断。佐伯的大眼睛一动不动地打量着她，这既可视作吓了一跳的表情，也可理解为他正坦然地看着对方。那四四方方的下巴上，胡子稍稍长出了一点儿，原来的青色变成了淡黑色。

“这样啊，那我就打扰一会儿了。”

佐伯劲头十足地一挺腰，站起身来。

伊佐子每下一层楼梯，跟在她身后的佐伯都会少见多怪地对窗外的山崖夜景表示惊叹。

“哦，风景变了呢。”

嘴上这么说，看着倒像是为了掩饰难为情，又像是有点儿飘飘然，因为毕竟要去一个女人的房间。当律师的见过各种各样的人，多半老于世故，但实际情况如何谁也不知道。

房间是个单间，相当宽敞，因为被屏风挡着，在放有接待设施的外半边看不到里边的床。

床有两张，一张盖着床套，另一张则做好了就寝的准备，上面摆着一件叠好的旅馆浴衣。要订大一点儿的地方，就只能选这种放两张床的房间。当然，因为有屏风，所以佐伯并不清楚床是一张还是两张。

伊佐子让门保持开启状态，使自己能看见铺着红地毯的走廊，又把所有的窗帘都拉开了。窗外，神田及御茶之水的灯火化为美丽的光粒在眼前展开。佐伯从包里取出文件放到桌上，安静地坐在椅中，等伊佐子做完这些琐事。

“对不起，住在这个地方也没什么好招待你的。”

伊佐子在桌子的另一侧坐下。桌旁有一盏大型落地灯。

“不用，我说完话马上就走。”

佐伯推开最上面的两三册文件，从底下抽出一本递向伊佐子：“就是这个。”

伊佐子拿到手上一看，是一个打印本的复印件，由七八页纸装订而成。

“法院委托两名法医学专家对乃理子小姐的死因进行了鉴定，这个就是专家提交的鉴定书。和我设想的一样，情况对石井君非常有利。这一份是G大齐藤教授的鉴定书。读全文太累了，你就看一下我在开头标过红圈的章节吧。”

“好的。”

伊佐子依言，挑着读了红笔标记过的地方。

关于被害者福岛乃理子是否死于脑震荡一事，兹对法医在安眠药间接导致被害者中毒死亡的检查中所存在之问题，做出以下鉴定。

在安眠药中毒的情况下能否检出安眠药，与中毒时的服用量，体质导致的个人差异，中毒前是否摄入食物、酒或其他毒物，中毒时的急救手段，中毒或死后的间隔时间，季节，尸体的保存状况等有关，未必一定能检出。

死后十七八小时的检体中是否留有可能被检出的未分解安眠药，现已存疑。特别是赶到现场的村山医师先行实施了较为充分的洗胃措施，而法医未对洗胃液进行检测，这意味着在以检出安眠药为目的的检查工作中，法医没有对最有力的检体进行试验，实为憾事。

不过，关于本案，从鉴定人宫田法医在进行安眠药检查时所采用的有限的种类定性试验法来看，难以确保所有案件的化学检查都得到了精密周到的实施。

例如，鉴定人必须把检体的一部分移入玻璃制的器皿，延展成薄片，用肉眼或放大镜观察，发现异物时应使用小镊子或采用其他恰当的方法加以收集，一部分用于化学试验，另一部分则根据需要作为证物提交上去。

“胃中混有疑似药片的物体时取出检验”是法医化学鉴定的通常做法。发现胃中混有疑似药片的物体，即意味着发现了疑似异物的东西，将其取出进行化学试验，可以更准确地把握疑似药片之物体的特征，并有可能成为此后检查的有力参考。因此，法医化学鉴定不采用“不个别取出，只对胃中所有物质进行检查”的主张。

关于本案，法医未对最有力的检体——洗胃液进行检查，即意味着错失了能确定死因是否为安眠药中毒的最大线索，作为一桩涉嫌安眠药中毒死亡的案件，可以认为其处置方法极不妥当。

读到这里，伊佐子抬起头，目光与凝视着她的佐伯对上了。尽管刚才在低头看字，但她仍能不断地感觉到佐伯正看着自己。如今两人视线相交，佐伯立刻递上早已备好的另一份文件。

“法院的文件句式独特，很难读吧？简而言之，这里证明了解剖尸体的法医没有对胃里的安眠药残片进行检查，有重大疏漏。请你再忍耐一会儿，读一下这个。这一份是 K 大迹见教授的鉴定。”

“好的。”

伊佐子打开另一本复印件，如法炮制，跳着读了画有红圈的地方。

……关于本案，头部既无骨折，连比骨折更轻的出血也未见记载，因此宫田鉴定人的“孤立地看，所有创伤都不是重伤”的结论或许是妥当的。但即便如此，亦无法与同一鉴定人所见一致，找出可支持“所有创伤共同作用,与极重之伤相当”这一主张的依据。关于尸体的检查，宫田鉴定人认为死因是脑震荡，因此我很难认可“各轻微创伤共同作用”这一结论;无法贸然同意宫田鉴定人的“各创伤共同作用，引发了脑震荡”这一结论。

关于死者是否死于安眠药中毒，对胃中之物所做的药理化学检查应能提供重要的资料。根据鉴定书，解剖时尸体“胃中有暗褐色混浊污物约300毫升，内含未消化的饭粒、蔬菜残渣及白色坚硬药片少许”,对此,法医“采用斯-奥二氏法抽取分离出了酸性醚,并对此实施了各种显色、沉淀反应以及光谱分析，结果均为阴性”。此时，唯有胃中的药片未得到化学检查，令人惋惜。即使是极其微小的残片，倘若确为安眠药，基本都能成功检出。

发现了药片,却不分离出来另做检查,而是直接进入抽取阶段。这一点令人怀疑检查工作只是在走形式。只因本次化学检验的结果均呈阴性,就全面否定安眠药中毒的可能性,将死因归结于脑震荡,是有很大问题的。

伊佐子知道，佐伯的身影掀起了一阵微风，此时正绕过桌子向她靠近。佐伯的手压上了她的肩头。面对艰深晦涩的文章和佐伯可能会施加于自己的风流举动，伊佐子只是将视线停留在字体粗拙的纸上，凝视着横亘在眼前的这段空隙。

九

S 光学的川濑会长来探病了。上午十点半，伊佐子开着车，沐浴在春日阳光下，从千谷旅馆赶往医院。她一边想着今天来得有点儿晚，一边推开病房的门，见到满头白发的川濑正坐在床边的椅子上，弯着身子打量信弘的脸。他那干瘪松弛的喉部率先映入了伊佐子的眼帘。

“您好，社长，百忙之中还过来探望，真是不好意思。”

虽然川濑已是会长，但伊佐子还是用了以前的称呼。川濑曾邀她和信弘吃过两三次饭。

川濑不再与信弘说话，朝着伊佐子问候了几句。以前他就有点儿驼背，现在腰弯得更厉害了，满是皱纹的脸和圆眼睛能让人联想到鸡。

信弘仰面躺着，闭着眼。也不知两人在伊佐子进来前的对话是中断了还是结束了，总之没再继续下去。

川濑说信弘的精神比他想象的好，顺便提到了自己的老毛病——胃溃疡。信弘的脸在枕头上动了动，嗯嗯点头，不过似乎没有专心地听。或许是因为伊佐子来晚了，使得信弘很在意她昨晚去了哪里。

“夫人片刻不离左右，也很劳累啊。”川濑那鸡一般的眼睛闪烁不定地看着伊佐子，视线游移。

“不不，还没到那个程度。正如您所见，他也不是什么重病号。他需要绝对安静，所以我一个外行就算待在旁边也手足无措啊。这里实行的是全天候看护，所以最好是交给医院的护士照看。”

“那家属就跟来探病的人一样了？”

“是啊，就跟那种前来探病、一坐就坐很久的人差不多。”

看川濑的表情，似乎是无法理解这项制度。伊佐子来之前做过一番出门的打扮。在川濑的常识中，住院患者的家属大概是不可以化妆的，应该把头发扎在脑后，穿上白色围裙才对。

“那么夫人是每天从家里过来的？”

“不，可能会有紧急情况，所以我现在是住在附近的旅馆里。是院方这么吩咐的。”

“住旅馆？那可不太方便啊。”

“确实不方便。而且家里的事我也很牵挂，所以老是悬着一颗心。现在家里只有女佣一个人，那孩子做挺久了，还算行，可即便如此，我不在的话，很多事还是处理不了的。昨晚我也在家里待到很晚才回的旅馆。但这么一来，我又会心神不定，我不在时医院是不是说了些什么，会不会半夜里还来找我说事之类的。另外，我一个女人住旅馆，总得把门锁好。这么一来精神就绷得更紧了。”

这些话是说给信弘听的，可他却闭着眼睛。

“真是辛苦啊，住的是夫人能陪床的医院就好了。”

“如今新开的大医院都这样。”

“真是不为患者着想的制度。在很多情况下，家人的情感明明比看护技术更能治愈病人。那所谓的全天候看护，是指一切事情都由医院的护士做吗？”

“是的。”

“那护士侍候大小便的时候，你一定很窘迫吧，是不是？”

川濑转而看信弘的脸。信弘的嘴角泛出了苦笑，下巴上的白胡须长了不少。黑色的鼻孔张着，能看得一清二楚，脏兮兮的皮肤毫无光泽。伊佐子的护理并不周到。

“全天候看护什么的，护士的人手够吗？最近到处都缺人手呢。”

“这家医院好像够用。”

“说归说，可也不是每时每刻都陪在身边吧？”

“可是，这是院方的责任啊，是他们号称全天候看护的。”

“嗯……夫人回去后，晚上到底是怎么弄的呢？护士会来巡视是吗？”

“巡视也有，另外摁一下枕边的按钮，值班室的灯就亮了，然后护士会马上赶过来。”

“真够凄凉的。”川濑咕哝了一句，随后他回过神来，又改口道，“那夫人肯定也担心得不得了吧？”

“是啊。不过，病人太任性也不好，现在这样可能刚刚好，就当是一种修行好了。”

“修行？”鸡也似的眼睛滴溜溜转个不停，“泽田君很任性吗？看不出来啊。”

“他本人一点儿问题也没有。这就跟一个健康的人被绑在床上似的，难免心情烦躁，肝火一个劲儿地上升，一点点小事就想马上大吼大叫，有时还会故意使坏差遣人做这做那。但如果面对的是护士就不能那么干了，所以我觉得是一种不错的试炼。”

“这个嘛……他是在向夫人撒娇啊。晚上一个人孤零零的，所以一看到夫人的脸，就更想那样了……泽田君，晚上给旅馆里的夫人打电话怎么样？光是这样也够解闷了吧。”

“医生要他晚上尽可能安睡，别让心脏累着，所以医院才开了安眠药。”伊佐子连忙说，可不能让川濑再多嘴。

“嗯……是这样啊。”

“再说了，放电话机的地方离床有点儿远不是吗？现在还不能活动身子，一点点也不行。还是忍耐一段时间吧，听说再过十天左右，他就能坐起来或下床走路了。”

“是吗？那好，泽田君，你就再忍耐十天，要摒弃杂念，悠闲度日哟。”

信弘以慵懒的眼神做了回应。

“杂念”一词刺痛了伊佐子的耳朵。自己进病房之前，两人多半一直在嘀嘀咕咕，信弘怕是又对川濑说起了晚上会害怕之类的话；川濑叫信弘给夫人打电话，想必也是因为听了那些话。伊佐子瞧了瞧信弘，半睁着眼的他似乎也在看伊佐子。不巧的是，伊佐子处于逆光，加上睫毛的遮挡，所以看不清信弘的视线指向何方。枕上那堆花白、稀疏的乱发仿佛长在了尸体上，这多少也是因为信弘大张着嘴。今天的信弘，由于川濑的到来变得疲惫不堪。

护士进来准备给病人罩氧气帐。见此，川濑从椅中站起身来。

“明明谢绝探望，我还硬是挤进来了，真是抱歉。好了，夫人，我告辞了。”

都没能给川濑上一杯茶。

两人转入屏风后面，只见接待室的桌上摆着一大篮水果和一束鲜花。

“这是社长和专务送的。”川濑弓着背说。他嘴里的“专务”是指阵容调整之后的专务吗？

“社长呢，本来也想过来探望，但听说这里谢绝探望，就没敢过来。他要我来看看情况，所以我就姑且来了一趟。啊，对了，可能再过一段时间比较好吧，技术部的那些年轻人也都想过来探望探望。”川濑语声微弱，透着一股辩解的味道。

“会长先生。”两人并肩步入走廊后，伊佐子问道，“请问董事会的阵容定了没有？”

鸡也似的眼睛团团打转，干瘪的喉咙里发出了一声咳嗽：

“已经定了。不管怎么说，做决定就已经花了很长时间。拖得太久的话，外界不免会议论纷纷，传出奇怪的说法啊……对了，夫人，关于这件事……”川濑等护士从身边经过后，又继续道，“我们希望你丈夫暂时先静养着。这是以社长为首的新董事们的一致意见。”

“所谓的静养，是指解除职务吗？”

并非没有预想到，但伊佐子的语调还是不由得尖锐起来。

“夫人，相比公司的事，还是你丈夫的身体更重要啊。如果一直在公司董事的位置上，他心里终归是放不下的，因为你丈夫是一个责任心很强的人。所以我们希望他放开工作，专心养病。这是久保田社长的心意。”

川濑动不动就搬出社长的名头。久保田是川濑任社长时一手带起来的，如果川濑有心保留信弘的董事职位，他应该会听从。哪知川濑却拿社长当枪使，给信弘的退职添加理由。川濑实在是不够朋友。社长没亲自来探望，想必也是因为执着于这一点。S 光学榨干了信弘，派完用场后就像对待旧鞋一般把他抛弃了。信弘的技术研发为公司的兴盛打下了基础，而约定让他当一辈子董事以示感激的不正是川濑吗？

“自从退隐后，我也没什么神通了。”退居会长之职的川濑难为情似的说道。果然他也很在意自己的食言。

“光是久保田君的话还能努力一下，但专务也是金融界那边推过来的人。这个男人说什么为了公司重建，必须一切都奉行合理主义。他根本就不理解泽田君的功劳这种精神层面上的东西，果然，银行的人都那样。”

“社长以下一帮人都受银行人员的管束。”无奈的叹息声从川濑干瘪的喉部漏了出来。

“川濑先生，这事泽田也知道了吗？”

“这个嘛，很久以前就……啊，可能泽田君还没来得及跟夫人说吧。”

从信弘的暧昧态度中得出的预感果然中了。他说三天要去一次公司，可出门后到底是在哪里消磨时光的？

“社长先生，呃，关于泽田的退职金，已经定了吗？”

“啊，这个还没定下来，因为专务报的数字太低了……目前我们还在磋商。”

“报的金额到底是多少？”

川濑笑出了声：“哈哈哈哈，我会尽可能往好的方向努力。”

有关金额的问题在笑声中被抹消了。

“川濑先生。”伊佐子凝视着对方满是皱纹的脸，强有力地说道，“退职金能不能全部交到我手上呢？你们可别让钱流到别人那里去。”

鸡也似的眼睛在她眼前打起了转。

回到病房，只见信弘躺在氧气帐中睡着了，头差不多从枕头上掉下了一半。伊佐子本想就隐瞒退职的事质问信弘，一见他张着鼻孔，打着鼾，顿时泄了气。

再待在病房里也只会越来越郁闷，于是伊佐子来到走廊。那里有公用电话。现在已将近十二点，伊佐子决定把盐月叫出来，让他请吃午饭。

盐月接了电话。

“吃饭吗？”盐月的声音显出了罕见的犹豫。

“你有别的事？”

“倒也没到那个程度……你现在是从哪儿打来的？”

“医院。”

“医院？哦，病人的情况如何？”

“看起来快要死啦。”

伊佐子是生气信弘邋遢的睡相才这么说的。正走在走廊上的护士停下了脚步。盐月吃惊地追问道：“真的吗？”

“我可没骗人，马上就要死啦。”

“这下可不得了，病情这么快就恶化了？”

“从昨天晚上开始的。”

“都这样了，你还能和我一起出去吃饭？”

“有什么不可以的。走，现在就去，哪里都行。我想吃中华料理。”

“……也好，姑且听你说一下情况。”

定好地点后，盐月挂断了电话。

伊佐子开车赶到赤坂某宾馆内部的中华料理店，毕竟是饭点，店里人很多。好不容易找到一张空桌坐下后，竟少有地等了三十分钟。进来的盐月显得心神不宁，这也很少见。

“很忙吗？”

“也不是……”

盐月往烟斗里加烟草，这动作也不像平时那样悠闲。他横着打火机，眨眼似的向上翻着眼珠，看着自己点烟。

“真的不行了？”

“没有，还没到紧要的关头。”

“我就觉得是这样。”

“你知道？”

“听你电话里的声音就知道了，心平气和得很。”

“哈，泽田真要死的时候，我也不会发出慌乱的声音，因为我知道他会死。”

“你为什么要在电话里那么说？”

“我心里烦得要死，所以破罐破摔了。”

“照顾人照顾得累了大发脾气吗？应该还没到这个程度吧。”

“大发脾气是有别的原因。”伊佐子从菜单里挑了几个菜，告诉走上前来的男侍之后，继续道，“刚才川濑会长来探过病啦，这是住院后的第一次。社长和专务都没来。”

“哦。”

“就跟你说的一样，泽田卷铺盖了。”

“是要辞退，还是已经辞退了？”

“好像是已经辞退了。泽田一直说，以前川濑先生约定过让他永远留在公司里，所以不会有问题，其实他早就不去公司了。”伊佐子大致复述了与川濑的对话。

“S 光学的主要往来银行——R 银行派了一个叫村井的董事来当专务，这个人银行出身，对光学仪器一窍不通。他只管收紧财务，根本就没把工程师什么的放在眼里。川濑先生因为自己行事欠妥，才导致了银行的接管，所以发言权很小。他再想把泽田先生留在享受董事待遇的技术顾问职上，也无能为力。久保田社长那批人也没办法提供支援。在金融资本面前大家都抬不起头。川濑先生的处境也很艰难吧。”

“他说在退职金方面，他会尽可能往好的方向努力。”

“还没定下来吗？”

“好像是的。对了，老爹，川濑先生可是讲好了要让泽田当一辈子董事的，说什么这是公司对恩人的回报方式。我也一直当是这么一回事。

所以他们得把泽田死前这段时间的全部月薪加到退职金里去！”

“按理说应该这样，只是，他们估算泽田先生会活到多少岁呢？”

“泽田确实是在住院，但也没到快死的地步吧。只不过是心肌梗死这个病，在检查和治疗的时候需要绝对安静罢了。”

“这和你在医院打电话时说的不太一样吧？”

“泽田现在和死有什么两样！被辞退了，已经没工作了。”

盐月晃动着双眸，仿佛迷失在了伊佐子的容颜里。

“那你要求的目标是多少？啊，我是说年龄。”

“让我想想，十五年左右吧。”

“也就是说，是八十三岁了？”

“这没什么难的，活到那个岁数的人多了，人类的寿命一直在延长嘛。”

“确实是一直在延长……”

盐月一脸的无精打采，继续抽着他的烟斗。

“所以我想和你商量一下，这个事我直接找川濑先生说也没用吧？因为那个人自己也说了，他已经退居二线了。然后，直接和公司去交涉估计也不会有什么进展。我说老爹，能不能请你舅舅出面说一下呢？他不是政治家吗，应该在经济界很有威慑力吧？”

“可是，我舅舅和S光学没关系啊。”

“就算跟公司没关系，在R银行那边应该有关系吧？能不能靠你舅舅施加压力，争取到有利的条件呢？可以的话，最好是能让泽田在S光学再待上三年啦。”

“是因为你还没做好开店准备吗？不过，留下可能还是有点儿难。”

“那就争取我刚才说的条件……我呢，明确地对川濑先生说了，希望他们把退职金都交给我，不要转到别的地方去，哪怕是一点点也不行。”

“别的地方是指哪里？难不成泽田有别的女人？”

“泽田要是有那个精力就好啰。他和老爹你不一样。其实情况要比这个更严重，是那两个女儿啦。”

“他女儿总不会半路杀出来争财产吧？”

“谁知道呢，那个妹妹是画画儿的，现在单身，但人可是强悍得很。她把她姐姐也拖下水了。你看，泽田明明被S光学辞退了，还说要三天去一次公司，三天里总有一天不在家。这个事他一直瞒着我，你想他到底会去哪儿呢？”

“他女儿那里吧？”

“老爹果然也是这么想的吗？”

“因为你给了我提示啊。”

“我觉得不会错，大女儿已经结婚了，所以去的应该是二女儿妙子那儿。表面上是单身，谁知道她有没有跟什么男人搞在一起。”

“泽田先生没地方去的话，那应该就是在二女儿那里了。总不至于是在小钢珠店或麻将店里消磨时光吧。”

“不能对妙子掉以轻心。我觉得她是在扮好人骗她父亲。因为最初她就反对泽田和我结婚，离开了这个家。这女人嘴上说着父亲好可怜啊之类的话，装出孝顺的样子，想软化泽田。以前她就常和她姐姐丰子一起去公司问泽田讨零花钱。虽然泽田一直瞒着我，但这么点儿事情我还是很清楚的。妙子也需要钱，她是想抢在我前头，她讨厌我。退职金这一块也是，天知道她正在逼泽田做什么承诺。别看这女人年轻，但她狡猾着呢。”

中华料理被一盘盘地端上来，可伊佐子却不怎么动筷，只顾说话。盐月的附和不如平常那样积极。

“而且还有那块土地的问题，我想找个时间好好处理一下。这段时间我一直在考虑，那块地能不能按市价的两倍出售呢？我觉得也不必硬在那里开素菜料理店。”

“两倍什么的，可是很难的。”

“可你舅舅不是实力最强劲的政治家吗？还是可以硬来的吧？”

伊佐子说着从报纸和杂志上看来的知识。

“是可以硬来，但也要看是什么事。”

“可以把那块地买来作为某公共机构的用地，或是让大企业购买什么的，你舅舅应该有很多门路吧？”

事实上，盐月也是通过舅父的门路当上了食品公司的副社长，整日里游手好闲。

“门路嘛是有的，不过我还是告诉你实话吧，我舅舅现在正在D医大附属医院住院。”盐月说话时，嘴里似乎咬着烟斗杆。

“啊，怎么回事？”

“把肝弄坏了。到底是酒喝多了，虽然我也经常劝他要注意，可一沾酒他就什么也不吃了，所以还伴有类似营养失调的症状。”

“什么病？”

“说是肝硬化，对政界熟人和报纸记者的说法是住院做精密检查。他毕竟是一方领导人，很警惕其他派别会不会散布谣言，动摇和瓦解自己这一派的力量。”

“病情重吗？”

“不算重，但听说需要疗养一段时间。他本人很要强，虽然在吐血，可还是说要马上出院。”

“啊！吐血了吗？”

“肝硬化的吐血不是什么很严重的事，而且据说在一般情况下，会经常发生。”

听了这话伊佐子终于明白了，盐月为何会显得少有的心神不宁，为何俏皮话说得不如平常多了。

“哪儿都不太平啊。”

“是啊。不过刚才的话你要保密，因为影响很大，现在要是走漏了风声可就糟了。”

“我明白，虽然都是麻烦事，但你的这个和泽田的住院不是一个等级的。”

看着盐月黯然的神情，伊佐子能够想象，他所受的打击要比语气中表现出来的重得多。那位政治家的病情不容乐观啊。仔细想想，盐月现在的地位也是由舅父一手撑起来的。事实上，盐月是个扛不住事的男人，这一点伊佐子比谁都了解。盐月脸色忧郁，额头上挤满了深纹，看来自身地位的问题令他又多了一层担忧。

“这么说来，现在不是提我这件事的时候了？”

“不，关于土地买卖的事，我会找个机会跟舅舅说的。就算人躺在医院里，实力还是不变的。部门内应该还留有他当建设大臣时一手扶植的势力。我想了一下，两倍的话不是没可能，好像还有四五倍的案例，都没公开过。不过呢，银行那边有难度。”

盐月像是在给自己打气。恐怕对他来说，只要舅父能在病床上一直活着就行。

“哪怕光解决土地这一块也很好，我希望你能帮我。”

“不过呢，至少那块地你最好尽快纳入自己名下。泽田先生还不准备写遗嘱吗？”

“还是老样子，特别顽固。”

“遗嘱这种东西，身体好的时候写写没什么，现在一生病就写的话心里总是不舒服的。你得再加把劲儿劝几句，知道了吗？然后关于你在退职金方面的要求，把这个和公司交涉的任务交给佐伯律师怎么样？”

“可老爹你上次不是说了吗，那个人不擅长民事。”

“嗯，不过，可能比重新找个律师委托要好吧。佐伯又很了解你的情况……对了，关于那个案子，他有没有隔三岔五地联系你？”

“没有，不常联系。”伊佐子回答时做到了神色冷静。

“是吗？我这边他倒时不时地会来联系，我以为他也会向你报告一些东西。”

“我是当事人，又是女人，所以他有所顾虑吧。老爹毕竟是介绍人，佐伯和你说话也更容易一些，而且也有对你舅舅表忠心的意思在里面吧？”

“嗯，可能吧，他的工作报告依旧是形势一片大好，也许他确实是个优秀的律师。这家伙很可能会把石井弄成无罪啊。”

“希望别弄成那样。”

“真是自相矛盾呢。不过，看来这个卖力的律师为了自己的功名，也算是拼了命了。其实他可以更多地向你报告动态的。这律师个性真独特，我还以为他很想朝你吹嘘呢。”

“是不是因为他给我打电话，我却不在家？”

“你还住在医院附近的旅馆里？”

“要再住一段时间。是医院这么要求的，我也没办法啊。”

“哦……晚上你一个人是怎么过的？”

盐月拿开烟斗，嘴角第一次恢复了常态。

佐伯拿来了引以为豪的庭审记录。他对检方提交的乃理子死因鉴定书及鉴定人进行了追究。

辩护人——关于福岛乃理子的死因，证人在鉴定书中有如下记载："观察尸体的解剖结果，不仅头部有肉眼可见的挫裂伤和撞击伤，经显微观察还发现，脑中的苍白体存在极度缺氧症状，因此推断死因为脑震荡。"不过，我想更详细地了解你这样推断的理由。

鉴定人——首先，我简单说明一下什么是脑震荡，脑震荡的定义十分困难，学者们众说纷纭，难以确立。不同的人其说法往往差别很大。我个人根据目前为止的研究结果及经验，对脑震荡做了如下解释："脑部受外力作用后，人完全或部分失去意识，即使是部分失去意识，有时也会伴有恶心、脉搏变慢之类的症状而死亡。此时，因外力作用脑内会发生极度缺氧症状。这就是脑震荡。"因此，根据我的解释，由于通过解剖发现了大量可用肉眼辨识的挫裂伤和撞击伤，所以能证明头部确实受过外力的作用。而且经显微观察，发现了脑内存在极度缺氧症状，所以按我的观点，除了脑震荡没有其他可能。

辩护人——除了脑震荡，还有什么情况会导致脑内存在极度缺氧症状？

鉴定人——比如一氧化碳中毒、窒息，尤其是勒住脖子的那种窒息，还有安眠药中毒，最具代表性的就是这些了。

辩护人——断定本尸体的死因不是安眠药中毒，你可有什么确凿的证据？

鉴定人——因为经化学检测无法证明安眠药的存在，所以我认为不是安眠药中毒。

辩护人——鉴定书里说，胃中之物、血液及尿液的化学检测结果均呈阴性。这个就是你断定不是安眠药中毒的依据，是吗？

鉴定人——是的。

辩护人——接下来，我想再问一些关于脑震荡发生过程的问题。脑震荡中，不光有受打击后立刻失去意识的情况，也有部分失去意识的情况对吗?

鉴定人——是这样。

辩护人——那么，在受打击后的一个小时内，能与普通人交谈，能靠自己走路的，也不足为奇是吗?

鉴定人——绝对不奇怪。在国外，有受打击后过了长达十二个小时才因脑震荡死亡的案例，比如拳击手和摔下马的赛马选手。

辩护人——这是A大学教授山村文吉博士的鉴定书。我在审判长的许可下，把你的尸体解剖结果报告书和鉴定书递交给山村博士，请他制作了鉴定书。证人是否已读过这份山村鉴定书?

鉴定人——我从法院拿到了鉴定书的副本，已读过一遍。

辩护人——山村鉴定书中记录了各种专业鉴定的过程，结论是："缺少本案受害者为安眠药中毒的决定性证据，但感觉离脑震荡这一结论更为遥远。换言之，我认为总体感觉更接近安眠药中毒，如果是脑震荡，可以说是出现了一种相当异常的情况吧。"也就是说，这份鉴定书暗示，相比脑震荡，安眠药中毒而死的可能性更大。关于这一点，证人有何感想?

鉴定人——作为前鉴定人，我感到A大学山村鉴定人在鉴定过程中，存在巨大的、非科学性的矛盾。首先，第一项依据，即关于本案死者是发生了脑震荡，还是没发生脑震荡，鉴定书中写的是"无法说清"；就算放过这一条吧，再看第二项，关于有无发生安眠药中毒也是说"不清楚"。如果结论是死因不明，尚能体现出一定的科学性，但现在我感到第一阶段和第二阶段的论证之间存在着巨大矛盾。在脑震荡这一项上，山村鉴定书似乎对"钙化"问题相当存疑，而我猜想山村鉴定人大概并不知道什么是“钙化”。依据是，山村教授其实给我打过电话，问我钙化究竟是什么，希望我告诉他我都读了哪些文献。于是我就告诉他，钙化是怎么一回事，请你读一下相关文献。

辩护人——随后山村鉴定书指出，证人在对本案尸体进行化学检测时，明明胃中有药片状之物，却单单不将其分离出来进行化学检测。鉴定书中写道，由此也可知证人的鉴定存在缺陷，即人们会怀疑证人所做的化学检测是否只是走个形式。关于这一点你是如何考虑的？做了分离检测，是否会得出不同的结论？

鉴定人——至少我所属的大学不采用分离药片进行检测的方法。其理由如下：所谓中毒，并非某物进入胃里了，就会立刻毒发。此毒物在体内被吸收才可称为中毒。即使有那么一片安眠药，只要血液或尿液中检不出安眠药的成分，就不是中毒。举个例子的话，可以想象这样一个场景：假设有人以自杀为目的喝下了安眠药，刚喝完就被一个闯进门的强盗杀掉了。在这种情况下，死因毕竟还是之后闯进门的强盗所施加的伤害，而非安眠药中毒。而且一旦解剖，就会在胃里发现药片一样的东西，但它并没有导致中毒。可以这么说吧，多少做过一点儿普通安眠药毒物检查的人，都会认为我所采用的方式是最正确的。

辩护人——明明胃中有疑似药片之物，却硬是不去检查。既然已发现实物，对其进行检查不是最为直截了当的做法吗？

鉴定人——不，并不是这样的。

辩护人——不检查胃中的实物，却对胃的内部、尿液和血液进行检查，我总觉得这有点儿奇怪啊。

鉴定人——这个疑似药片的东西是有毒之物，所以在检查胃里的东西时，自然会先用斯—奥二氏法分析后，再做检查。

辩护人——但是，比起检查胃里的溶解物，直接检查胃里的固体物能更快地得出结果。你硬是不检查，却说检查溶解物就行，这是为什么？

鉴定人——正如我刚才所说的那样，即使这真的是一片安眠药，只要从血液和尿液里检不出安眠药成分，就不是中毒。

辩护人——死者使用的这种安眠药是德国产的，对吗？

鉴定人——是的。

辩护人——这种药被指定为烈性药，为什么？

鉴定人——应该还没有被指定为烈性药吧。

辩护人——不，很早以前就是了。根据规定，需有医生的指定才可出售这种药，但事实上基本没人用，这是为什么呢？

鉴定人——您想说什么？

辩护人——因服用这种安眠药出的事故非常多。而且，据我听知，也没有致死量之说。有的人即使是微量也会死，有的人吃下很多也不会死。我听说，是因为致死量难定，所以才会被指定为烈性药。

鉴定人——没有致死量，我觉得这也太奇怪了。就算是微量致死，那也是有致死量的。

辩护人——因为致死量难以确定啊。

鉴定人——致死量难以确定的并非只有这个，一般而言，溴米索伐也好，安眠药也好，要说难定其实都难定。不过在医学上，总会划定一条大致的线作为致死量。

案件与石井相关，然而对伊佐子来说，案件和石井都已成为过去式。

只是，伊佐子孤枕难眠时，会读一读佐伯带来的这份复印件，不过内容还是比较无趣的。寂寞地横卧在石井房中的情人之尸，竟引发了这样的争议，这让伊佐子多少产生了一点儿兴趣。尸体激起了各位学者如此高水平的论战,不免给人一种奢侈之感。乃理子肉体的各个部位都被切断、划开，但每一样都化作美丽的标本，成为法医学者和法律专家讨论的对象。即使是在这些记录纸上，乃理子也显得傲然物外。

伊佐子无心再读，把这份装订成册的复印件扔进了抽屉。封面是模造纸，上面什么也没写。旅馆服务生来打扫卫生时，也不会拉开抽屉看，即使这么做了，也不用担心他们会偷看。

佐伯每隔一两天会来旅馆过夜。一开始他不敢从前台走，次数多了以后，终于在面对穿梭于走廊的男女服务生时，也能满不在乎了。佐伯当然有妻儿，不过他说，律师这个职业也会出差，遇到大案子时还会和伙伴住在一起商量工作，所以就算不回家也有理由可编。

佐伯坚信能让石井无罪，但石井若是早早出来了，又知道了两人的关系，那就麻烦了。伊佐子这么一提后，佐伯言之凿凿地说，他会帮石井在九州或北海道找工作，绝不会让他留在东京，而且石井也向他保证过不再靠近伊佐子。在石井看来，把自己从重刑边缘拉向无罪的辩护人是大恩人，不管是什么事恐怕他都会答应。佐伯列举过去的事例，做了说明。

深夜，伊佐子陪佐伯睡在床上时，总觉得信弘没准儿会从医院打来电话。她觉得，信弘说晚上会害怕，并不是因为担心发作时无人在身边，即使摁了铃也没人来，就这么孤零零地死去，而是因为他会想象妻子夜晚的行径，并为自己的胡思乱想感到害怕。

“可是，我开始在这里过夜后，这样的电话一次都没来过啊。”听了伊佐子的话，佐伯说道。

面对比自己大两岁的伊佐子，佐伯用着郑重的礼貌用语。

“要不了多久他就会打电话过来了，我觉得他是在忍着。这段时间他终于能在床上坐起来了，放电话的地方他还是走得过去的。”

“就算打电话过来，我也无所谓。夫人请尽管在我面前和泽田先生通话，说什么都行。”

“你也挺有胆量的啊。”

“我可不是那个意思。我是说，泽田先生和夫人交谈后，多少能平静一点儿的话也不错啊。我对泽田先生只有同情，忌妒心是一点儿也没有的。”

“你得谢罪才行。”

“夫人才需要谢罪吧？”佐伯笑得眯起了眼。

“我已经过了这个阶段。否则在你对我做了那种事后，我会像现在这样和你继续下去吗？”

“和盐月先生呢？”

“我和那个人没什么的，你又突然说起怪话了嘛。”

“我可不相信。”

“为什么？”

“看你们的态度就知道了。不管怎么在人前掩饰，你们看对方的眼神啊……我估计你们很早以前就开始了。”

“之前你可一句都没提过盐月先生的事。”

“我有顾虑嘛，毕竟是他把我介绍给夫人的，也是这个案子事实上的赞助者。”

“现在没顾虑了？”

“因为和夫人关系变深了呀。”

“如果事情像你想象的那样，盐月先生应该会出现在这里。你在这里的时候，盐月先生有来过吗？”

其实伊佐子一直在别的地方与盐月幽会。她嘱咐过盐月，这里是医院指定的旅馆，所以绝对不要过来。

“虽然没来过，但应该是你掐好了时间，没让我们两个撞到一块儿吧？”

“胡说八道。”

“本来嘛，像夫人这种身段的人，一个男人可是满足不了的。”

“你这话很失礼啊。”

“事实上你和石井也有这种关系，不是吗？”

“那个不是我自愿的，是突然被袭击了，就跟你的情况一样……”

“于是你就一直保持了和石井的这段孽缘？”

“我是被胁迫的，因为他说要把我们的事告诉泽田。这人就是个无赖！”

“仅此而已吗？我可不这么认为。现在时机未到，所以我还没法向石井具体询问夫人的事。”

“我看上去有那么淫荡吗？”

“我可不想用这个词。这是一种体质啦。丰满、肤白、肌肤细嫩，腰部鼓起的女人，基本都有这样的倾向。天性就是晚上一个人睡会觉得很难受。”

以前盐月也说过类似的话。伊佐子嘴上不能说，心里却有计较。特别是像现在这样一个人睡旅馆时，常常会兴奋起来。体内血液翻滚，难以入眠，不知不觉中手就习惯性地伸向了某处。

“这是你的经验之谈？”

“哦，看你的眼神，像是在说‘你很懂嘛’。不过呢，这不是我自己的经验。但不管怎么说我也是律师嘛，虽然专攻刑事案件，可也给离婚官司做过咨询。那些都是我从当事者的妇人那儿得到的知识。”

“也有例外哟。”

“一般都能适用。”

佐伯也是，正如他的四方下巴带给人的印象那样，此人精力充沛，永不知疲倦。半夜里他会突然起床，坐在桌前，调查诉讼资料或给专业杂志撰稿，然后再一次过来搂抱伊佐子。

“我知道的，盐月先生现在不怎么来找夫人了。”佐伯说。

“你在说什么？”

“好了，别装傻，好好听我说，这主要是因为他那个政治家舅舅的病很不妙。”

“有一天盐月先生给我打过电话，说他舅舅因为肝硬化住院了。”

“电话啊。”佐伯一阵冷笑，“好吧，无所谓了。所谓的肝硬化只是对外的说辞，其实是肝癌，而且已经治不好了。”

“真的吗？”

“这个事影响太大，所以只有很少一部分人知道。人家毕竟是政界的实权人物嘛。对盐月先生来说，这真的是一个关系到自身沉浮的问题，所以他现在没心思来夫人这里了。这人看外表还行，其实是个扛不住事的。”

涩谷那块能以两倍市价卖出的土地，如空中楼阁一般浮现在了伊佐子的眼前。

十

伊佐子走进病房，看到速记员官原素子正坐在床边的椅子上，记录信弘的口述内容。窗外艳阳高照，一早便如午后一般强烈。

仰躺着的信弘见伊佐子来了，停下口述，翻起眼珠看她，瞳孔一动不动地停留在白色眼球的上端。凝视中似乎蕴含着他的猜测与悲伤，而伊佐子则选择无视。

素子从椅中起身，向伊佐子点头致意，问候了几句。这贫血似的瘦脸和少年般的身体，伊佐子也是好久没见了。

“我来探望，发现先生比我想象的精神，这才放了心。”或许是语速快的缘故，她说话时缺乏女人特有的黏性。

“感谢你特意过来探望……什么时候到的？”

“大概是两小时前。我来本是为了探望，结果先生说想做自传的口述。我觉得这样会影响身体，不太好，不过看先生好像精神不错，也问了护士长，她说时间不长的话可以。”素子辩解似的说道。

“我觉得无聊，所以就硬求她帮我做记录。”

这句“觉得无聊”在伊佐子听来不无讽刺，好似在说：我整天都被束缚在床上动弹不得，而你却在医院外面做了什么？今天也是，都十一点了才在病房出现！这句话与进门时信弘盯着她脸看的目光有共通之处。

“只要你开心就好，有什么关系嘛。宫原小姐，你事先准备纸笔了吗？”

“准备了，那是我吃饭的家伙，不管需不需要，我都会带在身边。”

伊佐子已经看到接待室的椅子上放着一只开着口的手提包，所以知道有纸笔。椅前的桌子上有一个水果篮，被包装纸遮着，上面还打了个红色的结。素子站着，手往包装纸上一搁，说道：“区区薄礼，请你们慢用。”

伊佐子向她道了谢，然后说：“病人情绪好像不错，请继续速记。”

这话也是对信弘的反攻。既然你要猜测我晚上干什么，还拿嘲讽的眼神看我，那我也要这么干，完全没有退缩的必要。

“是。”

宫原素子局促地站在一边，露出略微前突的门牙，含糊地微笑着。也不知是在忌惮眉宇间忽然显出愠色的伊佐子，还是因为见伊佐子刚到，以为夫妇间有话要说，就拘谨起来了。

“我来之前，你们一直在速记？”

“是，才做了一会儿。”

“那就再做一会儿吧。”

“好的。”

“我没关系。反正现在我也没什么话要对我老公说。不碍事的话，我也想坐在这里听。”

信弘望着天花板，那里是他的正前方。他双颊萎缩、长满白色胡楂儿的侧脸上并未现出奇异的表情，只有嘴唇略微用力地抿着。

“怎么样，老爹，这样可以吧？”

伊佐子故意说得很大声。信弘始终合着嘴，只是“嗯嗯啊啊”的，也不知是回答还是喘气。信弘一贯如此，为了什么事生气，给她脸色看，但决不会长久，最终还是会向她屈服。这种硬撑门面的表情实在是滑稽可笑。你一强硬他就软，你一示弱他就蹬鼻子上脸，虚张声势——这就是信弘的本性。

素子坐回椅中，将速记用的一捆半纸放在一个倒扣于膝头的方盘子上。

“那我们就开始吧。”也不知信弘这话是在对谁说。他清了清嗓子，似乎一时找不到状态。

“呃，前面说到哪儿了？”

“初中二年级时，您叔叔是报社记者，您想学他的样子……”素子讲述了之前说到的部分。

“啊啊，对啊，哦……”信弘又干咳了一声，“哦……现在倒是连小学生也能当小记者，制作校刊了，我那时就没有。我很想像叔叔那样做采访工作。进高级中学之前，我的理想好像就是当一名报社记者……对，从长府町往北走两公里，有一座古老的神社，很有来头，延喜式里也提到了它的名字。延是延长的延，喜是欢喜的喜，式是结婚仪式的式……我去见了那里的神主。我这么做是因为，在长府町内的话可能会被人看到，所以就去远一点儿的地方过了把当儿童记者的瘾。当时我想，一个小孩去那里说这个，人家神官也不会搭理啊，所以我就掏出积攒的全部零用钱，在店里买了一样尽可能奢侈的赠品。是什么我已经忘了，总之看起来很豪华……嗯嗯，去神社的事务所一看，只有神官一个人在，我就把赠品给了他，随口编了个少儿报纸的名字，说想写一篇关于神社的谈话稿。怎么措辞的，现在我已经忘了，总之我这么一说后，神官拿着这豪华的赠品，啊，应该说是礼物吧，他也不好说不行，就把我请进事务所的一间大和室，说了祭神典礼的由来。神官背后有个很大的壁龛，那里悬着神体的挂轴，旁边立着金色的屏风，所以我完全被那气势吓到了。不过，一边听神官说话，一边拿铅笔往记事本上做记录，写着写着我自己都觉得心情激动，高兴得不得了……我真是怎么也说不好啊。文章不够好的地方，过后我会边看记录边修改的。哦……我用铅笔写字时，特别注意不让神官看到记事本，其实啊，上面只有一些像记号一样的东西，我并没有写下文字，而且我也写不了……”

口述过程中，有好几次，信弘要么卡壳，要么就是把话重新说一遍。伊佐子听着听着便无聊起来。“少年时代的回忆”就算在自传里也属于比较幼稚的内容。当然，信弘的整部自传恐怕都会言之无物，以自命不凡的追忆贯穿始终吧。光听刚才的口述就能明白，信弘的那些如梦一般非现实的念想，身为S光学的功臣却轻易接受辞退命运的软弱，早在他的少年时代就已经定型了。

“您累不累？要不要休息一会儿？”素子停下拿着铅笔的手，问信弘。

“不用，再进行一会儿吧。”

信弘说着，将枕上的脑袋稍稍转过来，这时他的视线扫到了伊佐子的脸。

伊佐子不予理睬，转过一个直角，拐进了厨房。她打开煤气炉，放上水壶。伊佐子自己想喝点儿红茶，也准备给速记员来一杯。忽然站起身到厨房里来，会自然而然地对信弘造成一种压迫感。类似这样的小动作，意外地对他有效。

直到现在，信弘都没有亲口坦陈不再担任S光学董事的事。川濑会长来的那天，伊佐子听说了这件事，但也只是在走廊交谈时得知的。不知信弘准备瞒多久，可以肯定的是，他害怕妻子的反应，所以迟迟不肯开口。也许信弘猜测妻子与川濑交谈时，川濑已把辞退的事告诉了她，其实心里早就暗自松了一口气。也不知信弘是不是打算一点儿一点儿地透露实情，总之，与其把这单单归结于他的软弱，还不如认为他有意把退职金或是辞去董事职务时的慰劳金之类的，分给两个女儿。在明确金额、定好分配率之前，他不打算说出退职的事。

信弘本人一边以口述方式写自传，一边又觉得能长寿。只是心肌梗死这东西，天知道什么时候就会发作，然后就一命归西了。现在已发作过两回，再来一次恐怕就没救了。就算在医院接受一遍遍检查，就算做了预防治疗，由于老年人的预后死亡率很高，靠这些措施依然无法防范。如果是癌症那样的疾病，还能预估死期，得了心肌梗死，简直就像抱了颗定时炸弹，没人知道什么时候会爆炸。

信弘口述的声音仍在持续。听不清在说什么，反正内容肯定很无聊。

佐伯的话在伊佐子耳边挥之不去。盐月的舅父得了肝癌，不知能否熬过半年。伊佐子原本计划靠政界大亨的斡旋，让涩谷那块地卖出两三倍于市价的金额，但现在看来希望渺茫。听佐伯说，这位大政治家的病症虽然对公众保密，但政界信息网发达，已有一部分知情者。他一路做过不少强硬之事，所以树敌也多，一旦式微，对手便会伺机围攻。意气风发之时，敌人自会有所忌惮，实力的发挥往往也能高于实际水准。一旦死期临近，对手的报复便毫不留情。他那一派已是风雨飘摇，据说谋划改换门庭者也不在少数。下属的一帮议员要是继续跟着快死的大老板，恐怕也会翻不了身，既当不上大臣，也分享不到权益。

伊佐子焦虑万分，盼望着涩谷的土地能尽早纳入自己名下。倘若作为遗产被前妻的两个女儿分去了一碗羹，土地变少，利用价值降低，变卖时也会相当不利。伊佐子想趁信弘活着的时候，确保一切权益。自打听说盐月的舅父得了癌症，她越发觉得依赖别人是虚无缥缈的，万事都得靠自己的力量。

很久以前伊佐子就在催信弘写遗嘱，信弘没拒绝，但也没说马上就写。等待是没有止境的，加之听到了盐月舅父癌症的消息，信弘在其心里越来越不重要，于是伊佐子决心在这段时间里一定要让他写下遗嘱。

伊佐子端着红茶回来，见信弘已不再口述。他用手抓住稀疏的白发，闭着眼睛，歪着脸。素子低着头，速记用的铅笔停留在纸面上。伊佐子以为信弘的病发作了，仔细看了看他的脸，原来是想挣扎着忆起已经忘却的过去，才露出了这痛苦的表情。

“嗯……怎么也想不起来啊，那两个朋友的名字……”

在伊佐子看来，为这种事拼命努力的信弘就像个傻瓜。她在素子面前也放了一杯红茶，从斜上方打量信弘。

“怎么也想不出来，这地方可是很重要的。”信弘用掌心敲着额头。

素子手握铅笔，摆出随时可以开始听写的架势。如蚯蚓匍匐一般的速记文字占满了薄纸的一半。低着头的素子，短发下的苍白脖颈向前伸展着，没有一丝诱惑力。

“书房的书箱里有笔记本。”

信弘咕哝了一句，抬起下巴看着伊佐子的脸。落于枕上的两根白发纠缠在了一起。

“我在那个笔记本里做过记录，看了马上就能知道人的名字，还有想写的东西……你能开车回家帮我拿过来吗？”

与往常不同，这次信弘的请求方式很强横，近乎于命令，令伊佐子心头火起。她大体知道丈夫如此措辞是出于什么心态。可是，如果是在怀疑妻子的品行，之前趁没人的时候直言不讳地说出来就是了。当然，其实他也说不出口。无非是考虑到自身的体面，要不就是害怕说出口。

信弘天性如此，平时也是，有时他想吼，但又会中途打住，把话藏在心里，然后独自一人默默地反复念叨。他咀嚼着个中滋味，甚至还有点儿乐此不疲的意思。尽管伊佐子在旅馆和佐伯鬼混到了今天早晨，但是看信弘不知对方是谁，还要在那里想象，态度又格外强硬，不由得火气上涌，反感顿生。

“我还有别的事，现在不回家。”伊佐子措辞强硬。

“是这样啊，可我很需要那个笔记本。”

“别说了，自传什么的，也不用这么着急吧，什么时候都能写啊。过几天我回家了，会顺便帮你带过来的。”

信弘的太阳穴上暴出了青筋。当他无言以对、强忍怒气时，这根青筋就会出现。伊佐子心里暗暗嘲笑，但碍于速记员在场，嘴上却说道：“既然这么急，那就打电话叫沙纪拿过来吧？”

过去，伊佐子说自己有事时，信弘既不会问是什么事，也不会问她要去哪里。

“沙纪不知道的。那女人对书一窍不通，就算让她翻书箱，恐怕也找不到。”信弘说。

“就算是这样，只要告诉她笔记本在哪里，她总能摸得着地方吧？”

“知道在书箱的哪一格，知道从右数起是第几本的话，沙纪应该也能找到。只是我也搞不太清楚了，记忆模模糊糊的。”

“那就没办法了。”伊佐子舍弃信弘，目光落到了素子瘦弱的后颈上，“对了，要不让宫原小姐去拿吧？”

信弘看着素子的脸，露出探询的表情。

“这个……我去拿也行的话，那我这就去拿。”

素子从当垫台的盘子上拿开纸和铅笔。

“你今天没有别的活儿了？”信弘犹疑不决地问素子。

“没，没别的活儿了。”

“让她去好了，沙纪不行的话，就只有这一个办法了。”

伊佐子觉得让素子跑跑腿也没什么。现在哪怕是逞强到底，她也不想劳烦自己。

“那要么就拜托宫原小姐了。”

信弘嘴上说得客气，眼中却闪闪发光 因为口述资料马上就能拿过来了。

“请尽管吩咐，只要告诉我笔记本可能在书箱的哪个地方就行，我会去找的。”

主任医师带着护士进来了。查房医生总是一副忙忙碌碌的样子。素子也离开了床边。医生拿听诊器在信弘的心脏周围移动了一阵，被护士拉开的睡衣下，是一片比以前更干瘪的胸脯。那萎缩、颓废的皮肤下埋藏着一颗病恹恹、随时都可能破裂的心脏。

氧气帐已经不需要了，注射的药物种类及次数好像也都减少了。

“医生，情况如何？”伊佐子向挺着肩膀的医生问道。

“情况相当不错。”医生一边把听诊器往手上缠，一边回答，“照这个势头，明天就让他下地走动，一点点地锻炼脚力吧。”

“没问题吗？”姑且摆摆妻子的模样问一句。

“没问题。在这里再待上两周左右，就可以回家了。”

“这么说，短时间内是不会再发作了？”

“要尽可能地保持平静的心情，有忧心的事就不好了。”

医生这么说的时候，伊佐子感到信弘的视线似乎朝向了自己。

“只要这方面多注意，管保能活到八十岁。”

医生领着护士快步离开了病房。

“太好啦，夫人，医生都保证说能活到八十岁这么长呢。”素子一脸快活地走向伊佐子。

“谢谢。”

在这女人看来，八十岁算是非常长寿，可信弘已经六十七了。素子有这种看法，正表明了她的年轻。而自己比这个女速记员又大了十岁，但即使如此与信弘的年龄差也高达三十岁。然而，年轻女人一旦有了个年纪相差较大的丈夫，想必在旁人的眼里，她的岁数也不会小。

但是，不管怎么说，信弘若能活到八十岁，那就太令人绝望了。但愿这是医生为了安慰病人说的客套话。伊佐子来到走廊，打算向医生询问实情，可惜已不见医生的踪影，多半是走进了别的病房。

伊佐子不想回信弘的病房，在走廊里等医生出来，就在这时有人捅了一下她的肩膀。回头一看，站在眼前的竟然是盐月那硕大的身躯。

“啊！”伊佐子语声一滞，“你怎么来了？”

“我是来探望病人的。”

“不会吧？”

“真的……是这里？”盐月的目光扫向病房外的木牌，细细打量着，读出了“泽田信弘先生”这几个字。

“你真的进过病房了？”伊佐子半信半疑地观察着盐月的神情。

“不，我去的是别的住院楼。我记得你丈夫是在这一块，所以就想偷偷过来瞧一眼再回去。”

“我就想嘛。”

“这下放心了？”

“病人得的可是心肌梗死，给他刺激是最糟糕的，刚才医生还提醒过。不过，老爹你大概也没有堂而皇之进去的勇气吧？”

“我们去别处说话吧。”

盐月说着，先行跨出一步。就在这时，素子从病房出来了，胳膊上挂着外套。

她一见伊佐子，便点头施礼，说道：“夫人，我这就去您家一趟。”

“是吗，辛苦你了，你已经问好笔记本在哪儿了？”

“是，大致听了一下，我觉得能找到。”

“那我就在你快到的时候，给家里的女佣打个电话吧。”

“那就拜托了。”

“你走好。”

两人交谈时，盐月一直面朝窗户站着。素子只是看了他一眼，没有以目致意，而是迈着小碎步向电梯走去。

“刚才的那个人是谁？”素子的身影从走廊消失后，盐月远离病房，低声问伊佐子。

“就是给泽田记录自传口述的速记员。”

“哦哦。”

盐月点点头，看他的表情，像是心里想到了什么。刚才的医生和护士结束巡视，从边上的病房出来了。

“你认识那个人？”

“你一说速记员，我就想起来了。有一次杂志社在我们公司搞对谈，是她来做速记的。刚才我就觉得在哪儿见过这个女人。”

“她有没有记住你的脸呢？”

“应该记不住吧，都已经是一年半前的事了，对谈的对象又是社长，我只是一声不响地坐在旁边而已。那个速记员也没表现出认识我的样子嘛。”

“也是。”

素子对盐月连个注目礼也没有。因为伊佐子和他站在一起，所以素子故意装作不认识的样子，这也不是没可能。不过看她当时的神色，似乎对盐月确实是毫无印象。

“速记员也是到处跑的，见过很多人，不可能把每张脸都记住吧……好了，总之我们还是早点儿离开这个地方吧。”

盐月胆怯起来，催着伊佐子迈开了脚步。电梯的门前不见素子的身影。标记显示电梯正从楼下慢慢地升上来。

在电梯里盐月什么也没说。外来患者和等着取药的人挤满了大厅，两人在长椅上坐下后，盐月询问了信弘的病情。但是，他对这个话题并不热心，脑子里似乎在想别的事。伊佐子觉察得出，他正在为舅父的肝癌发愁。

不过，有盐月在身边，伊佐子还是感到了安宁。这种安心感在佐伯等人身上是体会不到的。这种安宁来自与盐月长年的缘分，也源于他不会令人感到危险的性格。他的“无害”常使人不满，只有在摆脱险境时见到他，才会明白这种安宁的珍贵。

“你舅父病情如何？”伊佐子问盐月。由于身在医院，搬出这个话题也不会显得不自然。

“嗯，好像是慢慢地在变好。”盐月当即回答道，“从前天开始有食欲了。人也精神了不少，跟来探望的人谈得很欢。”

也不知是不是心理作用，相比明朗的语气，盐月的脸色却显得很忧郁。

“也就是说没问题了？”

“没问题了。听说主治大夫啊，还对我舅父打包票说他能活到九十岁。”

难不成在病人面前说你肯定能长寿是医生的习性？通过佐伯的私密话也可以看出，那位政治家罹患肝癌多半是事实。医生诊断为癌症，却打包票说能活到九十岁，自然是为了不刺激患者和家属。不过，为了摆脱“误诊”的误解，患者去世后，医生会及早发布公告，表示病人得的其实是癌症，他们对患者的死期也早已有所估计。医生会这么向遗属解释：病人怀疑自己得了癌症，要求我告知真相，这种场合，如果病人正当壮年，我就说能活到七十岁；如果是老年人，就说八十岁或八十岁以上，以此来鼓舞患者。医生的这样“睁眼说瞎话”，理应得到人们的原谅、得到遗属的感谢吧？盐月的舅父明显就是这种情况。

这么一想，医生保证信弘会有八十年寿命的话也不足为信了。岂止如此，从医生对政治家的鼓励可知，信弘反倒是没几天可活了。

“你听我说，老爹，我准备让泽田给我写遗嘱。”伊佐子低声说道。

“嗯？什么？”盐月凑过耳朵，听明白后，他看着伊佐子的脸问道，“泽田先生想写遗嘱了？”

“上次我这么一说后，他说他会写。我不是因为他病情恶化了才说的，反倒是因为他好转了，觉得比较容易说出口了。”

“那是自然，也好，确保财产对你来说是头等大事。能让他写下遗嘱，你也就安心了。”

“我并不是要得到全部财产，只要涩谷的那片地全归我就行。”

“你也是铁了心啊。”

“‘铁了心’这种奇怪的词就不要说了。你想想，泽田不在了我怎么办？又没有孩子，年纪也大了。泽田也有责任保障妻子老了以后的生活啊。老爹不也赞成我三年内在那里开店的计划吗？”

“那是自然，这个所谓的三年，也是以泽田先生到时候有个三长两短为前提的嘛。不过，这跟你现在就让他写遗嘱有关系吗？”

“当然有了。”

“哦，既然泽田先生有这个心，那就让他写好了。”

“我问你，遗嘱要写成什么样才行？有没有固定的格式？”

“应该没什么固定的格式，全部由本人执笔，再在上面署名、盖章应该就可以了。”

“这么简易不要紧吗？难道没有在法律上绝对有效的格式？”

“你说的是那种形式吧，在律师在场的情况下，写好遗嘱，把它交给律师保管？”

“不然总觉得不清不楚的。”

“我没继承过遗产，也没到写遗嘱的时候，当然是不知道详情了，因为这种事与我无缘嘛。”

“有律师在场，就显得比较正式了。我想委托律师。老爹你认识熟悉这方面业务的律师吗？”

“律师啊……还是委托佐伯律师吧，你看怎么样？”

伊佐子知道自己的心脏正在剧烈地跳动。不过，很快她便若无其事地回应道：“咦，佐伯先生不是专攻刑案的吗？”随后又不露声色地观察起盐月的样子来。

“就这么点儿事，无所谓刑事民事的，什么律师都行。”

这语调也好，表情也罢，都与平常没什么两样。盐月属于喜怒形于色的类型，看这情形，他好像还什么都不知道。虽然佐伯是盐月介绍的律师，但也只是一个从舅父那条线上推到他面前来的人，之前双方并不认识。在A宾馆结束三方会谈后，佐伯不过是出于义务，时不时地向盐月报告石井一案的情况，两人之间没有更深的交往。因此伊佐子推断，盐月多半以为佐伯也只是事务性地向她报告审判进展而已。另外，佐伯的姿态中带着一点儿生意人的气息，又很会演戏。

“可是，找佐伯先生的话，会比较麻烦。”

“为什么？”

"我们已经委托佐伯先生当石井的辩护人，不是吗？不管怎么样，也不能让他和泽田见面啊。"

"原来如此。"

盐月也意识到了不妥，苦笑起来。石井的事一直瞒着信弘，所以不知不觉中产生了一种疏远感，以至于盐月都淡忘了石井的存在。

"不过呢，我觉得像写遗嘱啊，委托保管之类的私人事务，还是别找不太认识的律师为好，特别是你这种还跟人家女儿有纠纷的人。"

"话是这么说……"

"还是找佐伯君好啊。律师这种人已经养成习惯了，绝不会说出业务上的秘密。就算他见到泽田先生，也不可能把石井的事透露出去。你看佐伯君是不是一脸的正经相啊。这方面他自有分寸。"

毕竟是盐月，早已把握佐伯的特质。可以说，正因为佐伯有那样的表现，才使得盐月对两人的事毫无知觉。

"佐伯先生应该不会对泽田说什么，可是托他办了石井的案子，又让他去见泽田，我总觉得有点儿羞耻。"

"不会的，律师这个行业啊，别人家那些更稀奇古怪的事，都不知道见过多少了，早就习惯了。对你家的事他才不会有什么想法呢。"

"是这样吗？"

"当然了……而且这里的院长是他哥哥对吧？写遗嘱的时候，有院长的弟弟在场，泽田先生也会比较放心吧，所以不是正好吗？"

"能让泽田早点儿动念头写遗嘱的话，委托佐伯先生也行。"

"你就这么做，这样好。"盐月对自己的方案大加推荐。

只有在谈这件事的时候，盐月显得情绪高涨，这个话题一结束，他的神情又回到了原先的闷闷不乐。动作也很安静，也没有夸张的举止。

"对了，老爹，还有一件事……"

“嗯？”

“就是上次提到的，请你舅舅出面斡旋，让涩谷的那块地卖到两三倍市价的事，是不是不成了？”伊佐子试探盐月的反应。

“嗯，那个不成了。”盐月立刻答道。他仗着舅父的政治背景，一向喜欢夸耀自己的厉害，决不会马上说不行，然而这次却明确表示了无能为力。可以确定政治家得癌症一事是真的了。

“最重要的是，那块地还不能马上变成你的东西。”

“没错，所以我重新思考了一下，那个事先放一边，先说说高得吓人的遗产税吧，能不能想办法减免一点儿呢？能不能请你舅舅给大藏省的高级官员捎句话呢？”

“嗯……”盐月弓起背沉吟了一声。

“你舅舅帮忙说个情的话，大藏省什么的还不马上变脸？”

“怎么说呢，多少会有所不同吧。”盐月用微弱的声音说道。

“咦，只是‘多少会’吗？这怎么可能，上次你舅舅一声吼，把那些官员吓得直哆嗦，拖拖拉拉个没完的项目一会儿就完工了。我还以为能让遗产税接近零呢。”

“这可做不到。”

“为什么？”

“因为我舅舅没做过大藏省大臣。农林省和建设省里倒是有很多老部下，他在大藏省那边还没到能发号施令的地步。”

“可他是一个大党派的领袖啊。就算是大藏省的官员，也像怕老虎似的怕你舅舅吧？我想，里面肯定还有几个局级干部在求你舅舅安排退休后的出路呢。”

“嗯，说起来是这样没错，不过……好吧，现在我舅舅还在住院，等他好了我去说一下，请他想点儿办法。”

“拜托了。”伊佐子说归说，但从盐月缺乏自信、想要逃避的态度看，大政治家罹患重病的事是不会有错了。

“我问你，你今天忙不忙？”

“嗯？嗯。”盐月回答得模棱两可。

“我和老爹也有些时候没见面了。”

“嗯，过几天我会找个时间的。今天我接下来还得去舅舅住院的地方。”

“是吗？真是够呛。”

“舅舅住院后，他家里的杂事都推给我了……总之，你再等我一段时间。”盐月郑重其事地说。

“好啊……这有什么办法呢。”

盐月目不转睛地望着伊佐子的脸，最后还是死了心似的，发出“嗨”的一声，从长椅上站了起来。

“总之，什么时候再见吧。这段时间我动不动就会外出，不过你还是打我公司电话好了。”

离别时盐月做了个笑脸，随后他用硕大的身躯挤开人群，走出了玄关。明亮的阳光洒上了他的西装，背影却显得十分渺小。

伊佐子回到电梯前，站了片刻，见两名护士推来了一张移动病床。头露在毛毯外的患者约莫六十岁，脸色惨白，闭着眼睛。他的嘴痛苦似的张着，嘴唇煞白。护士一边说着“马上就到了”，一边关注他的脸色。电梯门一开，移动病床率先进去，剩余的空间只装下了伊佐子和另外四个人。在电梯里，护士仍不停地对虚弱的患者说话。伊佐子决心已定，今天无论如何也要让信弘答应写遗嘱。

刚回病房，床上的信弘便睁开双眼，凝视着向自己走近的伊佐子。信弘的眼睛仿佛在说，他明白妻子来自己身边是为了什么事。

十一

伊佐子的日记：

× 年 × 月 × 日

丈夫说要写遗嘱。从前些日子开始，他就吵着说要写。他现在还在住院，这多不吉利啊，我不想让他写。我劝他，这种东西等你出院了，身体完全恢复了再写也完全来得及。可丈夫却坚持说，心脏病嘛，谁知道什么时候会发生什么事啊，为了安心，他想先把遗嘱写好。

我听从了病人的话。丈夫一直被束缚在病房内，所以不太好伺候，我没法违逆他的意思。我去小卖部买了便笺和信封，回到病房一看，丈夫正愉快地坐在接待客人的椅子上，面对着桌子。

丈夫说指定遗产分配方式的遗嘱还是交给律师保管比较好，三四天前他问我该找哪个律师，于是我就说出了佐伯的名字。丈夫问我他是不是我以前认识的熟人。我回答说，佐伯是院长的弟弟，我们在这里得到了人家不少关照，顺便把这件事委托给他办的话，院长也会高兴吧。丈夫一听就同意了。也正是因此，丈夫坚定了写遗嘱的决心。

丈夫握住钢笔对着便笺纸，叫我先出去一小时，看来我在房里他有点儿写不出来。他还叫我打电话劳烦佐伯律师今天过来一趟，于是我就按他的吩咐，来到楼下大厅，用公用电话联系了佐伯先生。佐伯先生说他下午必须上法院，会在之前过来一次。

我在医院的庭园及周边散了一小时步，回到病房。丈夫正躺在病床上，说他累了。我说你看看你，就是因为你太逞强了。这时丈夫默默地从枕边摸出了一个信封。信封还没封口，看丈夫的眼神是要我读。

遗嘱这东西，就算是健康人写的，也不会让人心情舒畅。在丈夫面前，我努力做出快活的表情，打开了信封。

伊佐子啊。

我打心眼里爱着你，你也爱我。我的后半生因为得到了你，不知道有多幸福。如果最早就是和你结婚的话，我的幸福时光还会更长吧。然而，这就是人生。我与你相见恨晚，但在这短短的时间里，我已经幸福得无以复加了，我觉得这幸福能弥补最早没能和你结婚而留下的那段空白，且绰绰有余。谢谢你。

遗憾的是，我没能回报你的爱情，就要先走一步，去往另一个世界了。我在你怀里死去，自然是幸福的，却留下你一个人孤苦伶仃。一想到这里，我就觉得你好可怜，死也无法瞑目，可是生死有序，又有什么办法呢，我比你早生太多年了。

我佯装大彻大悟，写下了以上内容，其实内心对独留人世的你，对你的年轻和美貌十分忌妒。你以“遗孀”的名义回归独身时，一定会被众多的诱惑包围。每念及此，我都想诅咒自己的病痛与衰老。

当我想象自己死后，你躺在一个陌生男人怀中的场景时，我的精神就会癫狂。当然，我不认为你是一个自甘堕落的人。我害怕的是你再婚。一想到再婚后你将得到新的夫婿，向他投入你此时给我的爱情，我就坐立不安。求求你，唯有再婚这件事你一定要放弃。我要你发誓不会再婚。

为此，我会给你留下财产，成为你将来生活的基础。幸好你是一个生命力旺盛的人，比我可靠得多。很久以前我就在想，假如你身为男子，多半会成为优秀的企业家。但就算你是女人，你也能干出一番事业。尽管绵薄，我也要把可作为资金的财产让渡给你。只可惜我俩之间没有孩子，真是一大遗憾。只要有个孩子，你就能得到快乐,至少,我对你再婚的忧虑也会淡去,就此得以安心。好了，这种事再写下去可就没完了，而且我也有点儿疲倦了。

我把要给你的物件写在下面吧。我不知道遗嘱的正规格式是什么，总之我就把我心里想的东西写了下来：

一、涩谷松涛町 ×× 番地的 ×　泽田信弘名义下之土地　伍佰贰拾壹坪

二、同一人名义下之同一幢住宅的建筑占地　柒拾贰坪

三、S 光学株式会社股票　叁仟股

四、R 制铁株式会社股票　壹萬股

五、F 电机株式会社股票　贰萬股

六、Z 铁道株式会社股票　壹萬贰仟股

七、V 银行　定期存款及活期存款　全额

八、R 信托银行定期存款　全额

九、以上手续所需正式印章　壹个

十、保管于上述住宅内的一切字画古董类物品及全部动产

由内子泽田伊佐子继承上述物件之事，均出于我本人意愿。

昭和 ×× 年三月二十七日

泽田信弘㊞

……即使这写法与一般格式有异，也无人能怀疑这是出自我本人意志的事实。

你大概会觉得奇怪，继承人里为何没有丰子和妙子的名字。丰子已嫁入别家；妙子虽是独身，但她有绘画才能，足以独立谋生，很早以前她就说过不指望父母的财产。妙子一旦结婚，也会入别人家的门户，所以就更不用担心了。我所惦念的是独自生活的你。所以，我再说一遍，求求你千万不要再婚。尽管有点儿匮乏，我还是要把所有财产交给我所爱的你。

我们的婚姻生活算不上长久，但我依然衷心感谢你给我的后半生带来了幸福。谢谢你。

昭和 ×× 年三月二十七日

执笔于本乡朱台医院病房

信弘

伊佐子女士

又及，据说书写遗嘱时的年月日至关重要，所以为慎重起见，我又写了一遍。

读着这份遗嘱，我泪流满面。我竭力想用玩笑话掩饰心情，显出快活的样子，但表演还是失败了。

当时，我回应了丈夫两件事。

一、我发誓决不再婚。在丈夫看来我或许是年轻的，但我已经到了不奢望再婚的年纪了。我不认为自己在这世上还能遇见比你更好的男人。我可不想到了这把年纪再结一次婚，让自己陷入悲惨境地。还有，你似乎担心我会受诱惑，但是我完全没有那种心思，所以请你放心。更何况这两三年来，我只靠柏拉图式的夫妇之爱活着，所以我的肉体如僧尼一般，习惯了这种生活，情欲已然消亡。因为我知道没有比你更好的男人了，所以我能和从前一样保持清白，就这样追随你而去。请你不要再无谓地烦闷。

二、感谢你在遗产问题上对我的顾念，但我希望你能在我和丰子、妙子之间公平地分配财产。你太爱我，所以写下了这种有违常情的遗嘱，可是这也太没道理了。我想我可以给独身的妙子一半，剩下的跟丰子平分。学画需要各种支出，结婚费用也得准备起来。你要是有个三长两短，我自然不能一个人住在松涛的宽敞住宅里，所以我想到时候请妙子回来和我一起住。如果妙子感到拘束，那就卖掉住宅，所得款项一半给妙子，一半由我和丰子平分。

我恳求丈夫完全按我所说的分配方案重写遗嘱。没看到遗嘱也就罢了，既然看到了，无论如何我也希望丈夫能做修改。

丈夫说，谢谢你能为我的女儿着想。诚然，在民法上，如果没有遗嘱，那子女作为继承人将得到遗产的三分之二，妻子则得到三分之一。但是，我把所有遗产给你是出于我的感激之情。而你呢，如果事先知道遗产分配方案，也能及早规划我死后你自己的生活。我给你看这个的意义就在于此，所以你看完就要我修改，我是不能答应的。丈夫最后还生气了，说总之你就同意了吧，难道你不明白我的心意吗？

我十分清楚丈夫的心意。虽然我的喜悦难以言表，但无论如何也无法接受这样的遗嘱。我说再让我思考一下，就把遗嘱放回了信封。丈夫又不是病危患者，没必要急着写遗嘱。他一直住院，变得多愁善感，所以才会想到这种事。我想再过一段时间他会冷静下来。丈夫毕竟是技术人员，原本就是一个理性的人。

纷纷扰扰之间，佐伯律师到了。

佐伯先生郑重其事地问候了一番。他是院长的亲弟弟，所以丈夫也回礼说“承蒙照顾了”。律师快活地接过丈夫递上的信封，从中取出遗嘱，仔细读完后，说这样可以。丈夫以辩解般的口吻说自己不懂格式，所以写法有些随意，其实多半是对那些爱意满满的话感到害羞吧。佐伯先生笑嘻嘻地说，遗嘱没有固定格式，怎么写都行，作为亲笔字据，只要全文、日期和姓名是自己写的，再加盖印章即可。丈夫问他盖的是便章要不要紧。我忍不住插嘴说正式印章就在家里啊，结果律师却说不需要正式印章，便章就可以了。

我当着律师的面表示遗产分配不公平，应该分一部分给前妻的两个女儿，甚至还说出比率应该是三分之二以上。可丈夫一脸厌烦，说这样就行了，你少多嘴，根本不理会我的话。在一旁听我俩争论的佐伯先生，审慎地对我说，夫人，难得您丈夫如此为您着想，写下这份遗嘱，您就姑且接受他的安排吧。今后二位经过商量、想要变更时，可以用新遗嘱替换旧遗嘱，届时仍由我来保管。您丈夫现在也不是什么重症病人，有的是机会商量。

丈夫不理会我的话，而且还神经过敏，最终我决定暂时搁置自己的主张，听从了佐伯律师的意见。丈夫正式委托佐伯先生保管这份遗嘱，而佐伯先生则从手提包里取出复写便笺，写了一张保管证。

丈夫问佐伯先生，如此一来你就是遗嘱的见证人了，能否请你以见证人的身份在遗嘱上签字呢？佐伯先生回答说，没这个必要吧，不过保险起见，我把这一节写入遗嘱也是完全没问题的。于是丈夫说，拜托你务必写下此节，这样我妻子也就安心了。佐伯先生在遗嘱的“又及”段落后，写下了“作成本遗嘱之际，律师佐伯义男在场”的文字，并盖了章。

此后，佐伯先生和丈夫交谈了五分钟。丈夫吐露说，告诉妻子要写遗嘱时，妻子好像很震惊。于是佐伯先生对我说，这个就跟加入人寿保险一样，以保证万一出了什么事不会引发各种麻烦，是一种很事务性的东西。“遗嘱”这个词比较沉重，拘泥于这一点所以心情才会不好，不过你就把它想成财产赠予吧。然后他又笑着说，他听哥哥讲，丈夫的身体情况大好，没准儿写下遗嘱反而会带来长寿的结果。

不吉利的东西往往会成为幸运的契机，于是我也重新振作了起来。佐伯把遗嘱收入包中离去后，丈夫对我说这位律师虽然年轻，但似乎很靠得住。看来丈夫相当满意。

当天晚上，佐伯在伊佐子的旅馆房间过了夜。佐伯有时会在十一点左右回去，疲惫的时候也会一直待到第二天早上。

最初他俩防着旅馆的服务员，总是空着一张床，睡在另一张床上，但又实在挤得慌，所以就让佐伯睡到空床上去。习以为常后，两人变得越来越大胆。想到第二天早上来收拾房间的服务员，看见两张床上的床单都乱作一团、满是皱褶的情景，就觉得难堪，但这一点他们也渐渐习惯了。事先给服务员打过招呼，说是弟弟担忧病人的情况，所以就在这里住下了。只是这借口对方能相信几分呢？不过伊佐子想，就算不信也没什么大不了，总之这边先安上个理由就是了。从那儿以后，旅馆方面也心领神会，傍晚时会把两张床都铺好，提供两套浴衣式的睡衣。

“松涛的土地全都归夫人所有了，也算是得偿夙愿了吧？”佐伯说。

“是啊，不过真的没问题吗？”

伊佐子将目光扫向茶几上的手提包。包里放着遗嘱。

“要说问题，也就是在法律上，两个女儿各有继承三分之一遗产的权利。要让她们放弃是很难的吧，不过我们可以想些对策。”

“是吗，那就拜托了。”

“股票倒是出人意料地多，那也是夫人你吵闹着要过来的吗？”

“我原以为只能拿一半，结果全给我了。不过，其实到不了我手中。”

“为什么？”

“因为要拿去交遗产税。光靠股票能不能保全松涛的土地，也还不好说呢。”

“我去查查税务署对那一带土地的评价额是多少，肯定很高吧？”

“现在已经很高了。越往后越高，评价额也会不断更新。股票那边就算稍微涨一点儿，也赶不上地价飞涨啊，而且股票里有几个公司可能还会跌价吧？”

“原来如此，就算拿到全部股票，也不好说一定能保住土地，时间拖得越久就越不放心是吧？”

“是啊，泽田现在就死掉的话，也许还能勉强保个平衡。”

“呃……”

佐伯打量着伊佐子的脸，似乎想弄清她是说真的，还是在开玩笑。她的眼里没有微笑，瞳孔仿佛陷没在深深的思考之中。律师慌忙将视线撤开，或许他是感受到了某种令人窒息之物，或许是因为他从中看出了某种与犯罪者契合的偏执。

“遗产税方面，”佐伯改换了话题，“就像我上次说的那样，你最好是请盐月先生托他舅舅，去说动大藏省的官员。这么点儿遗产税，总能搞定的。”

“可是那个政治家得了重病，都快要死了。”

“就算得了重病，只要有一口气在，就还有影响力。那些官员都是胆小鬼，害怕的人不死透，他们就会一直听话下去。”

“就算是这样也维持不了多久了，因为是癌症啊。如果泽田一直活下去，就算现在那些官员接受了政治家的指令，以后也会反悔的。而且，那个政治家树敌很多，一旦死掉，官员的反应也会截然相反。他们会一窝蜂地跑去依附得势的敌人，没准儿将来我们反而会被人欺负。”

“嗯……这些你都是听谁说的？”

“不是听别人说的，这点儿事我还是懂的。”

“难道不是盐月先生说的？以前你说过你想找盐月先生帮忙。”

“打那儿以后我就没和盐月先生见过面，自从舅舅病重后，他哪还顾得上我的事。”

“因为这个事也关系到盐月先生的切身利益嘛。好吧，姑且相信你没和他见面，其实我也和泽田先生一样啊。”

“又说这种奇怪的话，你什么意思？”

“就像遗嘱里写的那样，”佐伯朝手提包努了努嘴，“这两三年来，夫人和泽田先生之间什么也没有，夫人把自己说成僧尼，花言巧语哄骗了泽田先生吧？读完遗嘱后，我可同情泽田先生了，他真是个好丈夫。”

“他是好人，告诉他事实的话未免残酷。相信自己爱得死去活来的妻子是个修女，泽田会因此而感到幸福。搅乱老年人的心，我于心不忍。”

“看了遗嘱里的话，我非常感动。”

“你的感动越深，我就越像一个恶妻是吧？”

“你这一通抢白很让我伤脑筋，我对夫人的自卫手段也非常了解……说实在的，我也是一身冷汗啊。我是第一次见泽田先生，心里还想他是不是已经知道我和夫人的关系了。这种时候，大多数女人都会心神不定，然后受到怀疑，而夫人你却泰然自若，佩服佩服。”

“我不这么拼命还能怎么办？让泽田看出来就好了？”

“不不，那就糟了。”

“你说话还真是前言不搭后语，这个就叫互相防范吧？”

“岂敢岂敢，所以你才能得到泽田先生的所有遗产嘛。劝丈夫说一定要把遗产分给两个女儿，这个人情卖得好啊！”

“不知道你在说什么。”

“啊，对不起，对不起，照这个趋势下去，今后泽田先生也多半不会有分遗产给女儿的念头。”

“你的意思是不会改写遗嘱？”

“不会改了吧？你看，一个日期他都唠唠叨叨写了一大堆，搞不懂这到底是遗嘱还是情书呢。”

“对了，关于这一点，”伊佐子面容一正，“改写遗嘱是常有的事吗？”

“据说偶尔也有，西方人居多，但日本人比较感性，很少会改写，除非情况有了巨大变化。在写遗嘱的阶段，日本人总觉得这是自己的最终决定，而且又抱着死板的信念，认为不该更改自己的遗嘱……怎么说呢，就是一种儒教精神的传承吧。”

“他会不会改遗嘱呢？”

“看他那决心，没问题的。泽田先生也是个老派的人……再说我们约好了，更改时是用新的替换我手中保管的旧的。泽田先生是搞技术的，为人一丝不苟，不按正式手续办是不会安心的吧。”

“话是这么说……不走正式程序也能更改遗嘱？”

"可以的。只要是本人亲自执笔，并写上执笔年月日，就可视为有效。"

"这种时候需要见证人什么的吗？"

"不需要，有当然最好，但没有也行……看你担心成这样，到底是担心什么呢？"

"担心前妻的两个女儿啊！特别是妹妹妙子，不能掉以轻心。没准儿她会责备老爹，叫他写新遗嘱。这女人就是这么厉害。"

"她不知道这份遗嘱的内容吧？"律师的视线扫向了手提包，也不知是第几次了。

"就算不知道，这女人也能想象出来啊。她这人别扭得很，总是说什么泽田完全成了我的俘虏。她很可能会趁我不在，像一只偷腥的猫似的来医院，死乞白赖地要泽田改遗嘱。"伊佐子的呼吸急促起来。

"担心这个的话，夫人可就不能不加小心，老让病房空着了。"

"可不是吗，不能让病房空着。"

"每天一个昼夜，自然也都不能离开你丈夫了。"

"……"

"哈哈哈，这个行不通吧？"

"……"

"要是能找个人代为监视，女儿一来就负责赶她们走就好了。"

"没有这样的人。"

"给泽田先生做口述记录的速记员怎么样？就说是夫人的吩咐，叫她坚决挡住闯进病房的女儿。当然，就算是这样，最多也只能维持到晚上七八点吧。"

"是啊，那女人骨子里倒是挺硬的……不行，不行，还是不行，旁人是靠不住的。"

“那你准备怎么办？”

“我会尽早把病人带回家的。在家里的话，他女儿也就不会来了。”

“那倒多半是不会来了。不过，医院方面不是说接下来的一周还不能回去吗？”

“说是这么说，但需要绝对安静的时期已经过了，应该可以在家里静养了吧。你去找你哥哥求求情。”

“我去求吗？这个有点儿难办啊。他要是问我，夫人出于什么理由要我来求他，我可回答不了。”

“那就算了，我直接找他谈判去。”

“就这么办……可以去谈，只是我哥哥其实人很固执。在没完全了解情况的时候，他肯定会说出院是绝对不行的。在忠于医德方面，他是个老顽固，所以以前还经常和病人的家属吵架来着。夫人要是跟医院吵起来了，万一出了什么事，对夫人也不利。”

“你的意思是？”

“你看，按现在这个遗嘱的内容，社会上未必不会出现恶评，说夫人硬要让病人出院是存心的，是为了缩短病人的寿命。特别是二女儿，我想如果她真是个厉害角色，就极可能会抖出这种话。”

“求你哥哥也没用吗？”

“这个嘛，我不知道他会怎么说，但他为人谨慎，所以不太可能让病人比预定的时间早一个星期出院……你能不能坚持一下呢？就一个星期。”

“一想到两个女儿可能会在父亲耳边说些什么，我就越来越放心不下。”

“你这是强迫症。没关系的，不会有事的。目前为止没出现任何问题，所以接下来的一个星期也不太可能出什么事。再说泽田先生吧，他也是今天刚写完遗嘱交给了我。像他这种固执的人，就算女儿再怎么死缠烂打，也不可能在一周内修改遗嘱，而且他又打心眼里认为，委托律师保管遗嘱才是正统的做法。他不是叫我在遗嘱里写上了我这个见证人的名字吗？那玩意儿虽然在法律上没什么意义，但他是病人，为了让他安心我才写的。我干这行也算是阅人无数了，根据我的经验，人在这种事情上表现出来的性格是不会错的。”

伊佐子默默地听佐伯的雄辩。

“还有，夫人把泽田先生带回家后，就不能再住旅馆了。我也不能像现在这样和夫人一起过夜了。延长自由的时间，哪怕一个星期也是好的吧？”

“泽田现在就死掉的话，倒是正好。”话语从伊佐子的齿间迸发出来。

佐伯抬眼一看，只见伊佐子的嘴唇发白了。

“这个怎么说呢，人的寿命嘛……”

佐伯的语声中含着胆怯。他畏畏缩缩地想劝解几句，但说到一半便气若游丝，也许是觉得不能太多嘴吧。他动了动身子，把即将消散的话语连上了另一个话题。

“另外，关于石井君的事……”

伊佐子的眼睛动了一下，但神情中并未显示出兴趣。

“前不久关于安眠药的鉴定，我不是叫两个鉴定人来法庭做询问了吗？一个是解剖乃理子的宫田法医，另一个是鉴定这份鉴定书的法医学专家山村教授，是我这边申请的鉴定人。两个鉴定人之间的辩论相当有意思，两人原先毕业的大学就是互相对立的，所以争论起来也是热火朝天。托这个的福，我通过山村教授的讲义成了一个毒物‘专家’。这次法院那边请来的鉴定人，做的鉴定相当不错，是一个叫春永的法医学教授。”

伊佐子默默地听着，看脸上的表情似乎是在想别的事。

“换言之，就是对双方言论进行判定的一种鉴定。春永教授是从中立的大学里选出来的。他的鉴定出来后，昨天法院也给我看了。里面说，根据乃理子脑部解剖的结果，可认定有脑震荡，但很难判定是致命伤。另一方面，安眠药的药片，也就是留在胃里的残片，法医没有取出并做精密检查，这个从严密检查的意义上来说，确实有可指责的地方，但也不能因此就认为这项疏漏大大影响了对死因的判断。总之，意思就是，这点程度的偷懒是很平常的事。”

“那他到底是哪一边的？”伊佐子也终于转入了关心模式。

“教授是中立者，要保全双方的面子，所以他的措辞与其说是慎重，还不如说是含混不清，害得人心急火燎的。不过看他在鉴定里的表述，其实就是死因不明，也即证据不足。”

“那就是无罪了？”

“会判成无罪吧。而且，要问春永教授的意见偏向哪一方，那还得是安眠药中毒死亡。关于这个嘛，下面是我个人的猜想，负责解剖的宫田法医在法庭上所做的证词中，有一部分是在诽谤山村教授。好几天前，我给过夫人一份速记笔录的复印件，你还记得吗？”

“读过，但是记不清了，基本上都是一些晦涩的医学术语。”

“在那里面，宫田法医是这么揭发的，‘山村教授之前给我打过电话，我的鉴定书提到了脑髓中的钙化，他问我钙化究竟是什么，关于钙化我都读了哪些文献。所以，虽然山村鉴定书对我所鉴定的钙化相当存疑，但从上述电话问询来看，也可知山村教授多半对钙化是一无所知的’。换句话说，宫田法医是在挖苦式地表示，这种无知者的鉴定是不能相信的。这一点似乎给法院一方的春永教授留下了不良印象。春永教授为人谨慎正直，他觉得一个学者不该在法庭上进行这种人身攻击。况且毕业的学校虽然不同，但宫田法医毕竟比山村教授年轻，理应恪守一个后辈的礼节。另有一点也对宫田的鉴定不利，关于他很得意的术语‘钙化’，春永教授吐露说他也不太清楚这方面的学说。春永教授是温厚的长者，所以没再细讲，不过看他的样子，似乎认为‘钙化’这个用语只是宫田法医故弄玄虚……综上所述，正如我所设想的那样，石井君因证据不足而被无罪释放已经非常接近现实了。”

想来佐伯是见伊佐子思虑过度，尝试着让她转换心情，才搬出了审判石井的话题。然而，石井将被无罪释放，这使伊佐子感到浓重的忧郁正在向自己逼近。

第二天早晨，伊佐子被电话铃吵醒了。佐伯一脸吃惊地看着她。

“是一个叫盐月先生的人打来的。”

交换台也不问伊佐子是否方便，立刻接通了线路。

“喂。”

“啊，早上好，已经起来了？”

“嗯。”

伊佐子没说“咦，是老爹啊”，只是让听筒紧紧地贴住耳朵，用眼神示意佐伯不许出声。佐伯翻着大眼珠，一动也不动。

“怎么电话来得这么早啊？”

“嗯，是早了点儿，有点儿事想通知你。是这样的，我舅舅的病情突然恶化了，也不知道能不能挨过今天……”

十二

伊佐子在日记中写道：

报纸大肆报道了政治家A氏去世的消息。

虽然从盐月先生那里听说了病情，但我没想到他会这么快去世。他实力雄厚，据说正是因此，对党内派系的分布有重要影响。他的种种逸事，以及政界名流的发言纷纷出炉。这是一个毁誉参半、褒贬分明的人物，不过报纸上终究还是没写批评性的话语，只是刊登了普通百姓“本希望他能取得天下”的心声。这位政治家直到最后都坚信自己是肝硬化，临终那天的早上他还在吼，我怎能因为这个病死掉！听说他原本八十公斤的体重几乎轻了一半。癌症患者真是太凄惨了。

将这样的噩耗通知正在住院的病人固然残忍，但在医院里，我的丈夫每天早晨以读报为乐，所以本来就瞒不住。我一般是在八点过后去病房，那个时候护士早把报纸送过去了。

昨天晚上，盐月先生往旅馆打了电话，告诉我他舅父不行了。一贯开朗的他说话时声音都蔫了，让人觉得可怜。站在盐月先生的立场来看，这么沮丧也是理所当然的。

丈夫明天就出院了，所以他虽然从报纸上读到了政治家的死讯，好像也没怎么在意。这让我松了一口气。我们说了一些A氏遗产大概会有多少之类的话题。我突然想到了盐月先生。政治家有四个孩子，家庭成分似乎挺复杂，遗产多半分不到外甥头上。

今天做了出院前的精密检查，丈夫一会儿去X光拍片室，一会儿查心电图，一会儿又是血沉和尿液检查，忙得不可开交。体重和住院前相比减了五公斤。主治大夫说就这样不再增加是最好的，因为不给心脏添加负担是头等大事。目前还不能摄入脂类，必须继续执行住院时的减食计划。

刚住院时，由于住院带来的打击和戒心，即使减食，丈夫也没怎么抱怨过肚子饿。但自从他身体状况好转、开始在病房或走廊练脚力后，可能是运动变多的关系，他总想吃东西，但我们可不能遂他的愿。虽然看着心疼，却又不得不遵照医嘱限制他的饭量。医院提供的病号饭味道较淡，盐加得少。肉类等含脂肪的食物自然是一概没有，鱼也尽是一些清淡的白肉鱼。平时比较偏爱清淡口味的丈夫也终于受不了了。我想住院时他还能忍耐，回到家可别由着性子来啊。主治大夫说，这个也可以靠训练，丈夫应该能适应这种饮食，就看他本人的决心和看护者是否细心了。我必须抱着这样的觉悟，一切的一切都是为了让丈夫活得长久。

下午三点，我应主治大夫的召唤来到诊疗室。主治大夫表示心电图的情况说不上绝对良好，问我能否让患者继续留在医院里，再观察一阵子。我原以为情况一切良好,觉得很意外。但我还是说，可以的话希望能让他出院，而且病人也是这个意思，如果告诉他还不能回家，他会很沮丧。不过，真正的理由其实在别处。住院费已经承受不起了，费用每十天结算一次，前一次支付了十二万六千日元，平均每天一万二千六百日元。当然，刚住院时因为被当作重症病人，进行过多次注射和检查，还使用了氧气帐，估计多花了不少钱。不过，由于住的是特等病房，就算不附带任何治疗，一天好像也要花一万日元左右。现在一共住了十七天，所以还剩下七天的费用没付。再继续住下去，经济上有点儿吃不消，更何况还要加上我的旅馆住宿费。

当然，如果病情恶化了，就算举债我也会让丈夫继续住院。只是在我看来，丈夫并没有异常之处，气色也不错，人虽然瘦了，但身上的肌肉好像变结实了，步伐相当稳健。最近注射次数也少了，吃药以口服为主。看这情况，我觉得跟在家静养也没什么两样。药的话，去医院取就是了。由于我说可以的话希望丈夫能出院，主治大夫最终点了头，没有强留。不过大夫又问我，您丈夫是不是有什么操心的事。我一听就担心起来，忙问大夫为什么要这么说，结果大夫没吭声，可能是通过某些迹象了解到了什么。

丈夫内心也很在意住院费。从S光学退职后，收入就断了，所以意外的支出会带来严重后果。只有我们两个人的时候，丈夫也提到过这一点。我笑他说，你一个病人操这个心干吗，钱不够了我就从哪里挤点儿出来。可丈夫就是这么一个谨小慎微的人，真是可怜。这种事我也不好跟医生讲，所以就回答说丈夫是担心工作上的事吧。

医生告诉我，这个病严禁操心，特别是注意不要给病人打击，精神上的安定是最重要的，他提议在出院后可以去山里的温泉悠闲地疗养一段时间。接着医生又千叮咛万嘱咐，要我自始至终注意丈夫的饮食，不管他怎么强求都要避免含脂肪过多的食物，长期控制饭量，不能让胃部被撑满。此外他还说，一旦发现情况有变，就先去附近的医院接受紧急治疗，然后再联系他们。

由于我硬是要求出院，所以就给佐伯律师打了电话，请求他的谅解。佐伯先生是这家医院的介绍人，又是院长的亲弟弟，所以我还恳求他向院长打个招呼。听佐伯先生说“这种事有什么好在意的”，我也算松了一口气。

×年×月×日

上午做了简单诊断。由于院长和主治大夫是一起来的，我趁此机会向他们道了谢。丈夫精神不错，下午回到了久违的家，丈夫非常高兴。

近二十天没在家里住了，总觉得家里有点儿脏。沙纪虽然一向表现不错，但可能是主人不在的缘故，打扫方面还是懈怠了，看来家中无主是不行的。

把丈夫扶上床后，我即刻开始了清扫。我看不得家里脏，所以就亲自操起扫帚，拿起了抹布，可能在沙纪看来，我这么做是对她的一种讽刺。

到了傍晚，沙纪对我说，夫人，我有一件事要拜托您。说话时她脸色凝重，我还以为她要辞职，不由得吓了一跳。结果不是，她说的是她想另找住处，每天来这里上班。仔细一问才知道，她已经签了租借公寓的合同，然后一直在等老爷从医院回家。这件事是沙纪自己一个人决定的。

近来年轻女孩向往有自由的时间。眼见着别的女孩去公司或商店上班下班，沙纪也想尝一尝解放的滋味吧。不过，想从住家女佣转成按时上下班的家政妇，她也未免太任性了点儿。沙纪也二十三了，没准儿有了喜欢的男人。我问公寓的租金是多少，沙纪轻巧地回答说，是六帖的房间，月租两万日元。她已经通过房产中介支付了押金和权利金，共计十万日元。沙纪在我家的工资是包伙食一月三万日元，住出去后就不需要我家的伙食了，所以她要求薪水上涨一万日元。

即使涨了薪，付掉房租的两万，就只能靠剩下的两万解决吃饭问题。我多少带着点儿挖苦的意味问沙纪，这样没问题吗？沙纪说总能对付过去的。我家没孩子，除了清扫工作应该也没别的累活儿了，即便如此她也要搬出去，可见是真的想一个人生活。

我找丈夫商量，丈夫说，活儿再轻松也得整天束缚在这里，所以就按她希望的办吧。沙纪要是辞职了，我们也会很难办，所以最后我只得让步。公寓到这里需要步行十五分钟，我跟她约定早上八点钟来上班，晚上最晚做到六点。

当天沙纪就早早地执行了新约定，六点时说了一声“我告辞了”，拿着行李走了。总觉得有点儿奇怪。

在信弘出院的前一天晚上，伊佐子留佐伯在旅馆过夜。

“在这家旅馆一起过夜，终于只剩下今天这一个晚上了。”

佐伯和伊佐子睡在同一个枕头上。伊佐子望着天花板。取下了所有发卡的头发乱作一团，在眼睛上方、耳朵边上纠缠在一起。她的额头和鼻翼冒着汗，闪闪发亮，毛毯下是歪歪扭扭的睡袍。

“你准备今晚一过就结束了？”伊佐子嘴唇微动。

“以后就得在外面了吧。”

“外面？我可不想去情人旅馆，女服务生会盯着你看的。”

“这有什么办法呢，反正她们又不知道你是谁。”

“老是去同一个地方，人家就会记住你的脸。话又说回来，我更不想把东京的所有旅馆都住个遍。在不知道前一次被谁用过的床上睡觉，又脏又叫人恶心。”

“你要这么说的话，就只能继续订这个旅馆了。”

“住宿费我可付不起，你能出吗？”

“开什么玩笑，胡闹。”

“当律师的应该很赚钱吧？”

“没表面看上去的那么多，因为我还年轻嘛。有些案子还得自掏腰包，但为了出名又不能不接。”

“比如石井的案子？”

“这种很难说出口的事，你倒是能满不在乎地说出来啊。”

伊佐子骨碌一转身，眉开眼笑地对着佐伯，接连亲起了他的脸颊和额头。

“当然不在乎了，那种人算什么。除了你，别的人我都看不上。我还觉得你在石井的事上帮了倒忙呢。”

“早晚我也会是这个待遇。”

“你是最后一个啦。因为是最后一个，所以我离不开你啊。”

“盐月先生那边没问题吗？”

“我跟那个人没什么的啦。你也真是的，这么纠缠不清。”

“我怎么也没法相信啊。盐月先生也是装聋作哑的，一个劲儿地嘿嘿。”

“他好像连嘿嘿也嘿不出来了。”

“啊，是因为舅舅死了？”

“人看上去没精打采的。”

“你们见过了？”

“他打过电话，是在两三天前，打到了这个房间。声音哑哑的，好像没什么精神。这个人也快完了吧。”

“……是吧。虽说是食品公司的副社长，可那也是靠他舅舅的权势硬派给公司的。嗯，估计会被辞退吧。像这种人一旦没有利用价值了，公司也是毫不留情的。”

“这人又干不了活儿。”

佐伯从毛毯下露出了肌肉发达的肩膀。他刚想拿茶几上的烟，伊佐子就仰面挺起衣襟大敞的胸膛，伸出光溜溜的胳膊，抓住烟递给了他，接着又替他划着了火柴。

“别人的事不用管。”伊佐子确认男人嘴里吐出了烟，才把火柴棒扔进烟灰缸，随后把头靠在男人的一只胳膊上，“我们今后去哪里约会？明天我就要回家了，要趁早决定。”

佐伯缩紧眼眶，看着升腾的烟雾罩住了天花板下的灯罩。灯已经关了。

“什么哪里，宾馆和旅馆都讨厌的话，可就没地方了。”

“那种地方不行。”

佐伯听伊佐子语气坚决，便打量起她枕在自己手臂上的脸。伊佐子的头发妨碍了佐伯的视线。

“要不来我家？”伊佐子用后脑勺轻蹭佐伯的胳膊。

“夫人的家？”佐伯睁大了眼睛。

“我家比较安静，不错的。”

“可是……”

“老爹九点左右就会睡下，已经是惯例了，而且一向睡得很沉。不过，早上六点左右他就会醒过来。”

佐伯不敢喘气。

“我家有二楼，是在后面，有两个六帖大的房间。他女儿没离家时就住在那里，后来一直空着。对了对了，妹妹妙子在那里住的时候，给其中的一间铺上了木板当画室，把里面那间当起居室用了，后来就一直没人用过。你就去那里睡觉吧，我会打扫干净，铺上客用的被褥。”

“……”

“你要来反正也是在十点左右吧，这不是正好吗？”

“可是……”

“你可以待到两点。门外那条马路半夜里也拦得到出租车，去涩谷很方便。出租车一直到早上都有。我丈夫绝对不会察觉，一个是他睡着了,另一个是他以为没人会用二楼。画室的地方现在已经当杂物间用了。你要来的晚上，我不会锁后门，然后我也去二楼。”

“可是……”佐伯的话语中满是好奇，“不是还有那个住家的女佣吗？”

“沙纪吗？我让她改成上下班了。”

“让她改成？”

“我有了用二楼房间的想法，所以就在三天前吩咐沙纪住出去了。事先我暗中委托房产中介找了一间公寓房。只是这么一来，押金和权利金都算在了我头上。两万日元房租也得我来付，真是够呛。但是解雇她吧，我日子也不会好过。”

“这么突然，女佣小姐一定很茫然吧？”

“沙纪很开心。因为她只要八点前来，做到傍晚六点就能回去了，能得到自由她可高兴了。”

“这倒也是。不过你丈夫没觉得奇怪吗？”

“我说是沙纪这么希望的，当然我把沙纪也哄住了。老爹很明事理，说现在的女孩子嘛，提这种要求也是情有可原的。”

“真是服了你了。”

律师的话语中透出了答允的意思，看来他对这项冒险充满兴趣。

“我问你，你一想到我丈夫就睡在楼下，会不会有一种真把我偷走了的感觉？”伊佐子用手圈住佐伯的胸膛，把身子贴了上去，“看看你们这些男人，多好的福气！”

“只是未免太大胆了一点儿，很对不起你丈夫啊。”

“说什么呢！都闹到这个地步了，还有什么对得起对不起的！”

“夫人是因为习惯了。”

“这话说得奇怪！这种事以前我可一次都没做过。”

“和石井只是一个错误？”

“是他那边不好，我一不小心着了道……这个事我都已经坦白了，你能不能别提了？”

“和盐月先生呢？”

“又提这个人！我跟他没什么的，你怎么就不明白呢？”

伊佐子的脑海里突然冒出了盐月的脸——我可以隔三岔五去你那儿玩；说什么蠢话呢，家里还有女佣呢，你来了我可就麻烦了；开玩笑啦，我怎么可能去呢……

“你听我说，我已经离不开你了。”伊佐子夹住佐伯的脚，“都是你，把我的身体弄成了这样。因为你太厉害了，我的身体完全被你驯服了。一个人根本就睡不着啊。”

“不过，我可没法像现在这样隔一天来一次。”

“没关系，可以三天来一次。”

“那也有点儿过于频繁了，不管怎么说，是在你家里啊。”

“你怕了？”

“实话实说，是怕了。”

“既然你都害怕了，那就算了。恋爱讲究真心，可你骨子里还是抱着一种游戏的心态。”

“我当然是认真的，只是，一件事做得多了，人就会习以为常，变得越来越大胆。这家旅馆就是。一开始我很顾忌前台，还会装装样子，现在呢，已经是肆无忌惮了。”

“我家可比这种旅馆安全多了。旅馆的话，服务员人多嘴杂，麻烦得很，谁也不知道他们会在背后说什么。至今还没传出流言，简直是奇迹呢。从这层意义上来说，现在我就是有一种如履薄冰的感觉。”

“可是，你家有你丈夫在啊，被抓现行可就完了，那跟旅馆完全不好比。”

“老爹抓我们的现行？就凭那老头？”伊佐子从喉咙深处发出了笑声，“不要紧的，他没那个精力。”

“没那个精力？”

“是啊，他身子骨很弱。在医院的时候，他一天到晚都躺着，脚底下还不怎么稳当。而且，生病期间他不能吃油腻的东西，需要控制饮食，肚子撑满的话，胃的负担太重，心脏会吃不消。所以呢，怎么看他都没有跑上二楼的精力和体力。”

“回家后也一直在节食吗？”

“是啊，是你哥医院里的大夫这么建议的。”

“你丈夫肯定饿得不行吧？”

“只好让他忍耐了，这也是为他身体着想嘛，控制饮食也是没办法的事。”

“嗯，处于饥饿状态啊。”

佐伯嘀咕着。伊佐子锐利的目光瞬间扫过了他的脸庞。

“可是，就算是这样，他一想到自己的妻子正在二楼做奇怪的事，心里愤愤不平，还是会上来啊。”

“那个时候他已经睡着啦！”

“如果他半夜醒来，发现妻子没睡在身边，怎么办？就算是泽市[1]，看到老婆半夜不在也会受不了吧。”

“……亏你还把净琉璃[2]搬出来了，看你这么年轻，居然还知道这种老派的玩意儿。”

“这是常识。你先别岔话,如果你丈夫突然出现了,你打算怎么办？”

“哎呀，他做不出这种事。老爹可是很绅士的，不是那种直来直去的人，他会理性思考，很好地克制住自己。”

“也就是说，是注重体面的英国绅士型了？”

“是不是英国型我不知道，反正很能忍是肯定的。”

“很能忍啊，原来如此！”

“少发这种奇怪的感叹！”

“可是，再能忍也有个限度。这得看具体情况。二楼的这个事和日常生活里的事是不一样的。”

“你是说他会大发脾气骂人？这样的话，他马上就会心脏病发作。像愤怒、亢奋之类的情绪冲动，对心肌梗死是最不好的。老爹也听医生讲过这个，心里应该明白。”

佐伯紧绷着脸。伊佐子再次观察他的表情。佐伯一动也不动，只说了个“烟”字。

伊佐子又一次在毛毯下弓起身子，从茶几上取来一支新烟，深深吸过一口后交给了佐伯。飘浮于台灯微光之下的烟，在另一侧墙上的镜子

1　泽市：净琉璃剧目中的登场人物之一。因他患眼疾，妻子每晚都离开家，为他去寺院拜观音祈祷。

2　净琉璃：日本的一种以说唱为主的传统戏剧艺术。

里升腾起来，即使在床上也看得十分清楚。

“我会去你家二楼的，”佐伯拿出烟嘴，说道，“也许能给夫人带来助益。”

只有伊佐子明白这个“助益”的意思，她的双眸在垂发的遮蔽下熠熠生辉。

“是吗，好开心啊！”伊佐子没去抓男人的胳膊，“你有这个心就好，我没你可就活不下去了。我也不强求，但一个星期你得来两次。你想回去的时候，我就放你早回去，不会强留。你也是有家室的人，我不会让你牺牲那么多的。我们两个毕竟都是成年人啊，只要能瞒住周围的人就行。我呢，也不想给老爹添麻烦。虽然我感觉不到他的魅力和爱情，但他确实对我很好。”

其实，这番话故意偏离了核心。伊佐子察知“助益”的含义，表达了自己的喜悦之情，但她心里想的却不是这些与爱情相关的东西。佐伯承诺的也并非共筑爱巢、共赴爱欲，而是帮助伊佐子实现她一直期待的某种可能性。在这种情况下，实现期待的手段并不构成犯罪。进而，如果此“助益”含糊不明，需以结果才可判别，那么就连“帮助”这个词也是不确切的。伊佐子敏感地读取了佐伯话中的深意，以完全不同的另一番话表达了自己的感激之情。

× 年 × 月 × 日

出院后的第四天，丈夫情况良好，实乃大幸。

人又瘦了一点儿，所以心脏负担也减轻了。我尽量不让他吃撑。虽然丈夫很抗拒，但唯有这一点只能请他忍耐。营养剂我则一顿不落地让他喝着。除了医院给的，我还在市面上买了两种，让他一起服用。

沙纪改为上下班后，我这边一早一晚都变忙了。一到六点沙纪就会早早走人,看来她正在享受“自由”。以前她会收拾收拾屋子，为明天的事做点儿准备，总会干到很晚，现在可能是急着想回家，一到傍晚就心神不定，做事也马虎起来。没办法，这就是丈夫所说的“时代”洪流。

为了感谢院长、主治大夫和护士们在住院期间的照料，我送去了一些礼品聊表心意。主治大夫就饮食问题再次提醒我说，胃撑得太饱必会压迫到心脏。

哪知我一回家就听说沙纪给丈夫做了鸡肉饭，让他吃得很饱，副食做的还是炸猪排。这叫什么事啊！丈夫倒在床上一个劲儿地哼哼。我吓了一跳，接着又悲伤起来。我把沙纪叫来问话，她辩解说是老爷抱怨肚子饿，让人看着可怜。对她的无知我真是无话可说，只好耐心地给她讲道理。沙纪对情况一无所知,这也是没办法的事，但我也不能任由她好心办坏事，所以好好教育了她一通。说得太难她也听不懂，于是我就举了个例子：有个病人刚做完盲肠手术，正处于恢复期，不能饮食，他诉苦说肚子实在太饿了，护理的人觉得可怜，就切了一点点香蕉给他吃，结果导致病情恶化而死亡。这件事是从别人那里听来的。听了这个，沙纪好像才理解了。

丈夫也是，明知要节制饮食，还求女佣做这种缺心眼儿的事。虽然可怜，但身体健康是什么也换不回来的。我以促膝谈心的方式对丈夫说，你不再活个二三十年的怎么行，你自己可能没什么，我怎么办？丈夫一听，忙向我赔了不是。我为了陪丈夫一起吃饭，也把饭量减了，别说肉类了，连多脂的鱼也免了。尽可能食用面包是比较好的选择，但一直吃的话丈夫也会厌，所以有时我还用黑麦粉做麦片粥。相比烹调鱼肉，做这个倒是更费功夫。一想到我有事外出时沙纪会不会又干出什么奇怪的事，心里就一阵担心。

×年×月×日

盐月先生打来了电话。真的是很久没联系了。他舅父的头七在前天结束了。我这边正好赶上丈夫出院，忙乱之中没能参加葬礼，为此我向他道了歉。我已在报纸上看到了遗体告别仪式的盛况。

盐月先生打电话是为了找我商量。他已经从一直当着副社长的食品公司辞职，为了谋生今后打算靠自己做点儿小生意，他问我什么样的生意比较好。大政治家一死就把盐月先生解雇了，这公司也真是够可以的。之前公司靠着他舅父的关系不知捞了多少好处，真是既不讲人情，又不讲道义。一旦盐月先生没了利用价值，他们不等头七结束就把他解雇了。真是冷酷无情。当然我也清楚得很，会赚钱的企业都是不讲人情的，被S光学赶走的丈夫也不例外，明明他是S光学的大恩人……

盐月先生的处境令人同情，可他找我商量生意上的事，我又什么都不懂，不知该怎么回答。听他在电话里说，食品公司似乎没给多少慰劳金。不再有利用价值后，公司的做法也开始赤裸裸了。盐月先生原本自然是期待能拿到更多。总之，他是要拿这笔少得可怜的资金做生意，所以也就限死了生意的种类和规模。盐月先生挂电话前说，他自己也会认真思考，不过要是我有什么好主意，就告诉他。我虽然挖空心思想了半天，但又怎么可能想出什么好点子呢。说到今后必须挣钱养活夫妻二人、外带一个上高中的孩子时，盐月先生的声音十分沮丧。以前他一直身居高位，根本就是个不知民间疾苦的公子哥，正因如此，现在才这么艰难。辞职后，公司用车没了，也没法大肆游玩了。他已经快六十岁了，真是可怜。不过，即便如此，我也总以为盐月先生应该会有很多财产，没想到事实并非如此。

下午一点左右，速记员宫原素子小姐来了。

在医院时，口述工作时断时续，今天她是来祝贺出院的。看到丈夫的时候，她吃了一惊，说他的身子太瘦了。我说明理由后，她也明白了，说了一句“原来是这样，心肌梗死这个病很可怕，做些预防也是理所当然的”。宫原小姐是个有文化的人，领悟力很强。

宫原小姐过来问我速记怎么安排，因为丈夫刚出院还比较疲劳，所以我决定先看看情况，再请她继续工作。对丈夫来说，口述肯定是一件令人愉快的事，但还是会造成心理负担，所以我觉得最好再休息一阵子。宫原小姐也赞成，又说她有别的活儿，所以不用在意。她还问我工作之余能不能常过来看看，于是我回答说，来吧，我丈夫也闷得慌，他一定会很高兴吧。宫原小姐和丈夫聊了十分钟就回去了，但丈夫的快活劲儿似乎延续了很长时间。

×年×月×日

我有事出了趟门，但中午刚过就回来了，不料丈夫却不在家。一问沙纪，说是好像到附近散步去了。没过多久，丈夫拄着拐棍回来了，脸似乎也比以前胖了。他走路缓慢，动作迟钝。我不由得担心人太胖了，心脏又会吃不消，再发作的话就是第三次了，问题会很严重。

我马上做好午餐的烤面包，但丈夫没有食欲，手根本就不往面包那边伸。我觉得奇怪，用手摁了摁丈夫的胃部，胀鼓鼓的。毫无疑问，他号称散步，其实是上街吃东西去了。丈夫一脸难为情，沙纪则低着头。

比起愤怒，我感到的更多是悲伤。我这么担心丈夫的身体，可他却一点儿也不懂我的心。我遵从医院的嘱咐，限制他的食量，避开太油腻的东西，都是因为这个病一旦复发会非常可怕。如果没这个问题，我也想让丈夫吃他喜欢的东西，把肚子吃得饱饱的，谁会喜欢限制丈夫的饮食啊。可是这人就像小孩一样，瞒着我偷偷下馆子。也不知他吃了些什么，估计胃里装的都是他爱吃的天妇罗吧。看他的胸窝胀得都快破了，大概米饭也没少吃。因为怕胃被撑满，还一直尽量让他少吃饭来着。我知道丈夫想吃的想得发疯，所以我自己在饭桌上也只吃面包和麦片粥，而且还吃得很少。现在看来，我的心意并没有传达过去。我也想尽情吃饭啊，我也想吃好多我爱吃的鸡鸭鱼肉。谁愿意把自己搞得半饥半饱啊！就连我，近来都慢慢习惯这么少的饭量了。真是的！

丈夫见我气得不想说话，也蔫了。虽然看着可怜，但是我不这么态度强硬，就无法唤起丈夫的自觉。心肌梗死发作时有多痛苦，那种地狱般的剧痛与不安，丈夫应该比谁都了解。如果再发作一次，就真的要直面死亡了。我不能因甜蜜的爱情而放松警惕，招来无可挽回的结果。只要丈夫痊愈，就能吃所有东西了。在那之前，我必须下狠心。

我仔细一想，其实我不在家，丈夫也不知道我什么时候回来，所以他才会打消让沙纪做特别菜肴的念头，选择在外面吃饭，这样更安全。沙纪似乎也了解这个情况。真是一点儿疏忽和漏洞都不能有啊！丈夫上床后，我又把沙纪细细教育了一番。

×年×月×日

也许是昨天的“说教”起作用了，丈夫一整天都没出门，老老实实在家里待着，和我面对面一起吃饭。和昨天的态度截然不同，我很温柔地对他说，再坚持一段时间就行，再忍耐一年就能吃你爱吃的东西了。丈夫听了，连声说“你的好意我明白的”。我话说着说着，眼泪都出来了。不过丈夫的瘦脸好像渐渐恢复了原样，面颊也鼓起来了。

×年×月×日

佐伯律师来电。关于那件事。

所谓的“那件事”是指石井宽二的官司。其实不是打电话，是佐伯亲自过来说的。

二楼就像公寓的一个套间，完全独立于楼下。过去妹妹妙子用作画室、铺着地板的屋子后来成了杂物间。在伊佐子的精心布置下，那儿堆起了更多杂七杂八的东西。一上楼，迎面第一间屋子就是这个，所以它就像是另一间和室的防护垒。进和室前，必须穿过一个堆满木箱、旧衣箱和废弃碗橱的空间，就连身体健壮的人也不能一口气冲到目的地。

“老爹的话，就他那身子，慢慢腾腾的，想走到这里来可不容易。”伊佐子在佐伯来的第一个晚上这么说道。

“然后让我趁这个时间逃走吗？”

佐伯好奇地环视了屋内一圈。此处似乎还保留着妙子居住时的痕迹。壁龛的挂轴被取下后没再挂回去，窗前的旧窗帘依然如故。伊佐子的目的是希望任何人来时，都不会觉得有人在用这个房间。壁橱门上的纸也发红了。不过从里面取出的被子和枕头都是崭新的，花纹华丽，是待客之物。

“别担心，老爹过不来。”

这一点在过去的三次中得到了验证。两人交颈而卧时，仍不断竖耳细听，但楼梯那边连一点儿脚步声也没有。

楼梯口离玄关很近，离信弘的卧室很远。卧室的门板又厚，一关上就听不见外面的声音。而且卧室与楼梯口之间还夹着两个房间，完全被隔离开来了。佐伯晚上十点左右过来，凌晨两点走，来去都很安全。伊佐子在睡衣外披上长袍迎送，佐伯的背在她的触摸下，总是可笑地颤抖着。

到了第三次，佐伯的胆子也大了些。正如伊佐子所言，这家的男主人天刚黑就会陷入熟睡。佐伯仿佛能看见他张开的嘴、布满青筋的咽喉以及喉部松垮的皮肤。老年人的睡脸总给人肮脏的感觉。

“石井就要出来了。”佐伯说。

在这个房间进行的对话都以交头接耳的方式进行，很适合说私房话。

“判决下来了？”

“后天下来。我感觉这个事能成。我认为是无罪，就算不行也只是伤害罪，到不了伤害致死罪。因为他只是推了一把自杀前的乃理子，让她的头受了点儿伤。”

“已经确定是自杀了？”

“感觉法院已经认可了我们的观点。法医学专家的证词毕竟很有力。照这个情况，败诉的肯定是解剖尸体的法医。他在检查时有一点点偷工减料，被我们逮个正着。”

佐伯的脑袋在伊佐子的手臂上蠕动着，被子太窄了。

“那到底是怎么回事呢？毕竟是因为石井打了乃理子小姐，所以她才会死吗？你是怎么想的？”

“……是因为被打了吧。”

“那安眠药怎么说？”

“她是想假装自杀吧，可能并没有达到致死的剂量。据说判断致死量很困难，因为存在个体差异。”

“这么说，法医没有好好检查胃里的安眠药残片，就是你辩护的突破口了？”

“不光是这个，当然我觉得这一点也起了很大的作用。”

“干得好啊，你很满意吧？这下你这个律师可要出名了。”伊佐子的脸阴沉下来，“那如果判的是伤害罪，会是什么情况？”

“因为是同居中的女友，所以罪要比伤害毫不相关的旁人轻，而且也不是什么大伤，怎么说呢，判得重一点儿也就是有期徒刑一年、缓刑两年吧。要是那女的没死，就能完全无罪了……”

“真这么判的话，石井是不是马上就能出来？”

“是啊。”

伊佐子的表情里充满了不安。

“麻烦了。”

“你担心？”

“那是当然……他很可能会到我这里来。”

“我严厉地告诫过他，所以不会有问题的。石井本人也向我发过誓。他一直说很感谢我这次对他的照顾，等放出来的时候，他会对我感恩戴德的。”

“可是，他本质上就是个黑社会啊。”

“就算是黑社会，也有控制的办法。他们往往比普通人更讲情义。”

“我不放心啊，现在我更觉得不找你辩护就好了。这样就能让那个男人在牢里待很长时间了，谁知道……”

“你这个愿望我已经听过很多遍了，可是我也有事业上的野心啊。

你不用担心，那个男人会断绝对你的念想。万一他还纠缠你，我会去恐吓他，不然连我也不痛快……”

伊佐子戳了戳佐伯的手，于是佐伯慌忙噤声，眼睛盯着对方。

“怎么了？”片刻过后，佐伯细声细气地问道。

“没什么。”

“有声音？”

“是我心理作用，怎么可能有声音呢。”

“现在几点了？”

“十一点半。”

“八点左右睡下的话，现在这个点正好是他要醒来的时候吧？”

“不可能，他会一觉睡到天亮的。别那么战战兢兢好吗？”

“总觉得很惊险啊。”

“有点儿刺激不是挺好的？你不觉得兴奋吗？”

“确实觉得特别亢奋。”

“古时候的偷情就是这样的，都发生在同一个屋檐下。所谓一盗二婢，这种兴奋现在大家都已经没法理解了吧。果然，一定得是江户时代的住宅结构才行。”

“外出幽会的场所多了，刺激性也小了，是这个意思吗？”

“是啊，因为不直接了。丈夫还是得在同一屋檐下，否则不会有战栗感……这样继续发展下去的话，就会变成最好是让丈夫看到。”

“好变态啊。”

“我吗？我已经做好心理准备了。”

“我可不行，我会一溜烟逃走的。”

“不用担心，老爹是绅士。再说了，他住院后身子骨也弱了，哪有力气来抓你。”

“他的身体就那么弱吗？明明都已经出院了。”

“可能是节食的缘故。我是严格认真地按医生的建议执行的。”

“是因为减了饭量才会衰弱的吧？”

“嗯，不过没关系，他喝了足够多的营养剂。可能是因为这个，他的脸好像胖了。”

佐伯近距离凝视着伊佐子。

“胖什么的，很奇怪啊，是鼓出了一块吧？”

“鼓出来不就是胖了嘛。”

“那肚子呢？不，不是说胃，是说腹部。”

“这个谁知道。”伊佐子哼哼似的说道，“我又没跟裸体的老爹睡过，也没一起进过浴室。”

“可是……”

“好了好了。”伊佐子堵住佐伯的嘴，“这种事要你操什么心。”

“……”

“还是说石井吧，你准备怎么办？你想招他进你的事务所当杂役？”

佐伯还意犹未尽，但被伊佐子拦腰截断，只得有点儿心不在焉地回答她的另一个问题。

“以前我也这么想过，但把石井直接安排进我的事务所还是不太好……”

“我就说吧。”

“但话又说回来，目前不把他放在我监视得到的地方，夫人又会担心。”

“当然了，不能放任自流啊。”

“所以我也有点儿伤脑筋。要不求哪家我认识的商店收留他一下？现在哪儿都缺人手，对方应该也会很欢迎……”

伊佐子摁住了佐伯的手，于是佐伯停下话，竖起了耳朵。

“听到了吗？”伊佐子低声问。

“……”

“总觉得有声音，像是在摩擦硬物一样，就在楼梯那边。你听不见吗？”

“……”

“你怎么搞的，现在你可不能慌里慌张的。待着别动。”

佐伯在黑暗中倾听着心脏的猛烈跳动。

伊佐子的日记：

×年×月×日

盐月先生来了电话，说准备改造自家的前门，开一家茶泡饭店。并非普通的茶泡饭店，而是所谓的那种美味的一品料理店。我认为这很妥当，就鼓励了他一番。盐月先生逛遍了各种茶泡饭店和餐馆，对美食有独到的见解。这次他算是干起了能发挥兴趣爱好的行当。

我也不是不担心他能不能做成。以少量资金创业是不错，但盐月先生家在郊外，就算煞费苦心推出那种精致的料理，也未必能生意兴隆。想声名远播还需要不少时间吧，能坚持到那个时候当然好……另外，盐月先生就是个公子哥，不适合做生意。关于开店的事，盐月先生还通知了过去交游过的花柳界的女人们，似乎很期待贵客的光临。但是，风光无限的时候也就罢了，落到现在这个境地，谁会出于情义去他的店呢？反倒会可怜兮兮地没人去吧。

因为我有经营素菜料理店的经验，盐月先生希望我也能帮他参谋参谋，但我拒绝了。

十三

伊佐子的日记：

× 年 × 月 × 日

踏出玄关或后门一步，就能看到屋顶上的鲤鱼旗。最近和街坊不怎么来往，现在才发觉，这家那家都生了男娃，我心里还有点儿吃惊呢。丈夫早就断了生儿子的念想，不过，让他看到屋外的景象也不好，怪可怜的。好在他大多数时间是窝在家里的，所以我也放心。

丈夫的情况不太好，刚出院那阵子情况良好，最近则有点儿萎靡不振。丈夫说这是因为自己不习惯的住院生活持续了将近二十天，所以人比较疲劳。他老给人一种无精打采的感觉，完全成了一个懒洋洋的人，做动作都费劲。

被 S 光学辞退导致心情沮丧，这或许是原因之一，不，绝对是一个最重要的原因。我常听人说，男人步入老年后，如果没了工作，就会失去精神，衰老得更快。这说法果然没错。特别是丈夫用自己的技术奠定了 S 光学的基础，还打算把一生都献给公司，结果，经营者的更换使他有志难酬，早早退位，陷入了失望。如果前任社长还在，就不会发生这样的事。丈夫为公司提供的技术成了公司的财产，所以前任社长说过要给他终身董事的待遇。就算社长换了，就算银行出身的管理层受到了压力，那又怎么样，业内的一流公司竟然食言，真是可耻。丈夫在被迫退职的时候都能瞒着我，自然是从未表露过不满。只是，连我一个女人都生气，丈夫肯定更觉得委屈，不过他忍耐力很强。一般而言，性格内向的人总会独自把感情压抑在心中。而这种状态进一步损害了丈夫的身体，可他偏偏不是那种靠大发脾气来舒缓情绪的人。

总之，失去了工作这个心灵依托，加上两次心肌梗死带来的冲击，对丈夫的身体造成了不良影响。我劝他去医院，他也不挪窝，只说如果他们又要他住院的话可就麻烦了，看来丈夫是“吃一堑，长一智”了。我说就当去静养不好吗，他说讨厌那些检查。那口吻简直就像一个撒娇的孩子。于是我说那就叫个附近的医生过来，他又开始找各种借口：那个医生什么都不懂；我也没哪里病哪里痛的，就让我安静地待着不好吗；心肌梗死这个病最关键的不是要静养吗；我又不打算重回职场，所以也没必要强迫自己锻炼身体吧。这些话，听着既像自嘲，又像是彻悟。他还说，顶多给他吃点儿中药就行。

不活动，所以没有食欲。因为要节食，所以我就做了营养丰富的饭菜，可丈夫才吃了一会儿就会放下筷子。女佣沙纪很担心，说老爷人太瘦，三餐这么吃法会营养失调。但是，就算做了有营养的东西他也不吃，我实在是束手无策啊。沙纪说到“营养”，心里想的净是那种油腻的东西，为此我对她进行了严格的教育。否则我一个疏忽，她又会趁我不在家给丈夫做那种菜。沙纪不了解心肌梗死是一种什么样的病。

×年×月×日

久违地接到了盐月先生的电话。

一个月前开的小饭馆无人问津，他希望我拉几个熟人过去。我回答说，丈夫现在这个情况我没法出门，请再等一段时间。我欠盐月先生的人情，所以总是要去一次的，可现在我也没办法啊。

盐月先生当食品公司副社长的时候，靠着政治家舅舅的权势结识了很多朋友，难道这些人都没去捧场吗？舅父得势的时候，连盐月先生也备受追捧，而他又是那种性格很好的人，对朋友们也非常照顾。想不到舅父一去世，食品公司就赶走了盐月先生，这正是所谓的“翻脸不认人”啊。于是，当初来巴结的人——这些人本来就是想通过盐月先生求政治家办事，见他没了利用价值，就全都跑了。另外，盐月先生风光时照顾过的酒馆女老板和艺伎竟也没有一个人去，虽说是意料之中，可也未免太冷漠了。又或者是去过一次，还了人情，就再也不去了吧？盐月先生原本是期待她们能把金主带去，或是介绍一下他的店吧。

不过，再怎么说盐月先生对各家菜肴的味道了如指掌，那也只是一个食客的业余爱好罢了。饭馆的人看盐月先生是客，自然会夸他内行，其实心里都在冷笑吧。可怜的盐月先生却信以为真，充满自信地开起了小饭馆。地方又偏僻，生意做不起来是很正常的。

看来盐月先生确实没什么钱，真令人意外。想必是他以为舅父会一直好好地活着，所以把到手的钱都奢侈地花出去了。还有，他游玩的钱全由食品公司的交际费充抵，所以公司多半也是忍无可忍了。于是政治家一死，公司就像一直在等这天似的，立刻解雇了他。

电话里，盐月先生语声寂寥。那个豪爽的人如今却显得十分孱弱。我同情他，但光同情也不是办法。

沙纪说在我下午外出期间，速记员宫原素子来过，待了三十分钟后回去了。丈夫也放弃了自传，不再需要宫原小姐的速记了。沙纪告诉我，宫原小姐今天是从附近路过顺道来看望的，她对老爷的瘦表示了吃惊。比起朝夕相处的家人，丈夫的瘦在外人眼里更明显。不管怎么说，我一定要让丈夫快点好起来。

× 年 × 月 × 日

最近我每隔三天会出一次门。虽然对不起丈夫，但这也是为了规划未来的生活。丈夫赋闲在家，两个人可不能坐吃山空。丈夫也很忧心，但由于我上次提过的那个原因，他不会说出口。我觉得他好可怜。

佐伯律师给我带来了值得一听的消息。首先是热海有一家旅馆要出售，他问我要不要买。那儿的老板正在沿海大街上修建宾馆，因为资金不够，所以想把以前的和式旅馆卖掉，出价非常低。不过这个事一旦泄露给热海的同行，脸面和信用都会受损，所以只有极少一部分内部人士才知道。佐伯先生认为，我这个情况买宾馆难，但日式旅馆倒是很合适。

打听了一下价格，是二亿二千万日元。我表示出不起这个价，佐伯先生便建议说，那我出一半，其实我是想自己买，但没有那么多钱。可是就这么轻易让给别人也可惜。和当院长的老哥商量了一下，老哥说他可以出一部分，这样加上他的钱我出一半，你也出一半，作为共同投资，你看怎么样？卖家有自己的特殊情况，必定会在要价上再打个折扣，佐伯先生问我能不能出一亿。别说一亿了，我手头上连一千万也没有。这个事就像做梦一样，从一开始我就没上心。佐伯先生一个劲儿地劝我，这个买卖非常适合你，你可以把那里改造成餐厅旅馆，再添加一些过去没有的特色，就足以吸引那些总是住着乏味宾馆的客人了。哥哥会介绍同行的医生和有钱的患者过来，而我以前的客户里也有不少社长级别的人，我会把他们带来。光是这些客人你就忙不过来了，绝对划算。

听着这些话，我也渐渐心动了。这或许比在涩谷的这块地上开素菜料理店好。开素菜料理店得在丈夫去世之后，离现在还远。又要把现在的住宅推倒，平整了地基后再建新房子，可谓工程浩大。而且还得像普通素菜料理店那样建造庭院，备齐各种器具，需要花很多钱。如果直接把热海的旅馆买下来，只需整修一下房间，购买新的家具即可。另一点是关于客人。我也不知道几年后才能把素菜料理店开起来，但就算开了，我也担心会不会有客人来。因为刚接了盐月先生的电话，我心里越发不安。相比之下，热海的旅馆嘛，佐伯先生是共同出资者，所以他会拼命带客人过来，那位院长也是。越是有钱的患者，越是经不起医生的劝，觉得对方是名医的时候，往往会倾向于投其所好。

从这个意义上来说，医生和律师是非常相似的。律师在过去的案件中，为富人阶层的利益提供了各种服务。正如医生有信奉者一样，律师也有崇拜者。在律师的劝诱下，这些人也会成为顾客。社长级别的人一到，自然就会成群结队地把公司或交际圈里的人带来，其中不乏挥霍公款者。光靠这个就能形成固定的客源。佐伯兄弟又是出资人，投入的热情自是非比寻常。素菜料理店的未来还是个未知数，总让人不安，而这个旅馆则具有安定性。我犹豫再三，最终决定听从佐伯先生的建议。

×年×月×日

从两周前开始，我和佐伯先生总共去了三四次热海，查看那家旅馆——红旅庄，也见了老板。无论是地段、房间大小还是院子的宽敞度，都让我满意。看过现场和实物后，我信心大增。我是打心眼里觉得有戏，而不是受了佐伯先生的蛊惑。由此我产生了欲望，无论如何也想得到这家旅馆，真是不可思议的变化。

老板说，除了我另有五六个买家，看起来他倒也不是为了抬价。见到这么好的房子，和我抱有相同感想的人肯定很多。公开出售的话，想买的人会更多吧。老板看着我说，如果是夫人您的话，生意一定能兴隆。这是在恭维我，还是说真心话，我心里清楚。他的意思是，做这种生意的女掌柜必须具备某种内在的魅力。

被称赞了当然高兴，但问题是钱。如佐伯先生所料，对方提出以二亿日元的价格成交。看他急着用钱的样子，可能还会再便宜个一千万。我不由得想，啊啊，如果现在的住宅所有权归我，我就可以拿它抵押换钱了。

×年×月×日

佐伯先生建议我把现在的家抵押给银行，换取需要出资的一亿日元。能这么做的话我也就没烦恼了，可现在所有权在丈夫手里，而丈夫怎么也不可能赞成。事实上，最近我试着提过两三次，但丈夫根本不接受。他固执地说，反正我死了这个家就是你的了，你可以随便处置，但是在我还有一口气的时候我不希望这样。丈夫似乎对这个家十分依恋。

而且，丈夫还说买热海的旅馆有风险。他断言，如果那一带真的繁华，房主不可能售卖，房主放弃是因为经营难以为继，接手那种旅馆绝无成功之理。不管我怎么解释对方的隐情，也无法与丈夫沟通。

身为技术工作者，丈夫不谙世情，不懂变通。他总是固执己见，一根筋通到底。丈夫说，你被人家的花言巧语骗了。这个家等同于你的生命。如果失去了这个家，你以后怎么生活？你说你不会再婚，那么对于你来说，拥有这块土地你才能有依靠啊。在我还没闭眼前，绝对不能抵押出去。抵押出去就意味着你要做好卖掉它的心理准备。

不管我怎么说不会变成那样，一定会成功，他也不听。丈夫还说，合资经营一般不会顺利。一旦盈利，双方就会围绕利益产生对立，某一方生出独占欲，于是纠纷不断。而若是亏损了，则会产生争执，结果就是企图把赤字问题推给经营伙伴，自己抽身逃走。明明起步时合作融洽，最后却会成为仇敌，所以不如现在就收手，不涉入风险是最明智的选择……

佐伯先生通过我知道了丈夫的想法。他说，如此看来怎么也不可能取得你丈夫的同意了，不如行个权宜之计吧。所谓的“权宜之计”，是指佐伯先生找一家由他任顾问律师的银行，与行长商议借出要我负责出资的那一亿日元。

“为此需抵押涩谷的土地，不过地产所有人不是你，所以走不了正规程序。我保管着你丈夫的遗嘱，遗嘱是密封的，但写这份遗嘱时我是见证人，所以知道内容。上面写着涩谷的土地、房产以及一切有价证券都将作为遗产赠予夫人。虽然我无法取得行长的信任，让他走法律程序办理抵押手续，但在道义上银行享有处置权，凭借这一相互通融，可以请银行给我们贷款一亿。”

这就是佐伯先生的权宜之计。

我表示怀疑，真的可以这样吗？一向难以通融的银行会不办理正式的抵押手续，只靠“道义上的权利”这种相互通融，就给贷款一亿日元？

佐伯先生一听，笑了。据说银行在毫无担保的情况下贷款二三十亿的实例多的是。总之，只要以行长为首的高层干部拍板，什么事都做得成。佐伯先生作为顾问律师，一直与行长有来往，所以很受信赖。关于这一点，佐伯先生预先声明这件事要保密，然后告诉我说，其实两年前他为行长解决了一起和女人有关的纠纷，虽然整个过程相当棘手，但最终没让家人和社会知道，得到了妥善的解决。行长为此对佐伯先生感激万分，所以肯定会听他的话。

我不禁想，原来世间的幕后还有一个幕后。我想问银行借一千万时，他们说要担保调查，光上门就是好几次，调查完了，他们又说要向总部书面请示，总之就是很耗时间，非常麻烦。现在靠佐伯的“权宜之计”就有可能拿到一亿，对我来说简直就像做梦。

×年×月×日

关于佐伯先生所说的、也许能从银行借贷一亿日元的事，是这样的：

我和佐伯先生一起去了那家银行，在行长室与行长见了面。行长是个头发全白、眉毛粗浓的老头。他信赖佐伯先生，所以轻易就答应了我们的申请。原以为要大费口舌，没想到竟如此简单，简直让人觉得扫兴。

闲聊了一段时间后，行长预祝我们成功。看来佐伯先生把所有事情都告诉他了。这时，行长叫来了负责贷款的部长，要我们和这个人商量具体事宜。我这边由佐伯先生代为交涉。据说事务性的手续要花两到三天时间。

一回家，沙纪就说，今天老爷的情况不太好。我衣服也没换就直奔房间，一看，丈夫正躺在床上闭着眼睛，气色很差。那张脸僵着，身子也一动不动，于是我就从上方打量他，担心他会不会已经停止呼吸了。可能是感觉到有人，丈夫半睁开眼睛，看了看我。不是仰起脸看，而是望着我站立的双脚。

我松了口气，问他怎么了。丈夫有气无力地说，你刚回来啊。我问他是不是不舒服，他嘟囔着回答说，倒也没那么严重，就是有点儿疲劳。然后丈夫又合上双眼，迷迷糊糊地睡着了。今天他的精神又差了一截。

向银行借贷的事看来怎么也说不出口了。丈夫如此顽固地阻拦我，我还违抗他，天知道他受此打击会变成什么样。看着丈夫的睡脸，我感到这真的是一个来日无多的老人了。他脸颊瘦削，上面似乎淤积了阴影，唇边还挂着口水。说是生病，也许只是天寿将尽了。

我回屋换衣，见沙纪端茶进来，就问她我外出时丈夫的情况。沙纪显得特别忸怩，于是我灵光一闪，又问我不在时是否有人来了，结果她尴尬地回答说丰子小姐和妙子小姐来过。

我问她俩待了多久，答说二十分钟左右，而且没有上楼，只是在玄关前和老爷站着说话。丰子小姐说她俩刚巧路过，所以来看看情况。我把沙纪斥责了一顿，告诉她这种事必须我一回来就告诉我。沙纪知道我和那两个女儿关系不好，所以才说不出口吧，但考虑到今后的事，还是要对她严格一点儿。

两人是一起来的，可见所谓的路过肯定是妹妹妙子小姐拉丰子小姐来的。我想你们何必趁我不在家的时候来呢。我一直想和你们打成一片。是你们，特别是妙子小姐，总是表现出抗拒，不肯接受我，结果连带着丰子小姐也对我态度冷淡。明明丰子小姐人还不错……我深切地觉得，继母和继子女之间的关系确实令人悲哀。

……写到这里，伊佐子不禁想那两姐妹究竟是为何而来的呢？趁人不在家的时候来，简直就像偷吃东西的猫。反正这肯定是妙子的主意。沙纪说他们在玄关前站着聊了二十分钟，事实果真如此吗？不会是上了楼，父女在屋里交谈了一个小时吧？伊佐子想，莫非是信弘让沙纪这么说的？

姐妹俩可能是为遗嘱的事来探听情况。当初她们三天两头往医院跑，打着女儿来探病的名号又不好拒绝，所以伊佐子才提前让信弘出院。本以为家里门槛高，她们不会来，没想到却被乘虚而入。

不过，伊佐子老是外出，有这样的疏忽也是在所难免。至于外出的理由，也不能对信弘说。每次和佐伯去热海查看旅馆，两人毕竟不能在外过夜，于是就在别的宾馆一起度过四小时，直到新干线的末班车出发之前。想要与佐伯共处，因此放弃了对信弘周遭的戒备。伊佐子感到两者难以兼顾。

在银行和行长见面的那天，她也跟佐伯到常去的宾馆待了三小时。傍晚回来一看，信弘就像死了似的躺在被窝里。伊佐子站着，心里想着他是不是没气了，屏气凝息地观察丈夫的脸，不久信弘半睁开了双眼。因为伊佐子是站着的，信弘的视线只到她膝盖的高度。半开的眼眸仿佛在检查残留在长筒袜下的男人痕迹。伊佐子觉得不舒服，打了个冷战。

信弘问的是“你刚回来啊”，可听起来又像“你刚完事回来啊”。

最近佐伯不再潜入背面的二楼。自从感到信弘有所察觉，他就怕了。伊佐子也有同感。那不会只是佐伯的错听，楼梯那边确实有声音。就算其实没声音，也给人一种感觉，某人正在黑暗中倾听这边的喘息和呻吟。佐伯簌簌发抖，就像个未经世故的少年。被信弘看到反而好，对心肌梗死患者来说，没有比这效果更好的打击了……伊佐子如此劝说，但佐伯仍想逃避。

在饮食上做一些理想中的、面向患者的限制，为的也是追求这种效果。不可把胃撑满，不能吃油腻的东西，最好避开刺激性食物等，伊佐子一直进行着这种理想中的食疗法，所以出现营养失调的症状纯属必然。

只是，现在外出多了，如果信弘因此就能从“饥饿”状态中解脱出来，那也不行。所以，伊佐子总是在出门前让沙纪买好信弘吃的食材，米柜里也做上了只有她本人明白的刻度，只要减少量超过了定额她就能知道。大体上就是这么一些措施。倘若信弘吩咐沙纪偷偷去市集买寿司或饭团，那就防不胜防了。沙纪的表现充分证明她是站在信弘那边的。不出门是最好的，但佐伯不来背面的二楼了，所以只能在外面和他相会。伊佐子打算一旦找到不错的继任者，就辞掉沙纪。

说起来，今天傍晚信弘显得那么虚弱究竟是什么原因呢？也不像是为了隐瞒见过女儿的事而做戏，倒像是受到冲击被压垮了。如果是这样，那么也可能是被女儿的话打击到了。不，没准儿是自己和佐伯的关系在社会上已有流传，而女儿们探听到后就来告诉信弘了吧？自己和佐伯两个人总是开着车到处转，要么就是去热海再回来，没人看到那才叫奇怪。她们也可能是在哪里听说了我要在热海开旅馆的事。虽然伊佐子觉得这不太可能，但这种事也未必就没人谈论。不管是哪种可能，都无所谓了，反正两者都是心肌梗死患者的大敌。

十四

× 年 × 月 × 日

我和佐伯先生见面，谈了热海开旅馆的事。最终，对方把两亿日元的开价降到了一亿九千万，我们付了款，完成了土地和建筑的所有人变更手续。我们保留了“红旅庄”的店号，设立了名为“株式会社红旅庄”的法人单位。登记在册的董事长是泽田伊佐子，专务董事是佐伯义男。其他董事限为三人，有佐伯院长及夫人，另一个是我的妹妹米子。她是某公司职员的老婆，没钱，只是挂个名头。

院长也就罢了，连院长夫人都成了董事，未免有些奇怪。不过，如果让佐伯先生的妻子当，她知道是和我共同出资，难免产生误会，所以决定暂时先瞒着她。佐伯先生说，他老婆是个醋缸子，要是给我添堵就不好了。

虽然买旅馆只花了一亿九千万，但现在我才知道，内部装修费可比想象的要高。我们的事先调查做得不到位啊。住宅这种东西，里面有人还是没人，差别巨大。有人的时候，里面美观地摆着各种家具器皿，眼睛容易受到蒙蔽。更何况装饰得还很出色。可一旦撤掉这些东西，以前被隐藏的缺点就全暴露了，污迹和残损比比皆是。

因为是老住宅，地板下还有几处托梁被白蚁啃坏了。

我主张索性来个彻底翻修。近来到处都是最新设施，可这个旅馆式样陈旧。而且依靠合理设计，不必占这么大的地方也应该能造出更多房间。玄关那边也想彻底改造一下。最初我只想改换装潢，但现在我明白了，光改装无论如何都是不够的。

按佐伯先生的估算，如果照我说的来，需要七千万日元。即使各项改装缩减到最低限度，也要三四千万吧。目前这笔款子还没有着落。

也有人建议我不如先保持原样，只对比较显眼、损毁严重的地方进行修补，但我没兴趣。既然要开新店，我就想按自己的想法来。设计方面，我准备委托和风建筑设计大师 Y 先生。另外，我还想在设计中融入一些自己的独特匠心，那些都是从京都和奈良的古寺、民宅中获得的灵感。佐伯先生听了我的主意，变得十分消沉，他说要那么干的话，还得再花一亿吧。

× 年 × 月 × 日

我们向银行新借了八千万。佐伯先生替我和行长做了交涉。其中我分担五千万，佐伯先生分担三千万。我有点儿害怕。

听了设计师和建筑公司的报价，仅做部分改建就需要五千万。首先，浴室必须全部推倒重来。现有的实在太破旧，里面又暗。然后，庭院部分不改造的话，就营造不出具有近代感的古雅风格。现在的这个简直就像乡下寺里的院子。由此我们得出结论，改建费用的五千万，加上预算超支准备金及账户周转资金的三千万，无论如何都是必需的，因此才一狠心借了新贷。

我自己没有现金，而涩谷的土地事实上也已被抵押出去了。

由于所有人不是我,佐伯先生请求行长以遗嘱充抵信用证。行长说,一般情况下这个事没得谈,不过怎么说呢,我信任先生和夫人(指的是我),所以就通融一次吧。但即便如此,我的银行借款额度也只有一亿五千万,就算按市场价把涩谷的土地卖掉,也剩不下多少了。我觉得在热海的旅馆上陷得有点儿深了,但现在已不能回头。和佐伯先生谈着事,不知不觉中我这边倒变得情绪高涨,成了佐伯先生的牵引者。人类意识这东西真是不可思议。佐伯先生说夫人您有胆有识,作为女性十分罕见。也不知道他是称赞我还是在揶揄我,但是我一个人的时候,心里可没底了,真的是连眼泪也要出来了。事已至此,我唯有祈祷红旅庄生意红火了。

×年×月×日

佐伯先生正忙着给法律杂志撰稿。看他非常用心的样子,似乎把眼下正在实施改建工程的红旅庄都暂时抛到了脑后。由佐伯先生负责辩护的某位青年前不久被无罪释放,据说在法律界掀起了话题。这件事在报纸上也有报道,虽然被告以杀人罪被起诉,但终因证据不足被判为无罪。这是佐伯先生的功劳,也难怪他会这么干劲十足地撰稿,要在专业杂志上发表事情的经过。不过我有点儿担心——就目前这个情况,热海那边能否顺利地进展下去呢?

伊佐子担心的不光是热海,其实她更担心无罪释放的石井宽二。石井眼下正在佐伯的律师事务所打杂。以前还只是一个想法的时候,佐伯就对伊佐子提过。

“石井是什么情况?”

“没什么情况,一直认真地干着活儿呢。”

佐伯吸着烟，剃过的鬓角青得发蓝，伊佐子简直想称他为蓝胡子，鬓角下则是那宽广的下巴。他趴在床上，烟灰缸在枕头上，烟灰缸上印着宾馆的标志。

“你可不能让他来我家。”

伊佐子仰面躺在佐伯的身边。

“没问题的，我已经严厉告诫过他。”

“绝对不能让他来哟。”

“他绝对不会去的。”

“你能保证？”

“那个人啊，把我视为他的救命恩人。他说完全没想到能判成无罪。他还说，他已经算死过一次了，只要是为了佐伯律师，他随时都可以献出生命。”

“真像是黑社会说出来的话。他越是这么说，你越是不能相信啊。”

“不，他是说真的，看表情和态度就知道。说是黑社会，其实就是个小混混，正因为他久经世故，所以还有点儿近似男儿义气的信念，或者说是情义吧。他跟那两个叫大村、浜口的朋友也绝交了，差不多算是我让他绝交的吧。”

“他有没有跟你说起我的事？”

“出了拘留所、我把他接回去的时候，关于你的事我严厉嘱咐了他一番。所以打那儿以后，他再也没对我说起过你。”

“总觉得心里不踏实，我不觉得他会把我忘得一干二净。”

“我们的监视也做得很到位。”

“今后你打算怎么办？准备让他一直留在你的事务所里？”

“不，我正在找人打点，想介绍他去北海道的某家制铁厂当工人。他也没什么前科，估计能成。事情定了，他就会去北海道。这么一来，他在那边就会有新的女人吧，心里不会再想你的事了。”

“我和你的事，石井没发觉吧？”

“怎么可能发觉呢。”

“你可得小心了，要是被他发现了，他那样的人，心里有什么变化谁也猜不透的。”

“这个我懂的，所以才要早早地打发他去北海道啊。”

“我总有一种感觉，由于你的功利心，我们被逼着走上了一座摇摇欲坠的桥。”

“功利心？”

“难道不是？你为了博取名声利用石井，拼命把被告从杀人罪弄成了无罪。现在你的愿望达成了，还热心地给法律杂志撰写论文。而我呢，过去也被迫听了好多关于石井的辩护理论，比如法医放过了安眠药残片的检查什么的。”

“这个很成功啊。”

佐伯噘起嘴，吐出一口烟，烟雾蔓延到了枕边晦暗的台灯处。

“所以说，我觉得我自己也成了你功利心的牺牲品。”

“哪有这种事，我是在为你的安全着想。你听好了，我们不妨假设石井是有罪的。在那种情况下，要证明是打死的很难，多半还是伤害致死罪吧。即便是法官，也不能无视乃理子喝下致死剂量安眠药的事实，所以不会有勇气做出杀人罪的判决。保险起见，会判为伤害致死罪。这应该是常识吧。如此一来，根据量刑情况，就算判了三年，快的话两年不到就能出狱。两年不到就出来的家伙最危险，因为他们在牢里想的净是女人。长期服役的犯人也就断念了，像这种不上不下的最麻烦，净想着出狱后怎么收拾那女人了。”

“你是在吓我吧？”伊佐子嘴上这么说，眼中满是怯意。

“不，我没吓唬你，是真的，统计数据就是这样的。年轻男子通常都忘不了第一个教会自己的女人。”

“哈，石井在女人方面可是老手，你看，那时他正和乃理子同居呢。”

“石井以前找的都是年轻女人，他第一次领会到爱欲的真髓是在你这里。事实上，他就是这么对我说的。”

“胡说八道，他就是随便说说。”

“我听了也很不好受。不过呢，我觉得要是让他不上不下地坐几年牢出来，你会有危险，所以我才要争取无罪释放，让石井对我心服，然后把他永远地从你身边支开。当然，我也不能说作为一个律师把他弄成无罪，完全不是出于功利心。但话虽如此，我还是希望你能觉得，我这么做是为了你的安全。”

伊佐子闭上眼沉默了片刻，再睁眼时，她的双眸转向了佐伯的侧脸。

“总觉得你是在蒙我啊，到底是当律师的人哪。”

“哪有这种事，我真的是在为你的安全考虑啦。当石井半闭着眼感慨夫人教会了他什么是真正的女人时，我心里简直是翻江倒海啊。”

“你骗人，你骗人！”

“哪里骗人了？石井说的都是实话啊。”

佐伯像被人从下方刺了一下似的，在烟灰缸里掐灭烟头，一转身就把手伸向伊佐子的胸口。

“哎呀，烟灰缸会从枕头上掉下去的。要是倒扣在床上怎么办？到处都是灰了呀。”

伊佐子扭身躲开。佐伯不情愿地拿起烟灰缸放到桌上。

“稍微等一下啦。”伊佐子背对着回到身边的佐伯说。

佐伯想扳过她的肩，伊佐子却弓起了背。于是佐伯又想用脚插进伊佐子的两个腿肚子之间。

“哎呀，等一下啦。”

伊佐子出言制止。佐伯这才注意到，背对自己的伊佐子正在胸前窸窸窣窣地做着什么。

“你在干什么？”

“好事啦。”隔着背传来了伊佐子意味深长的笑声。

“什么事啊？”

佐伯单肘支起身，想越过她的腰看个究竟。被子掀起了一块，从底下露出了两人微暖的体温。

“别扇风啊。你看，是这个啦。”

伊佐子递出一个金属小盒。盒上连着长长的线，看到接在线头上的小麦克风时，佐伯瞪大了眼睛。

伊佐子将小型录音机放在拉到床边的架子上，扯动接线，把火柴盒大小的麦克风搁在枕边。

“我要把我们的声音录进去。”麦克风在柔软的床上有滚动的倾向，伊佐子一边用手摁住，一边说道。

“哎！你还会做这么下流的事啊。”

“有什么不好的，这是我俩的私密话啊，又不会放给谁听的。”

“这个录音是给我们听的？”

“是啊，每来一次就听一次。看看你，因为石井的话醋劲大发，兴奋莫名，无不无聊？倒不如把我俩爱的低语、呻吟、大叫、喘息录下来听，这样更刺激。”

“真叫人吃惊……这么小的录音机能把很轻的声音清楚地录下来吗？”

佐伯似乎也来了兴趣。

“当然了，据说最近的产品灵敏度好了不少，只要调节音量，就能把播放的声音提上去。”

“谁会把声音放这么大听啊？”

“也是，可以就我们两个人放低声音听，就像听小夜曲一样。好了，你快把灯关上，我要打开录音功能了。”

“……总觉得有点儿难为情。”

“你这种人还会害羞，也太奇怪啦，又不会给别人听，只是拿来让我们以后一边听一边乐呵的。你看我这主意不错吧？我想到了这个，从家里出来时特地把以前买的录音机放包里了。这种小录音机往手提包里一放，总能藏得住的。其实我也是第一次，心里有点儿慌呢。”

伊佐子拉住佐伯的一只胳膊，不料麦克风却因为床上的皱褶和凹坑滚动起来。

“放不稳啊。”

“没关系，就算滚来滚去，声音也录得进去。好了，快把灯关了！”

灯灭之前，伊佐子观察了一下麦克风的稳定性。

黎明前，四点左右。

信弘一如既往地准时在三点半醒了过来。有时他趴在床上抽烟，有时他则一个人直勾勾地盯着黑暗的天花板。这种时候他可能会想起过去的事，然后他会起身上厕所。他去走廊时的脚步一向安稳缓慢，从厕所回来钻进被窝，一时之间也睡不着，就会打开灯，再读一遍放在枕边的昨天的早刊或晚刊。第二次合眼往往是在六点左右，一睡就会睡到九点。这是信弘的习惯。

从厕所回来时，悄悄看一眼妻子的房间，曾经也是习惯中的一部分。直到三个月前为止，信弘还会偷偷潜入背面二楼的楼梯。差不多从三个月前起，他停止了这样的举动，因为伊佐子一直都在她的房间睡觉。

然而，今天的黎明之前与往常不同。从厕所回来的信弘在走廊上停下了脚步。他站着，侧耳倾听。深夜的浓重气息与寂静仍滞留于宅中，纹丝不动。信弘从中听到了什么。

他发出了喘息般的呼吸。很久没有这样的情况了。他慢慢地沿着走廊来到妻子的卧室前。里面很黑，拉门被打开了一半。妻子不在。

信弘走向二楼的楼梯口。要走到那里，需再在走廊里拐两个弯。走廊上方亮着小电灯。信弘对这里轻车熟路。

走到楼梯下时，声音变得清晰了。两个声音正在一起高声欢笑。信弘咽下好几口唾沫，为抚平情绪休息了一会儿。瘦弱的腿有些颤抖。男人和女人的声音从上方传来。谈不上是说话声，是杂音，却又像是咂嘴声。

信弘登上楼梯，一级又一级，手搭着阶梯，四脚着地似的向上爬去。衰弱的身体里充满了力量。他时不时抬起一只手伸到眼前，像是要驱赶自己的剧烈喘息。终于，他爬到楼梯的尽头，进入了房间。这里一片漆黑。房间平时不用，堆满了各种废弃物。里处还有一间屋子，说不清是说话声还是杂音的动静就是从那里传出来的。

伊佐子站在楼梯口边上，看着信弘爬到顶端。信弘已经走进二楼外侧的房间。那里和三个月前的样子有所不同。伊佐子在入口附近摆上旧衣箱和废弃的碗橱，缩小了空间的宽度。其他地方则用破烂填满。要靠近里面的屋子，那个空间就是通道。碗橱里塞满了旧瓷器，重得无法用手推动。走近里屋时，必须侧着身子，擦着衣箱和碗橱，钻过那个狭小的空间。信弘胸板不厚，能做到这一点，但也无法迅速穿越。只要穿过去，前方就是一片开阔。

在楼梯口，伊佐子算着时间，心想信弘就快勉强钻过那个狭窄通道了吧——他会在里屋声音的引诱下，气喘吁吁地穿行。那卷录音也马上就要结束了。

伊佐子重重地踏了一下地，大声叫道："老爹！"

"老爹，老爹！你在哪里啊？"她的声音尖锐而响亮。

楼上突然有了动静。听不到信弘的回应，只有咔嗒咔嗒的响声传到了楼下，像是有人正忙着搬动什么。

伊佐子知道，鱼已经入了鱼梁。好不容易抵达狭窄空间的对面，现在再往回走会大费周折。那里很黑，和去的时候不同，人又非常狼狈。信弘心里焦急，想着得快点儿下楼，身子便无法轻易穿过那条通道。伊佐子仿佛能看到信弘拼命挣扎的样子。

"老爹，老爹，你人呢？"伊佐子把地蹬得山响，来回呼喊。

二楼发出一声巨响。不是东西而是人倒下的声音。

伊佐子在原地待了两三分钟，那里没再响起其他声音。她从自己房间拿来了手电筒。

上二楼一看，信弘倒在衣箱和碗橱的另一侧。他没能穿越狭窄的通道回到这边。碗橱的一端移动了约三厘米。心肌梗死终于在病人使尽全力搬动沉重的碗橱、拓宽空间时发作了。

十五

宫原素子的问讯笔录：

直到三年前为止，我都在速记公司供职，之后便自立门户了。我没有建立事务所，只是把自己家当作联络地点，接受电话订单，然后去委托人的地方工作。有三四个公司和出版社是比较固定的客户，都是以前我做职员时的老主顾。我一个女人也没什么野心，就这么做着，不勉强自己奋进。

大约在一年前，泽田信弘先生委托我记录他的口述，他是客户公司的人介绍来的。我之前也曾给“个人”做过事，但最近只接集团的活儿。不过，泽田先生的工作不怎么着急，说是一周去两次即可，所以我就接下了。工作内容是记录泽田先生的自传，据说要自费出版。不过，泽田先生是第一次做口述，所以怎么也无法顺畅地表达。我觉得这不过是一个公司董事的业余消遣。之后不久，泽田先生从S光学退了职，于是我就开始往他在涩谷的家里跑了。

根据以往的经验，到私人住宅工作我总是提不起干劲，所以本想拒绝。但泽田先生人非常好，我不便推辞。然而，去他家上门服务没多久，他就因心肌梗死在本乡的朱台医院住院了。后来我也去过医院，但人病着，所以工作几乎进行不下去。

即便如此，我还是一直去泽田先生那里，我觉得他很可怜。刚才我说过，我不喜欢去私人家庭工作，因为根据以往的经验，那样会看到别人的家事。速记员这行，就算上了座谈会也要尽量不引人注目，躲在角落里，最好话也别说，也就是所谓的像影子一样。但是去私人住宅的话，就无法完全公事公办，得和对方家人寒暄，对方也会待自己像客人一样,老有一种登门拜访的感觉。这很麻烦。加上我刚才讲到的家庭氛围，或者说内情吧，就算是在工作，也总能瞥到一点儿片段，听到一点儿风声。虽然我尽量专注于工作，但在别人家里往往会心神不宁。这一点和女主人尤其相关。能不能集中精神投入速记工作要看夫人怎么做。根据我的经验，可以说能让我方便工作的妻子寥寥无几。情况是多种多样的，但总而言之，在私人住宅工作需要顾虑更多。

泽田先生的夫人是个怪人。我也不会做什么剖析，只觉得这位小了三十岁的妻子拥有的肉欲和物欲，像集块岩般聚拢在她的体内。大体而言，皮肤白皙、肌理细腻、身材丰满的女人很难守着一个男人过日子，这是我去某次座谈会工作时听到的说法，一见到夫人我就想起了这个说法，果然是这样呢。集块岩这个晦涩的词也是在某次学者的座谈会上学到的。所谓集块岩，是指火山爆发喷出的岩浆冷凝后结成的岩块，由于各部分抵御侵蚀的能力不同，会变得奇形怪状，就像妙义山那样。干速记这一行，能靠道听途说了解到不少东西。

我想泽田夫人的性格并非一开始就是如此，她体内缺乏道德约束，自制力的部分被腐蚀了，才成了这样的怪人。我认为她的性格原本就很复杂。她是一个构造复杂的复合体,各部分抵御力不同,构成了一道自然的缺陷，自然得连她本人也未能察觉。这跟先天性罪犯的性质有点儿像。

泽田先生住院时很依赖我，因为他知道我已察觉夫人的犯罪行为，即让他陷入饥饿，加快他的死亡。换言之，泽田先生看穿妻子的企图比我早得多。医院方面早先定下了饮食标准，为心肌梗死患者实施食疗，而夫人则以严格遵守医嘱为名，强迫他减食，宣称脂肪对心脏有害，让他远离有营养的食物。在医院已是如此，天知道在医生和护士看不到的私宅中，他受了什么样的虐待。

泽田先生不敢对夫人顶一句嘴。一顶嘴，夫人就会气势汹汹地骂人。话很刺人，一说就是老半天，所以泽田先生只能保持沉默。我想这种忍耐是泽田先生和夫人婚后不久就养成的习惯。可以这么说，长时间的忍耐让泽田先生死了心，使他这一生——至少是后半生，都躲在自己的世界里。我经常看到泽田先生受着夫人的挤对、默默苦笑的场景。那孱弱的微笑中含着不想再激怒妻子、不愿再违逆妻子、希望保持夫妇和谐的意味，就跟世上常见的丈夫一样。

夫人极其讨厌泽田先生的两个女儿去医院看他。这是一种针对小偷的警惕。就连我去医院，夫人也不怎么欢迎。不过泽田先生独自一人非常寂寞，所以她对我总算是睁一只眼闭一只眼。可能是她觉得我这种人待在泽田先生身边掀不起什么风浪吧。但即便如此，她也没有掉以轻心。夫人在病房待着比较拘束，所以常去医务室玩，和年轻医师谈笑风生，但只要我在，她就会隔五分钟回一次病房查看。

夫人的相好是佐伯律师，这个我也早就知道了。当看到佐伯先生和夫人在医院别栋的走廊里说话时，从他们的样子，我凭直觉就猜到了。不过泽田先生好像也知道。有一天，泽田先生趁夫人又去医务室玩时，带着安详的微笑问我，你有没有发现今天内子的口红颜色变了？后来我明白了他的意思。并不是夫人改了常用的口红,而是夫人去的地方不提供口红。一般女人都会涂好口红再出门，口红颜色变了，就说明是在哪里洗过澡了。然后为了赶时间，就借用了那边女招待的口红吧。

另外，有时夫人来病房，拖鞋底下还会沾着泥。我想她是不在乎或是没发觉吧。但住院楼前就是中庭，长满了栽植的灌木，可见夫人直接穿着拖鞋去过那里。为什么要躲在那种地方呢？鉴于佐伯先生经常在他哥哥的医院露面，虽说当时我没看到他的身影，但大体能推断出来。我还有很多话想说，不过现在先说一下我为泽田先生保管遗嘱的经过吧。

那是在泽田先生出院的两天前。泽田先生趁夫人去医务室时，请求我第二天上午九点来，说是想拜托我一件事。夫人以服侍病人为名，一直在附近的旅馆过夜，但来病房大多是在上午十一点过后，或下午一两点的时候。据夫人说，因为住宅需要收拾，所以总是回一趟家再过来的，但不知是真是假。我觉得家里不可能每天都要收拾，应该是她在旅馆过得太自由，早上睡了懒觉。由此可知，泽田先生要我上午九点来是想避开妻子，偷偷托我办事。于是，第二天早上我准时到了医院。果不出所料，夫人不在病房。当时泽田先生交给我的就是那份遗嘱。

泽田先生说，之前他在佐伯律师的见证下写过遗嘱，由夫人继承全部遗产，上面还写了原因：大女儿丰子小姐已经进了别人家门，二女儿妙子小姐可以靠画画儿生存，而夫人伊佐子没有独立谋生的手段，所以才赠予她所有遗产。但是，现在他改变主意了，所以写了一份新遗嘱，希望我能为他保管。泽田先生把遗嘱递给我，吩咐我别告诉他妻子，托我在他死后把两个女儿叫来，再出示遗嘱。于是我就拿着这份遗嘱，没对任何人说。我认识的律师告诉我，只要有亲笔签名和本人书写的年月日，遗嘱就是完整的，最新日期的遗嘱才有效，以前写的遗嘱将作废。

听说泽田先生半夜去了平时不用的二楼，在那里心脏病发作而死。我不知道泽田先生为什么要在深更半夜一个人上二楼。平时他从没对我说过要去二楼办什么事。既然解剖结果表明泽田先生确实死于心肌梗死，那就没法怀疑夫人了。虽然我还有疑惑未消，但总觉得里面有陷阱。

我这么说，是因为我知道夫人每天都在盼泽田先生死。就像我刚才说的那样，她似乎是想靠“食疗法”让泽田先生营养失调，导致他心脏衰弱。只是，这么做不可能立竿见影，想必夫人也渐渐焦急起来了。可不是吗，在医院里，夫人见泽田先生恢复无望，就在病房附近的走廊上给朋友打电话，大叫什么“老爹要死啦，马上就要死啦”。那声音直接传进了病房。我想那也是一种精神战吧，她是想彻底打垮泽田先生。夫人就是可以满不在乎地说出那种话。去医务室玩多半也是想勾搭人家年轻医生。尽管有了佐伯先生这个情夫，但她不像是那种会守着一个男人的女人。

夫人买热海那家旅馆花了不少钱，又是从银行借的款，借款时拿涩谷的土地住宅做抵押才和银行达成了协议。我认为，她急着想让泽田先生早点儿死就是从那时候开始的。你看，和银行交涉不也是靠着佐伯先生吗？佐伯先生还是共同出资者呢。哪知旅馆的改造费用比预计的高，而且业绩也不理想，赤字连连，钱是一个劲儿地往外流。我想共同出资者佐伯律师也一样着急吧。

可以想象，只凭遗嘱就把钱借给夫人的银行也产生了不安。不管怎么说，这可是信贷，却又没设置担保。银行方面希望夫人提供对等的担保，但夫人没有其他财产，自然是提供不出来的。别说还贷了，单单热海的旅馆经营就已让夫人陷入泥潭，还得向银行借更多的钱。形势逼得夫人必须变卖涩谷的土地住宅，但在泽田先生死前这是不可能的。买下热海的旅馆，以及向银行借款，夫人全都瞒着泽田先生。再加上和佐伯律师的那层关系，夫人终究没能说出口。就算采取一贯的高压手段，就算虚情假意哀叹哭诉，只有这件事泽田先生不可能同意。一旦售出涩谷的土地，泽田先生就不得不马上移居别处，而且卖地所得要用来还银行贷款，填补旅馆的亏空，转眼就会花得一分不剩。我想，夫人知道只有这件事泽田先生决不会答应，为了兑现遗嘱，泽田先生的死已是当务之急。综上所述，听说泽田先生突然死亡时，我直觉其中必有蹊跷，可是经过调查却找不到什么蛛丝马迹，所以觉得不可思议。这时间点也未免太巧了。

遗嘱方面，泽田先生去世后，我立刻把我保管的遗嘱交给了他的两个女儿。她们火速与委托律师一起赶到家庭案件法院。夫人和佐伯律师来了，作为保管者我也同席，拆开了遗嘱。日期在后的新遗嘱明言，本遗嘱是对之前交给夫人之遗嘱的改写，几乎将全部财产都赠予两个女儿。而夫人的那一份，不过是银行存款三百万日元和市值两百万日元的有价证券吧。有效的自然是新的那份遗嘱。

夫人脸色煞白。我见她一声不吭，只是一个劲儿地发抖。我还是第一次看到这强悍的女人如此慌乱失度。当她终于打破沉默时，人类能想到的所有恶语和哀求如疯子的吼叫一般，从她嘴里迸发了出来。恶语针对亡夫，哀求针对法院的工作人员和律师。当夫人知道这没用时，又开始比先前更恶毒地辱骂和诅咒泽田先生，末了她还气势汹汹地对佐伯先生不依不饶。佐伯先生到底是律师，宽慰她说配偶有遗留财产分配权，可以拿回二千万日元左右。无奈夫人越来越失去理智，最后佐伯先生只好瞪着眼咬住嘴唇。

我一点儿也不觉得这是泽田先生死后对夫人的报复和反击。他那一贯的浅浅苦笑，被夫人挤对时的苦笑，总是率先在我脑中浮现。

不过，有一点我觉得很奇怪。前面我说过，把泽田先生的口述记录工作介绍给我的，是我的一位老客户，一家食品公司，而介绍人就是公司的副社长盐月先生。据说他是某已故政界大亨的外甥。有一次我去食品公司干活儿，他叫住我，问我能不能为泽田先生做速记。副社长级别的大人物我可从来没有接触过，不过这公司是我的客户，又有我熟识的总务部长说情，所以就答应了。这位盐月先生没多久就辞职了。听说是因为舅父死后，他在公司待不下去了。

盐月先生委托我时是这么说的：你绝对不能告诉泽田先生和他的夫人，说我是介绍人，其实只是有一次我和S光学的董事见面，对方说泽田先生一直在打听有没有好的速记员，问我有无合适的人选，结果我就想到了经常出入我们公司的你。不过对方不知道是我介绍的，所以希望你也不要吭声。表面上的安排是，我们公司的董事向S光学的董事推荐了你，然后再由那位S光学的董事把你介绍给了泽田先生。

我接受了委托，心想一定是因为公司之间有些内情，所以才搞得那么复杂。因此，我从未对泽田先生和夫人提过，我是由盐月先生介绍来的。泽田夫妇直到最后都不知道这件事。

至于那位盐月先生，自从辞去食品公司副社长一职后，情况似乎一直不怎么好。忘记是哪一天了，我收到一个问候帖，说是他在某地开了一家小饭馆。连我这种默默无闻的人都寄，可以想象生意不会有多好，而且我也一次都没去。有件事是一直瞒着食品公司职员的，盐月先生只是靠舅父的力量当上了特地为他设置的副社长，其实没干过什么正事。对公司来说，政治家一死他也就没价值了，所以才早早把他撵走了事。这样想，盐月先生还真可怜。

不知什么时候，盐月先生搬到热海去了。这也是我从食品公司的职员那儿听来的，说他当上了热海某家宾馆的经理。据说盐月先生做不惯小饭馆的生意，经营失败，干起了百科全书推销员之类的工作。后来有个曾经得到过他舅父帮助的宾馆老板为了报恩，把他从困境中拉了出来。人与人的命运会在何处关联，真是谁也不知道啊。

说到关联，我想到了一件事。热海或是来宫的那家叫什么的旅馆，啊对了，是红旅庄吧？泽田先生的夫人在佐伯先生的建议下共同出资购买这个红旅庄，是盐月先生当上宾馆经理之后的事。我很感兴趣，就做了一番调查，发现是在盐月先生去热海的两个月后。一个是宾馆，一个是旅馆，同在热海，又同在一个业界。我胡乱猜测，恐怕是明知红旅庄前途黯淡的盐月先生，通过同行业的经营者巧妙地把这套房产推荐给了佐伯先生或泽田夫人。是我想太多了吗？可是，我听说打算卖掉红旅庄的A宾馆老板和盐月先生关系很好呢。

我推测盐月先生以前和泽田夫人有过一段关系。后来，盐月先生发觉了夫人和佐伯律师之间的关系。只是盐月先生自认已经没落，什么也做不了。假如两人真的有过一段关系，那么结合各项事实我不得不认为，盐月先生对伊佐子女士的性格应该是非常了解的。一个潦倒的男人无法抱怨抛弃自己的女人。男人的自尊心不允许他这么做，而且就算抱怨也对伊佐子女士不起作用。

于是，盐月先生通过宾馆同行暗做手脚，巧妙地把红旅庄推销给佐伯先生和伊佐子女士。佐伯先生和伊佐子女士都是外行，想必是稀里糊涂被经纪人的花言巧语骗了吧？伊佐子女士在泽田先生还活着的时候就有开素菜料理店的志向。这是泽田先生还在住院时悄悄告诉我的。伊佐子女士有这个心思，所以才等不及泽田先生去世，一头扑向了热海红旅庄这个诱饵吧。

果真如此的话，我的推测也就成立了，即盐月先生利用伊佐子女士贪得无厌的品性，把她推进了泥潭。要问什么是明白无误的报复，我觉得盐月先生的这个就是，当然前提是我的推测正确。

啊，您说那个叫石井宽二的年轻人是吗？石井先生的情况我不清楚。

您是说，石井先生知道被佐伯律师欺骗后，犯下了那样的罪行？到底是什么情况，我还是不太清楚。不过听您说了这事，我不禁又把伊佐子女士的形象和我在座谈会上写下的那句像蚯蚓般的速记记录重叠在了一起：皮肤白皙、肌理细腻、身材丰满的女人很难守着一个男人过日子。

关于我和泽田夫妇之间的关系，能说的就是这些了。

石井宽二的供述：

我对热海的旅馆和宾馆调查了三天，但没有抓到伊佐子和佐伯律师的行踪。据传佐伯先生和伊佐子常去过夜的那家本乡的旅馆，也不见他俩的踪影，我很失望，就又去了伊佐子在涩谷的家。他俩销声匿迹后，那个家我已经去过两次，当然也是不见人影。不过，毕竟又过了好几天，俗话说“灯下黑”，那地方没准儿是个盲点，我感觉他们可能回来了，就趁夜来到住宅前。结果我看到滑窗里透出了一点儿灯光，知道他们在里面。我没按门铃，上了背面二楼的屋顶，撬开滑窗侵入室内。我在拘留所听盗窃犯说过，走廊里的人听不见二楼的声音，这经验被我用上了。二楼有一间六帖大小的屋子和一个像杂物间一样的地方。那屋子很煞风景，不过打开壁橱的拉门一看，里面堆着被褥，说明是睡觉的地方。整个宅子里，就数这屋子最适合躲避债主。

我觉得我被佐伯先生骗了。他不是真的想把我从杀害乃理子的嫌疑中解救出来，而是出于律师的功利心，利用我而已。佐伯先生给各种各样的杂志撰稿，写帮我辩护的事，捞取了不少名声。虽然他安排无罪释放的我在他自己的律师事务所里工作，但他总以恩人自居，给很少的工资，拿我当杂役随便使唤。他又是我的身份担保人，所以整天都训我，特别是在伊佐子的事上，他严厉警告我绝对不许靠近她。我一直很后悔自己的行为，决心不再见她，可是佐伯先生那种像是在监视我的态度让我很不爽。

知道真相是在伊佐子的丈夫泽田先生去世之后。我对佐伯先生和伊佐子都没有杀意，只是觉得被骗了还闷声不响的话，这口气咽不下，所以才想找到他们两个，痛痛快快地把自己想说的话说出来。我拿登山刀是为了吓人，可没打算用它。

不久他俩就会来这个六帖间睡觉的，我这样推测，心想在这里等着，出其不意地现身效果更好，就特地没下楼，而且这样对方也逃不掉。我等着等着，发现壁龛旁有个录音机，里面塞着一盘磁带。我想多半是音乐吧，可又不能打开来听，虽然很无聊，但我还是老实地待着。

过了一小时左右，伊佐子和佐伯先生从楼梯上来了。当他们打开拉门从隔壁的杂物间进来，看到我坐在壁龛上时，两人都大吃一惊，当场就愣住了。

也许佐伯先生以为这次还能把我唬住，所以，即便如此他还是故作镇静，和伊佐子一起坐下来，用一贯的训斥口吻絮絮叨叨地说开了，也说不清那些话是辩解还是训诫。我很清楚，他也是拼了命了。

我一言不发，心想就听你们解释完吧，什么两人之间没有任何不正当关系之类的，我会始终面带冷笑，直到你们说完。

不过，为了进一步显示我才不要听你们辩解，我摁下了身边那台电池式录音机的按钮。与其听那拙劣的狡辩，不如欣赏一下音乐了。

就在这一瞬间，伊佐子突然起身想要逃走，佐伯先生也紧跟其后。和之前不同，看到两人的背时，我的情绪发生了突变，而且……我杀害佐伯先生，刺伤伊佐子，都是因为那录音机里的声音，是那盘磁带让我做出了那样的举动……

磨铁图书旗下子品牌

更好的阅读

出 品 人 沈浩波

特约监制 潘 良 于 北

产品经理 烨 伊 杜 思

特约编辑 胡瑞婷

版权支持 冷 婷 郎彤童

装帧设计 人马艺术设计·储平

封面插画 沉清Evechan

关注我们

官方微博：@文治图书

官方豆瓣：文治图书

联系我们：wenzhibooks@xiron.net.cn

图书在版编目（CIP）数据

强蚁 /（日）松本清张著；张舟译 . -- 杭州：浙江人民出版社，2020.9
ISBN 978-7-213-09677-8

Ⅰ. ①强… Ⅱ. ①松… ②张… Ⅲ. ①推理小说—日本—现代 Ⅳ. ① I313.45

中国版本图书馆 CIP 数据核字（2020）第 034692 号

浙江省版权局
著作权合同登记章
图字：11-2020-014 号

强蚁

QIANGYI

[日] 松本清张 著　张舟 译

出版发行　浙江人民出版社（杭州市体育场路 347 号　邮编　310006）
责任编辑　徐　婷
责任校对　杨　帆
封面设计　人马艺术设计・储平
电脑制版　李春永
印　　刷　嘉业印刷（天津）有限公司
开　　本　880 毫米 ×1230 毫米　1/32
印　　张　8.5
字　　数　210 千字
插　　页　4
版　　次　2020 年 9 月第 1 版
印　　次　2020 年 9 月第 1 次印刷
书　　号　ISBN 978-7-213-09677-8
定　　价　45.00 元

如发现图书质量问题，可联系调换。质量投诉电话：010-82069336